freedom letters

Слова
України

№ 87

Генри Лайон Олди

Черная поземка

Freedom Letters
Нью-Йорк
2024

freedom
letters

Сайт издательства freedomletters.org
Телеграм-канал freedomltrs
Инстаграм freedomletterspublishing

Издатель Георгий Урушадзе
Технический директор Владимир Харитонов
Художник Денис Батуев
Корректор Юлия Гомулина

Генри Лайон Олди. Черная поземка. — Нью-Йорк: Freedom Letters, 2024.

ISBN 978-1-998265-89-3

В Украине идет война. Большой город под постоянными обстрелами, российские ракеты разрушают жилые дома. Мобилизованные отправляются на фронт. Гражданские прячутся в метро и подвалах, сидят без света, пытаются выжить. А по заснеженным улицам метет черная поземка, которую никто не видит. Злая, голодная черная поземка.

Никто? Кое-кто все-таки видит.

Живых надо спасать. Но, как выясняется, спасать нужно не только живых. Черная поземка и «жильцы», волей судьбы оказавшиеся рядом с живыми, сведут вместе сержанта полиции Романа Голосия и мальчика Валерку, двух необычных людей — и с этого момента начнется их общая история, вернее, двенадцать историй этой книги. Роман «Черная поземка» был написан Дмитрием Громовым и Олегом Ладыженским в 2023-м году, с января по ноябрь — шаг за шагом, глава за главой, под аккомпанемент сирен воздушной тревоги.

Содержание

ВСТАНЬ И ИДИ

«Пропал мальчик».

Я сидел в патрульной машине, припарковавшись у отделения Новой почты напротив Молодежного парка, и тупил в телефон, когда увидел в городском паблике это объявление. Пропал мальчик, Чаленко Валерий, одиннадцать лет. Ушел утром из дому, на звонки не отвечает. Всех, кто видел, просим сообщить...

Я бы пролистал дальше, не задумавшись. Чужая жизнь, чужая забота. Но родители выложили фото, а взгляд скользнул, зацепился, прикипел. Детское, мягко очерченное, серьезное не по возрасту лицо. Ямочка на левой щеке. Серые глаза с рыжими искорками. Густые брови вот-вот срастутся над переносицей. Вязаная шапочка сдвинута на затылок, наружу выбивается прядь вьющихся русых волос. Еще лет пять, и живая смерть девкам.

Я уже видел этого парня.

Нет, не в чатах. Я видел его в районах, которые пострадали от ракетных обстрелов больше других. Я заезжал туда в своих поисках, колесил по улицам и переулкам. Всматривался в руины, прислушивался, принюхивался, как охотничья собака. Вылезал из машины, бродил по черным, закопченным, гулким этажам; заходил в брошенное, разрушенное жилье. Позднее, выяснив, где прячутся те несчастные, кто нуждался в помощи, я уезжал прочь и вскоре возвращался. Приводил к намеченному дому нашу спасбригаду.

Да, мальчишка. Случалось, он вертелся неподалеку.

С домами, возле которых я замечал его, творилась какая-то чертовщина. Если во время поисков я фиксировал чье-то присутствие, то потом, вернувшись со спасбригадой, мы не находили в здании ни души. Когда я говорю «ни души» — это рутина, рабочий процесс, а не фигура речи.

Мальчишки к этому времени там тоже не было. Я списывал это на случайное совпадение. На мою ошибку. Бог знает на что еще.

Зря я это делал.

Я сказал, что видел его в районах? Нет, в одном районе, всегда в одном и том же. Должно быть, Чаленко Валерий, ты живешь неподалеку. С чего бы это ты вдруг пропал?

Пропасть в городе, расположенном неподалеку от линии фронта; в городе, обстреливаемом ракетами, а бывало, что и артиллерией, днем и ночью; в городе, где так легко из детского любопытства забраться в частично разрушенный дом, зайти в брошенную квартиру, где взрыв сжевал и выплюнул часть несущей стены, сунуть любопытный нос в обломки чьего-то быта — и сорваться вниз на хищный, местами вздыбленный асфальт...

Короче, пропасть пропадом — это у нас дело плевое. Но чутье, помноженное на взгляд серых глаз, смотревших на меня с фотографии, подсказывало, что пропавший Валерка не из тех сорванцов, которые изнывают в поисках рискованных приключений.

Я вздохнул и уставился в окно машины, словно искал там ответы на вопросы. Через дорогу от меня ветер гнал поземку от края дороги в глубину парка. Снежная круговерть бежала по центральной аллее, сворачивала на детскую площадку, забиралась на пустой круг карусели, взлетала вверх, цеплялась за перекладину турника — и, сорвавшись, вприпрыжку удирала дальше, к развалинам спортивного комплекса, разрушенного прямым попаданием двух ракет еще в конце июня.

Сын моего друга занимался там борьбой. Давно, до войны. Сам друг в юности занимался там фехтованием. Ну, это уже совсем глухая древность. Даже не верится, что такое было.

Поземка. Наверное, дело в ней. Руины руинами, а поземка меня чем-то зацепила, задела за живое. Не правда ли, в слово «живое» каждый вкладывает свой собственный смысл?

Обругав себя за пустые сантименты, я тронулся с места.

Спустился по Веснина, увеличивая скорость, понесся по Шевченко. Словно гнался за кем-то, честное слово, или боялся опоздать! Обогнул водохранилище: мелькнула жиденькая лесопосадка, супермаркеты — один, другой. У рынка на Героев Труда я свернул налево и двинулся вверх, на Северную Салтовку. Дома провожали меня слепыми глазницами окон, заколоченными наглухо листами ДСП.

Ремонтники, волонтеры и городские коммунальщики оставляли открытыми только форточки, для проветривания.

Где я тебя видел, Валерий Чаленко? В районе Родниковой? Ага, сюда, а теперь сюда и снова возьмем вверх. Я не сразу понял, что сворачиваю туда, куда ведет меня поземка. А когда понял, то вдобавок понял еще и то, что впервые вижу такую поземку.

Она была не белой, а черной.

Реденькая, малозаметная, похожая на золу, взвихренную порывом ветра, она вилась впереди машины. Выскакивала на обочину, на тротуар, облизывала уцелевшие ларьки, киоски, снова мчалась вперед. В моем положении мало чему удивляешься, вот я и не удивился.

Поземка? Черная? Зимой?!

Ладно.

Когда я решил, что ладно и не стоит внимания, она сгинула, как не бывало. Я остановил машину возле шлагбаума, загораживавшего въезд в частный сектор двора. Шлагбаум меня не остановил бы, но привычка — вторая натура. Еще только подъезжая, я видел, как черная поземка, перед тем как исчезнуть, лизнула что-то, неопрятной грудой валявшееся у шлагбаума. Сейчас, выбравшись из машины наружу, я ясно мог разобрать: нет, не что-то.

Кто-то.

У шлагбаума умирала собака. Похоже, ее сбили автомобилем. Крупная дворняга, рыжая с темными подпалинами, густо разбросанными по бокам и спине. Собака тяжело дышала, временами похрипывая. Бока ее вздымались и опадали, вызывая в памяти неприятную ассоциацию с мехами аккордеона.

Черная поземка была тут как тут. Вихрем вертелась вокруг подыхающего животного, закручивалась пепельными смерчиками. Приникала вплотную, налипала неопрятными комьями, обнюхивала, вылизывала, наслаждаясь вкусом и запахом смерти. Когда я приблизился, я услышал рычание. Нет, рычала не собака, та уже была не в силах угрожать кому бы то ни было. Да и звук был не звуком, а чем-то другим, не похожим на банальное колебание воздуха, хотя и однозначным по смыслу.

Рычала поземка, отгоняя меня от добычи. Увидела во мне соперника? Я прошел мимо, не останавливаясь.

Какое мне дело?

Собака, поземка — вряд ли они были причиной тому, что меня повело. Мир качнулся, утратил резкость. Близость смерти давно не тревожила меня: привык, смирился, принял как неотъемлемую часть работы. Приступы, подобные этому, начались в середине ноября и накатывали раз в две недели, затем чаще. Голова шла кругом, зрение сбоило. Контуры окружающей действительности становились зыбкими, картонными, ненастоящими, а за ними проступало нечто большее, важное, и казалось, надо сделать шаг навстречу, всего один шаг, ну, может, два или три, и рассмотришь, прикоснешься, оставишь прошлое за спиной, как змея оставляет сброшенную кожу...

Потом все проходило. Вот как сейчас.

Я понимал, что это значит. Не я первый, не я последний.

Избавляясь от остатков головокружения, я побрел дальше, во двор. Уставился на высотку, изуродованную давним прилетом. Взгляд еще не вернул былую остроту, но и так было видно: три квартиры на седьмом этаже открыты нараспашку. Внутри, в бесстыже выставленной на всеобщее обозрение наготе частной жизни, вскрытой приходом войны, как банка сардин вспарывается консервным ножом, что-то шевелилось, вздрагивало, забивалось в дальний угол.

Я знал, что это. Кто это.

Ветер, вцепившись в край, трепал выстуженную штору. Чувствуя себя шторой, которую треплют без малейших признаков жалости, я зашел в подъезд и потащился наверх по лестнице.

Лифт, естественно, не работал. Да и не для меня они теперь, эти лифты.

Внешняя стена дома начиная от шестого этажа была разрушена. Зима без спросу лезла в проломы, задувала вьюгой, наметала кучи снега, местами взявшегося мерзлой коркой. Частично была разрушена и лестница: почему-то вдоль, а не поперек. Узкая полоса уцелевших ступеней соседствовала с бессмысленной памятью о второй половине этих же ступеней, обвалившихся вниз, в темную дышащую пропасть. Вероятно, раньше тут были перила. Ну, раньше везде много чего было.

Не надо вспоминать.

Пролетом выше на лестничной площадке стоял он, Чаленко Валерий. Зеленая куртка, вязаная шапочка. Серьезное лицо, густые брови. За спиной мальчишки в разрушенной квартире ничего не шевелилось. Вглядывайся, не вглядывайся — ничего, никого. Но я знал, чуял: все, кто раньше был там, до сих пор там. Прячутся, хоронятся по углам.

Боятся.

Страх — это сейчас главное в их существовании.

Когда началась война и прилетели первые ракеты, станции метро превратились в бомбоубежища. Поезда какое-то время ходили по инерции, но быстро перестали. Люди шли семьями, потоком вливались под землю, ища если не спасения, то хотя бы временной безопасности. Мужчины, женщины, дети, старики, младенцы. Собаки, кошки, хомяки, попугайчики.

Метро? Ноев ковчег.

Ковчег стоял на вечном приколе. Его обживали — кто как может. Везунчики обустраивались в вагонах поездов. Сиденья превращались в койки, туда клали больных и престарелых. Остальные устраивались на полу, на сумках с вещами. Позднее натащили всякого — каремоты, подстилки, одеяла, какие-то невообразимые пледы в два слоя. Ну это когда в вагонах закончилось свободное место и люди стали селиться прямо на станциях.

Временная безопасность? Нет ничего более постоянного, чем временное.

Городские власти организовали подвоз еды. Сперва бесплатный хлеб, дальше — больше. Те из обитателей метро, кто посмелее, выскакивали наружу, в город, спешили домой, втягивали головы в плечи, прислушиваясь к разрывам. в свои квартирына скорую руку готовили, что придется, лишь бы горячее — и тащили обратно, семьям, оставшимся под землей.

На такое решались не все.

Кое-кто не выдерживал, возвращался в покинутые дома насовсем. Говорил: хватит. Прилеты? Значит, я умру там, где прожил свою жизнь. Другие вовсе переставали подниматься наверх, замыкаясь на переполненных станциях, в безумной, ставшей привычной толчее, как моллюск в раковине. Неделя, месяц, два месяца. Страх созревал в людях ядовитой жемчужиной, косился белым слепым глазком. Там смерть, говорил страх. Там ужас. Где там? Наверху. Здесь безопасно, сюда даже взрывы долетают глухим сотрясением. Кормят, поят, есть где зарядить телефоны. Работают туалеты. При необходимости есть шанс уйти в тоннель, там еще тише. Здесь жизнь, хорошо, не жизнь, а некий суррогат жизни, к которому можно привыкнуть, если постараться.

Старайся, понял? Сиди здесь.

Нет, я не осуждаю их, переставших покидать убежище, отказавшихся это делать. Кто я такой, чтобы осуждать? Бесстрастно и отстраненно я фиксирую наличие этих несчастных, исковерканных войной людей как некий факт, требующий, чтобы его учли, поставили в одну шеренгу с другими фактами, обустроили систему взаимосвязей — и сам себе лгу, что делаю это бесстрастно и отстраненно.

В середине весны перед городскими властями встала серьезная проблема. Война войной, но пришло время запускать метро по новой, как транспортное средство, а не приют для беженцев. Сделать это в ситуации Ноева ковчега было невозможно. Вагоны, превращенные в общежития, требовали ремонта и капитальной уборки — особенно резко вопрос встал в условиях общего дефицита вагонов, возникшего после прицельных бомбежек депо.

Станции необходимо было освободить, отправив людей по домам.

Не буду говорить, какой ценой это далось. Убеждали, разъясняли, ругались, случалось, действовали силой. Приостанавливали снабжение бесплатной водой и провизией, по громкой связи уведомляли о пунктах выдачи гуманитарной помощи в городе. Самых упрямых не трогали, ждали, пока уйдут сами. Так или иначе, в конце мая, ровно через три месяца после начала войны, первые поезда двинулись в путь по темным кишкам тоннелей.

Интервал движения: тридцать минут. Пятнадцать минут. Десять. Семь. По всем направлениям, кроме конечного участка Холодногорско-Салтовской линии и станции «Госпром», работавшей только как пересадочный узел. Ага, пустили конечный участок. Ага, и на пересадке заработало.

Все, порядок.

К чему это я? Нет, речь не о метро. Метро — пример, аналогия, чтобы стало понятнее. Я о людях. И даже не о живых.

Война — это смерть. Множество смертей. Не знаю, как умирают солдаты, мне не довелось побывать на фронте. Но здесь, в городе, гражданские умирали по-разному. Большинство — обычно, как все, не о чем рассказывать. Они уходили, с ними прощались. Но случались исключения...

Кое-кто после смерти не соглашался уходить. Как те, кто наотрез отказывался покинуть метро, казавшееся единственным островком безопасности в убийственной круговерти, они отказывались покидать свои квартиры. Их тела зарывали на кладбищах или сжигали в печи крематория, но это не убеждало бедняг в необходимости тронуться в путь. Они даже не интересовались судьбой собственных тел. Нет, они забивались в опустевшие жилища, прятались там, лишь изредка выбираясь наружу, как правило, не дальше двора или конца улицы, на которой обитали при жизни. Чтобы убедить их покинуть убежище — вернее, место, которое они считали убежищем, отчаянно цепляясь за последнюю соломинку, — требовалась куча усилий.

Уговоры. Объяснения. Применение силы.

Каторжный труд.

И вы еще спрашиваете, чем занималась все это время наша спасбригада? Да, конечно, вы не спрашиваете. Это я так, в запале.

Проще было бы оставить несчастных в покое. Но дома восстанавливали, в квартиры возвращались живые постояльцы, а проживание бок о бок с такими соседями — дело тяжелое и небезопасное. Временами это приводило к непоправимым последствиям. Даже если квартиры и продолжали пустовать, честно давая приют бывшим хозяевам, — они, бывшие, мертвые, тоже вели себя по-разному.

Страх, единственная ниточка, удерживавшая их зыбкое существование, превращался в веревку, захлестывал, душил, переплавлялся в ненависть. Ненависть к врагу — это хотя бы понятно. Но в данном случае ненависть чаще всего обращалась просто на окружающих, виноватых в единственном прегрешении — они были живы.

Ненависть к тем, кто смеется, потому что ты больше не смеешься. Ненависть к тем, кто поет, потому что ты не поешь. Ненависть к тем, кто радуется, потому что ты лишен радости. Ненависть к тем, кто движется, поскольку ты боишься движения. Ненависть к тем, кто совершает поступки, потому что ты...

Ненависть, ненависть, ненависть.

Если война, то почему ты улыбаешься? Если беда, почему ходишь, а не сидишь, скорчившись, в углу? Смотри, вокруг трагедия! Как тебе не стыдно жевать бутерброд?! Если я прячусь, какое ты имеешь право бравировать своим пренебрежением к опасности?! Ты, наверное, всем своим вызывающим поведением упрекаешь меня? Показываешь, что ты лучше?

О, мы всё понимаем, видим — и ненавидим.

Живые, лишенные непосредственной возможности действовать, всё же могли сбросить такую ненависть в относительно безопасное русло, например в социальные сети. Комментарии под новостями, сообщения в общественных пабликах, Телеграм, Вайбер, Фейсбук...

Скандал на улице, в конце концов!

Те, о ком я говорю, тоже сбрасывали — по-своему, как умели. Я встречал женщин, лишившихся рассудка; детей, переставших говорить; собак, которые без видимой причины взбесились и загрызли случайного прохожего. Видел квартиры, где нельзя было поселиться без риска превратиться в убийцу, маньяка, психопата. Видел балконы, откуда на коляску с младенцем сам собой падал горшок с кактусом.

Тяжелыми случаями тоже занималась наша бригада.

Я не виню бестелесных жильцов, отказывающихся покидать метро, подвал, квартиру, мир — и двигаться дальше. Не виню и озлобленных жильцов, уверенных, что кругом одни обидчики, а ненависть — последний якорь плотского бытия. Раз так, надо цеплять этим якорем всё и всех, срывая с места, выдергивая из земли, разрушая и круша — лишь бы самому удержаться на плаву.

Никого не виню. Сам такой. Вернее, мог стать таким.

Мне просто повезло.

***

— Они там, — сказал мальчик. — Я не смог их убедить.

Он мотнул головой назад, в сторону разрушенной квартиры.

— Они не слышат. Я, наверное, позже приду. Попробую еще раз. Они что-то услышали, пусть теперь поживут с этим. Вечером вернусь или завтра. Если не дозовусь, придется спускаться.

Он так и сказал: поживут. Пусть, значит, поживут.

И добавил, шмыгнув носом:

— Здравствуйте.

Вежливый мальчик.

— Ты что, меня видишь? — спросил я.

— И слышу, — подтвердил он. — А что?

Я пожал плечами:

— Ничего. Просто я мертвый. Как эти.

— Мертвых не бывает, — он был не только очень вежливый, но и очень серьезный мальчик. — Я думал, вы знаете. Вы бы не могли подать мне руку?

— Зачем?

— Я боюсь.

Красный от смущения, он закашлялся. Когда кашель прошел, парень достал из кармана носовой платок, тщательно вытер рот, а потом указал на разрушенную лестницу. Ту самую, по которой не так давно поднялся в квартиру с жильцами. Просто бестелесными или в придачу озлобленными — отсюда я не мог разобрать. Жильцы хорошо прятались.

Рука. Платок. Он словно белый флаг выбросил.

— Боишься? Спуститься?

— Да.

— А наверх лезть не забоялся?

Теперь уже он пожал плечами. Ну, типа так вышло.

— Спускаться, — подумав, уточнил он, — всегда страшнее, чем подниматься. Страшнее и труднее.

— Личный опыт?

— В интернете читал.

На уцелевшей стене рядом с мальчишкой висел пожарный щит с инвентарем. Стекло разбилось, но топор с крюком и брезентовый шланг, свернутый кольцом, остались на месте. Под щитом валялась скомканная черная тряпка. Ветер, задувая в проломы, шевелил ее, отчего казалось, что тряпка живая.

Снежная пороша искрилась на тряпке, как шерсть диковинного зверя, укрывшегося в засаде.

— Интересный ты парень, Валерий Чаленко, — сказал я, не двигаясь с места. — Сидел бы ты дома, а? Вон, кашляешь, сопли распустил. Тебе бы чаю с малиной да в постель! Родители извелись, ищут тебя, беглеца, объявления дают. Ты здесь сколько уже времени торчишь? Небось и счет потерял?

Он молчал, хмурился. Ждал.

— Ты почему на звонки не отвечаешь?

— А вы мне звонили? — удивился он. — Откуда у вас мой номер?

— Родители тебе звонили. Так в объявлении и написали: звоним, понимаешь, а он, ремнем бы его по заднице, никакой реакции. Не стыдно тебе, а?

Он полез в карман за айфоном.

— Разрядился, — виновато буркнул он, разглядывая гаджет, темный и безмолвный. — В ноль. Я не заметил.

— В ноль, значит. А ты не заметил. Уважительная причина, понимаю. Извини, Валерка, руки я тебе не подам. Ты ее взять не сможешь, мою руку. Придется тебе самому, как получится. Без обид, ладно?

Он вздохнул:

— Вы дайте. Если не трудно, конечно.

И знаете что? Я протянул ему руку.

Он вцепился в нее так, что мне стало больно. Я принял боль как подарок — давно я не испытывал физической боли. Ладонь у парня была потная, узкая, но ничего, держал он крепко, по-мужски. От души держал, а может, от страха.

Когда он шагнул вперед, бочком протиснувшись по узкой полоске сохранившейся части ступеней, я сам чуть не упал вместе с ним, так меня накрыло. Память — страшная штука.

***

Я — Роман Голосий.

Сержант патрульной службы.

С начала войны я делал все, что положено. Патрулировал улицы. Стоял на блокпостах вместе с тероброновцами. Дежурил в местах прилетов, когда спасатели разбирали завалы. Таскал носилки с ранеными и убитыми. Мотался по вызовам. Не скрою, случалось, выполнял поручения личного характера. Возил гуманитарку на дом одиноким старикам. Забрал компьютер приятеля, добровольца, уехавшего с частью на Бахмут: пусть у меня полежит, под присмотром. Приятель, помню, все волновался: пароли там, личная информация. За свою шкуру так не переживал, как за эти чертовы пароли.

Даже в психушку кое-кого отвозил.

Жена с дочкой жили в пригороде, у нас там частный дом. Эвакуироваться? Нет, не захотели. После освобождения Купянска жена забрала к нам своих родителей, получивших возможность выехать из опасной, регулярно обстреливаемой зоны.

Дома я бывал редко. Чаще ночевал в городе, в компании двух-трех сослуживцев, в пустой квартире наших общих друзей — те прислали ключи.

Это случилось в середине лета. Поступил сигнал: ограбление. На тихой улочке под покровом ночи вскрыли продуктовый магазин. Неравнодушные жители заметили, сообщили в полицию. Когда мы с Потехиной — это моя напарница — приехали на место происшествия, все уже кончилось. Неравнодушные жители разобрались сами, а может, сперва разобрались, а потом уже сообщили в полицию.

Двое помятых мародеров ждали нас, крепко-накрепко примотанные к фонарному столбу невообразимым количеством скотча.

Пришлось резать. Не мародеров, разумеется.

Я не запомнил тот момент, когда ракета прилетела в дом, на первом этаже которого располагался магазин. Помню только вой, переходящий в визг, и всё. Пожар, спасатели, коммунальщики, отселение людей, скорые помощи — память этого не сохранила.

Когда я пришел в себя, я стоял рядом с разрушенным домом. Небо расцветало первыми лучами солнца, Потехиной нигде не было, как и мародеров. Я сел в машину и поехал, куда глаза глядят, еще не понимая, что случилось.

Да, машина осталась. На ней и езжу до сих пор.

Не знаю почему.

Тут главное — парковаться так, чтобы в тебя самого не въехали. Вреда никакого, ясное дело. Просто чертовски неприятно, когда в твою машину до середины влез какой-то сраный «лексус», засунув фару тебе под мышку, и мордатый водитель орет в телефон, ругаясь с женой, а до тебя ему и дела нет.

Вот это все я и пережил заново, пока держал за руку Валерку Чаленко. Жизнь, смерть, посмертие.

***

Когда он, тяжело дыша, встал рядом со мной, тряпка под пожарным щитом шевельнулась. Ветер был здесь ни при чем, да и не было его, ветра. Черная поземка, искря от раздражения, развернулась лентой, промела по бетонному ледяному полу — и хвостом лисы-чернобурки вылетела в пролом, заметая следы.

Я смотрел ей вслед.

Я видел другое. Вот я отказываюсь подать Валерке руку, потому что мертвые не могут поддерживать живых. Вот он сам, без поддержки, делает шаг на обкусанные войной ступеньки без перил, рядом с проломом, ведущим вниз с высоты шестого этажа. Вот черная поземка хищной лентой кидается вдогон, из-под щита, разворачивается брезентовым шлангом, обвивает узкую мальчишечью щиколотку, дергает...

Я протягиваю руку, хочу схватить, удержать, только поздно. Зеленая куртка, вязаная шапка, густые брови, серые глаза, ямочка на щеке, узкая ладонь, смешное шмыганье носом, кашель и носовой платок — все это летит в чернильницу вечера, прямо на асфальт, уже готовый принять жертву, превратить в кровавую кашу.

Да, я увидел это как наяву.

Валерка тоже что-то увидел. А может, почувствовал. По лестнице мы спускались молча: он первым, я за ним. Молча шли вдоль дома к выходу со двора. Сумерки делались гуще, крались за нами, подъедали, растворяли в себе тени зданий и деревьев. Наших теней тоже видно не было: Валеркину сожрал ненасытный вечер, а моя навсегда осталась там, в июле, рядом со взломанным магазином. Я шел как есть, не отбрасы-

20

вая тени, ничего не отбрасывая, даже самых безумных предположений. Шел и все озирался по сторонам, шарил беглым взглядом, высматривал — нет, черная поземка пряталась, близко не подбиралась.

Улетела? Хорошо бы.

Собака под шлагбаумом лежала без движения. Валерка остановился, долго смотрел на пса, словно хотел выяснить, жив бедняга или уже сдох.

— Отвернитесь, — попросил мальчик.

— Зачем? — не понял я.

— Я стесняюсь, — ломким голосом признался Валерка. — Не могу, когда на меня смотрят. Отвернитесь, пожалуйста.

Я отвернулся.

За моей спиной раздался шорох одежды — кажется, он присел над собакой. Потом с минуту было тихо.

— Встань, — услышал я, — и иди.

Я обернулся без разрешения. Собаки под шлагбаумом не было. Рыжая дворняга удирала со всех ног к гаражам, будто за ней черти гнались. Нет, пожалуй, черти были тут ни при чем. Кто угодно, только не черти. У дальнего гаража собака оглянулась на бегу, тявкнула — и скрылась из виду.

Пока я следил за ней, Валерка успел забраться в мою машину. Ну да, в машину. В мою. Я уже ничему не удивлялся. Наверное, он и номер телефона у меня возьмет. Будем созваниваться в свободное время. Если у него айфон, конечно, опять не разрядится.

— Вы меня подвезете? — спросил он. — Родители, наверное, в панике.

Я кивнул.

Я подвез. Я запомнил его адрес.

***

Бригада пила чай.

Все наши собрались на квартире Эсфири Лазаревны. Для окружающего мира квартира пустовала после смерти хозяйки, женщины одинокой, бессемейной. Для самой Эсфири Лазаревны здесь все осталось по-прежнему: и электрочайник, и заварной чайничек в японском стиле, и старомодный сервиз с танцующими пастушками. Если есть чайник, отчего бы не вскипятить воду? Есть чай, отчего бы не заварить? Воспоминания о вкусе чая сохранились у всех, так что проблем при чаепитии не возникало.

Квартира Эсфири Лазаревны была чем-то вроде моей машины. Не мы при них, а они при нас, да так, что не отодрать.

Хозяйка глянула на меня:

— Всё в порядке?

Профессиональная наблюдательность. При жизни Эсфирь Лазаревна работала психиатром в третьей клинической больнице. Даже успела побывать заведующей отделением инвалидов войны. Скончалась банально, от старости, в почтенные восемьдесят пять, в хлам износив усталое сердце. Легла в могилу на кладбище — третьем, как и больница, и тоже на Академика Павлова, — рядом с мамой и старшей сестрой. Об этом она заявила душеприказчикам перед смертью и документы на участок передала. А три дня спустя Эсфирь Лазаревна вышла на нашу бригаду прямо в разгар спасательной операции.

— Что это вы тут делаете? — спросила она. И добавила бархатным тоном: — Уверена, вы хотите об этом поговорить.

Мы не хотели, но пришлось. Хватка у Эсфири Лазаревны была мертвая. В сложившейся ситуации это звучит дурной шуткой, но против правды не попрешь.

Работница из нее, кстати, вышла аховая, лучше не придумаешь.

Когда жильцы выселялись без проблем, путем уговоров или, чего греха таить, угроз — они гуськом выходили на улицу, озирались сперва с испугом, но чем дальше, тем свободней, увереннее, и начинали таять. Текли легким дымком, уходя даже не в небо, а куда-то за край реальности — те места я видел, ну почти видел, когда меня накрывало.

Оставалось дождаться, пока дым исчезнет окончательно.

В особо сложных случаях, когда жильцов не получалось выселить обычными методами, в дело вступала Эсфирь Лазаревна. Чаще всего она просила нас выйти, и вскоре мы слышали командный голос майора медицинской службы в запасе:

«А ну встал, быстро! Жопе места не ищи! Встал и пошел!»

Работало как часы. Вставали и шли.

— Есть работа, — сказал я. — На Родниковой.

— Дай чай допить, — буркнул дядя Миша. — Не горит.

Я присел к столу.

— И еще. Есть парень, хороший парень. Чаленко Валерий, — я назвал адрес. — Присмотрите за ним, если что.

— Сам присмотришь, — дядя Миша шумно отхлебнул из блюдца. — Ты на машине.

Я налил себе:

— Уйду я скоро. Наверное.

— Накрывает? — спросила Эсфирь Лазаревна. — Часто?

Все притихли. Каждый знал, что это такое, когда накрывает. Состав бригады менялся не раз, не два. К счастью, на смену ушедшему кто-нибудь да приходил. Свято место пусто не бывает, хмыкал дядя Миша. А если бывал в настроении, то и добавлял пару слов насчет нашей святости.

— Как обычно, раз в неделю. Просто сегодня... Накрыло дважды за день. Ну, не знаю. Второй раз был необычный.

Я действительно не знал, что это было — там, на разрушенной лестнице, когда я держал Валерку за руку. Я просто рассказал им, как поехал искать пропавшего мальчишку, плохо понимая, зачем трачу время зря, и что из этого вышло.

— Черная поземка? — буркнул дядя Миша. — Вот же зараза, мать ее… Ладно, присмотрим мальца. А ты, Ромка, с уходом не торопись. Помни, нам машина нужна. Иди знай, когда еще кто-то с машиной объявится! Ты — ладно, а машина — штука полезная.

Я кивнул. Понимаю, мол.

И впрямь, что тут понимать? Придет время — уйду. Скажет мне кто-нибудь: «Встань и иди!» — так, как говорил Валерка, или иначе, другими словами, как выражается Эсфирь Лазаревна, выгоняя упрямых жильцов, — я и пойду себе.

Упираться не стану.

Январь—февраль 2023

История вторая

ЖИЛЕЦ

Валерки дома не оказалось.

Этого я, разумеется, не знал. Я вообще не знал, зачем приехал к его дому. Наверное, совесть заела. Вот сказал нашим, чтобы присматривали за парнем, повесил на чужие шеи лишнюю заботу, а сам что? Сам здесь, в городе, жив-здоров, хотя и не очень-то жив; даже не накрывало ни разу за три дня.

Поеду, значит, гляну одним глазком.

Дверь подъезда была заперта. Работал домофон, только это не для таких, как я. Позвонить в квартиру, сказать: «Здравствуйте, я из полиции, покойный друг вашего сына...» Не дай бог услышат — потом «скорой помощью» не отделаешься.

Магнитный замок на двери? Говорю же, не наша проблема. Короче, я просто вошел и стал подниматься по лестнице. Это вампирам надо, чтобы их пригласили в жилье, а мы при исполнении, без приглашения.

С вампирами я был знаком по художественным фильмам. Может, они тоже без приглашения? А продюсерам доплачивают, чтобы дурили зрителям головы?

Подъезд как подъезд. Стены до половины выкрашены синей краской, выше побелены. Побелка местами осыпалась, краска облупилась. Между первым и вторым этажами — распределительные узлы провайдеров: «Воля» и «Триолан». Кабели змеятся, блестят черной оплеткой, тычутся в просверленные норки, заползают в квартиры.

Что еще? Газовые счетчики? Ну, могу собрать показатели.

Я иронизировал, корчил из себя шута, а на самом деле с болезненной жадностью впитывал, собирал в ладошку, как нищий собирает жалкие крошки хлеба, эти приметы обыденности, простого быта, жизни, в конце концов, — всего, чего я был лишен, что потеряло для меня всякий практический смысл. В подъезде я чувствовал себя неуютно, все время хотелось задержаться, присесть на ступеньку да так и остаться навсегда тоскливым призраком, мало-помалу превращаясь в жильца, отравляющего воздух своей ядовитой тоской.

Уймись, придурок. Нашел время себя жалеть.

Валерки, как я уже говорил, дома не было. Была его мама, маленькая тщедушная женщина в теплом байковом халате. Женщины ее телосложения вечно мерзнут, да и в квартире было не жарко. Отопление после регулярных прилетов по ТЭЦ частенько выключали для ремонта: на три-пять часов, а случалось, что и на сутки, и больше.

Хорошо хоть зима выдалась теплая. Иначе трубы полопались бы.

Валеркина мама возилась на кухне: варила борщ. Я встал в дверном проеме, стараясь, чтобы от меня не очень тянуло зябким сквозняком, и смотрел, как она ставит вариться замоченную со вчерашнего вечера фасоль, шинкует капусту, режет лук, бурак и морковку, делает зажарку на постном масле, бросает все это добро в кастрюлю, добавляет картошечку, крошит зелень, петрушку и кинзу — моя мама тоже во время варки не клала в первые блюда укроп, уверяла, что еда скиснет! — и в самом конце давит сало с чесноком: две столовые ложки, полные, с верхом, на вулканическую лаву борща, а потом закрыть крышку и выключить огонь.

Я смотрел и плакал, и не знал, что плачу, пока кухня не поплыла у меня перед глазами так, что ничего уже не разобрать. Я сперва решил, что меня накрыло, и ошибся.

Бывает. День сегодня такой.

Отступив назад, я вышел на лестничную площадку — тихо-тихо, словно Валеркина мама могла меня услышать. Сказать по правде, я бы задержался еще немножко, но мама ежилась в моем присутствии. Время от времени она бросала через плечо удивленные взгляды. Боюсь, от меня в ее сторону все-таки полз неприятный холодок. Байковый халат в таких случаях — слабая защита.

Спускаясь по лестнице, я поймал себя на знакомом чувстве. Я помнил его по подъему в квартиру — неуют, тоска, страх выйти из дома наружу. Спасибо борщу, его кипящей жизненности, спасибо слезам, нахлынувшим невпопад, — сейчас мне удалось вернуть самообладание, понять, откуда ветер дует.

Жилец, значит?

Это не я хотел остаться здесь навсегда; верней, не только я. Я еще только начинал хотеть, желание укрыться в раковине на веки вечные вопреки очевидным обстоятельствам еще не завладело полностью моим сердцем, а кое-кто, выходит, уже захотел и остался. И спрятался, бедолага, так хорошо, что я сперва принял его чувства за свои собственные — это проще простого, если разница между нами не слишком-то велика. Впрочем, просто это или нет, а со мной такое случилось впервые.

Вот и не отследил с первого захода.

Где ты, приятель? Ага, чую. Второй этаж, квартира двадцать девять. Дверь, обитая коричневым дерматином. Дверь не заперта. Кто-то из живых страдает рассеянностью: под воздействием жильца или сам по себе, не знаю. Да и неважно это.

Вхожу.

***

Когда-то в квартире был сделан хороший ремонт. Давно, очень давно. С тех пор за жильем не слишком-то ухаживали. Обои местами отклеились, висят неопрятными полосами, похожими на липкие ленты, которыми ловят мух. В коридоре пахнет, как говаривала моя бабушка, цвелью. Линолеум на полу вспучился пузырями. Отсюда, где я стою, видны кухня, край холодильника, мойка с горой грязной посуды.

Ладно, это не мое дело.

Кабинет. Продавленный диван, обивка в пятнах. Письменный стол. Под хромую ножку подсунута жиденькая стопка книг. Монитор, стаканчик с неочиненными карандашами и древним циркулем. Стул с высокой спинкой. Книжный шкаф.

Никого.

Спальня. На кровати спит одетая женщина лет шестидесяти. Полная, белокожая, с большой грудью и покатыми плечами, она — полная противоположность Валеркиной маме. Никакого байкового халата — джинсы, блузка, вязаная кофта. Как я понимаю, никакого борща тоже.

Не тот случай.

Женщина похрапывает, стонет, вздрагивает во сне. Одеяло сбилось в ногах, простыня сползла к краю кровати, вот-вот упадет на пол. Хозяйка обхватила подушку обеими руками, словно вокруг разлив воды, она тонет, а подушка — единственный способ удержаться на плаву. Голову женщина вывернула набок самым неестественным образом. Смотреть — и то страшно: кажется, будто у спящей сломана шея. Шея у нее после пробуждения будет чертовски болеть, тут к гадалке не ходи.

Это тоже не мое дело. Пусть спит, как хочет.

Боль — удел живых.

— Русня. Сволочи. Всех убить, всех.

Ага, вот ты где.

Жилец забился в угол, сидит на полу. Вжался в крохотный промежуток между откосом стены, выкрашенным белилами, и батареей отопления, обхватил колени руками, блестит стеклами очков. Вряд ли он смог бы принять такую позу при жизни, разве что в далекой молодости. Типичный профессор: возраст за семьдесят, ближе к восьмидесяти. Когда-то, должно быть, худощавый, к концу жизни профессор безобразно растолстел. Былое телосложение выдают изящные кисти рук, тощие лодыжки и запястья. Торчит клок бороды, жидкая прядь волос тщательно зачесана поперек лысины.

— Русня, — говорит он мне. — Надо убить. Всех.

Я молчу.

Инфаркт, думаю я. Вероятно, второй. Сердце не выдержало.

— Европейцы, — похоже, он рад, что нашел собеседника. Я свой, он чует, что я свой, никаких сомнений. — Жирные европейцы. Предатели.

— Пойдем, — говорю я. — Чего тут сидеть? Пойдем, а?

Это я зря. Уговаривать, убеждать, выводить, выгонять — это дело членов нашей бригады. Они это умеют, я — нет. Я сыскарь, я умею вынюхивать, находить — вот как сейчас. Моя забота — уйти из квартиры, не переживая, что жилец сбежит. Никуда они не сбегают, их и взашей-то не вытолкаешь.

Я должен уйти и вызвать бригаду.

Почему я еще здесь?

— Пиндосы, — профессор блестит очками. — Провокаторы. Мерзавцы.

Наклоняется вперед:

— Наши тоже хороши. Сбежали. Жируют во львовских кофейнях.

И единым выдохом:

— Ненавижу!

Я уже находил двух-трех жильцов такого типа. Обычно они прятались в кабинетах, замыкались в привычной обстановке, не в силах покинуть книги, компьютер, диски с музыкой — все, чем жили, чем дышали, пока жили и дышали. Почему ты сидишь в спальне, профессор? Да еще и не в своей спальне — уверен, что вы с женой спали в разных комнатах. Неужели с началом войны жена стала значить для тебя больше, чем кабинет? Что это, поздняя любовь? Или жуткий, дикий, всепоглощающий страх одиночества? Боязнь лишиться единственного человека, который о тебе заботится, обихаживает, спасает? Ты небось ходил за женой гуськом по всей квартире...

Почему я об этом думаю? Почему не ухожу? Я знаю адрес, жилец никуда не денется, он и носу не высунет из своего закутка. Надо идти за спасбригадой, они умеют, у каждого свой метод...

— Русня. Жирные европейцы. Тупые пиндосы. Израильтяне, хитрые жиды. Устранились, смотрят. Грузины еще. Бежали робкие грузины... Все подонки, все.

— Пойдем, а? — спрашиваю я. — Чего тут сидеть?

Почему я лезу не в свое дело?!

— Соседи. Смеялись за моей спиной. Ничтожества.

С волос профессора сыплется перхоть. Я бы не обратил на это внимания, но перхоти, скажем прямо, многовато. Для лысой головы, застеленной одной-единственной прядью волос? Ей-богу, чересчур. Ну хорошо, на затылке тоже есть какие-то волосы. В смысле, были при жизни. И что?

Далась мне эта перхоть!

Белесая, невесомая, она похожа на мучную пыль. Вот уже сыплется не только с волос. Плечи, грудь — отовсюду. Даже из-под очков выхлестывают легкие, сухие, неприятно блестящие облачка. Перхоть кружится, танцует, опускается на пол. Вспыхивает стайками искр, гаснет. Кажется, что профессор шелушится весь, целиком.

Отступаю на шаг.

На полу вокруг жильца почти неразличимая взглядом — даже таким, как мой! — метет черная поземка. Перхоть падает в ее круговерть, как снег падает на мех бегущей лисы-чернобурки. Краткий, неуловимый миг паузы — и перхоть загорается, вспыхивает, чтобы сразу погаснуть. Ускоряя бег, поземка жадно всасывает огонь и дым, закручивает смерчиками, растворяет в себе. Дым всасывается не полностью. Уцелевшие пряди сонными змеями ползут по спальне, обвивают ножки кровати, забираются выше.

Спящая женщина стонет.

Лицо ее дергается. Руки непроизвольно скрючиваются, мышцы коверкает судорога. Пальцы сжимаются в кулаки. Лоб и щеки блестят, усыпанные мелким бисером пота. Тело сотрясает озноб, словно при высокой температуре.

— Все, — бурчит профессор.

— Все, — стонет женщина.

— Все негодяи.

— Все...

— Бросили. Я один...

И насморочным всхлипом:

— Один я...

— Бросили, — стонет женщина.

— Пойдем, — кричу я. — Уходи отсюда. Уходи совсем!

Делаю то, чего раньше не делал, чего делать нельзя. Бросаюсь вперед, хватаю профессора, тащу от батареи — прочь из спальни, из квартиры. Дядя Миша говорил и Эсфирь Лазаревна тоже: жильцов не тащат силой, это только во вред, ничего хорошего не выйдет, лучше и не пытаться. Жильцов уговаривают, убеждают, на них давят, им угрожают, от них требуют. Но выйти, сделать первый шаг они должны сами, иначе...

Ничего не помню. Ничему не верю.

Бросаюсь, хватаю, тащу.

Профессор оказывается неожиданно цепким. Мы катаемся в черной поземке, в клубах горящей перхоти. Дышим дымом, глотаем искры. Где-то во мне, так глубоко, что и представить страшно, разгорается костер. Кажется, мы все-таки стали ближе к выходу из спальни... нет, мне это только кажется. Руки и ноги профессора оплели меня лозами ядовитого вьюнка. Я вцепился в жильца так, словно отрастил на пальцах тигриные когти. Еще немного, и я стану грызть его зубами. Будь мы оба живы, я бы без труда справился с дряхлым, растолстевшим стариком. Но сейчас молодость и сила — фантом, бессмыслица, скорлупа от выеденного яйца.

В юности я занимался вольной борьбой. Это не борьба. Это черт знает что такое. Не знаю, как это называется. Все прежнее знание теряет смысл, утрачивает ценность. Остается только кипяток, в котором мы тонем, варимся.

Я, он, поземка, перхоть — скоро будет просто борщ.

…русня. Жирные предатели-европейцы…

…мародеры. Если бы эти суки не полезли в магазин, я бы остался жив…

…тупые пиндосы. Провокаторы…

…Потехина. Напарница, ты дрянь. Ты могла не выходить на связь с диспетчером. Сигнал приняла бы другая машина, я бы остался жив…

Рушится эхо взрыва: рядом, близко. Дом содрогается, дребезжат стекла в окнах. Взрывная волна омывает квартал, ворочает здания, словно гальку. И еще раз: уже дальше, слабее. Два прилета; будет ли третий? четвертый?! Женщина на кровати стонет во сне. Дерутся двое мертвецов у батареи отопления. Дерутся, окончательно перестав понимать, чего хотят, чего не хотят.

Куда я тащу его? Куда он тащит меня?!

Метет черная поземка: снаружи, внутри.

…сбежали, бросили, жируют в кофейнях…

…жилец, сволочь. Упирается. Врешь, сломаю…

…все негодяи!.. жиды, грузины…

…все!.. я бы остался жив…

— Дядя Рома! Отпустите его!

Хватают. Тащат.

Упираюсь.

Не хочу наружу! Хочу здесь, навсегда.

— Дядя Рома! Дядя Рома! Да что же вы…

Тащат.

Это Валерка. Его голос. Его руки.

— Вы тяжелый. Я сам не справлюсь…

Я тяжелый. Он сам не справится. Надо помочь.

— Оставьте его!

Отпускаю жильца. Больно, больно, больно. Как зуб сам себе выдрал. Рывок, боль взлетает до небес, рушится вниз. И вот уже Валерка тянет меня к дверям. Пыхтит, задыхается, как если бы я был живым, раненым, которого кровь из носу надо вынести с поля боя. Ну да, мальчишка прет на себе здоровенного мужика, пусть даже и мертвого, какая разница…

Стыдоба, позор.

Помогаю, как могу. Встаю на четвереньки, поднимаюсь на ноги. Повисаю на Валерке: сперва безвольным тюком, дальше — лучше, спина и ноги вспоминают, что это значит: «держать».

Где мы? В коридоре.

— Дядя Рома, идемте на лестницу.

— Какая лестница? Обстрел, беги в убежище…

— Идемте, не спорьте…

— Домой иди, дурак! Сядь хотя бы тут, в коридоре!

— В подъезд, на лестницу!

— Садись! Здесь окон нет, осколками не посечет…

— Идемте же! Вот беда…

Висят ленты обоев. Хочется стать мухой, приклеиться, повиснуть и не шевелиться, забыть обо всем. На полу пузыри линолеума. Забиться в пузырь на веки вечные, и пусть хоть наступают, хоть мимо идут.

Хочется вернуться в спальню. Доделать дело, выволочь профессора из закутка между батареей и стеной, выбросить вон — убирайся куда подальше! — и самому забиться в освободившуюся щель на веки вечные.

Выхожу. Выходим. Вместе.

— Подъезд. Лестница. Ты доволен?

— Во двор, дядя Рома. Лучше во двор...

— Какой двор? Обстрел...

Лучше во двор. Во двор нельзя. Мне можно, мне теперь все можно; ему нельзя. Нет сил спорить. Нет сил вернуться. Ни на что нет сил. Тащусь по ступенькам. Вываливаюсь на улицу. Над улицей, городом притихшим клубком человеческих жизней катится заливистый вой волчьей стаи, идущей по следу добычи: сирены воздушной тревоги. *«Все негодяи, все, — бормочет кто-то, вытекая из меня по капле. Вторит сиренам, подвывает: — Бросили, я один; не пойду, никуда не пойду, страшно, сами эвакуируйтесь, мне страшно...»*

Бормочет, затихает, умолкает.

***

Мы свернули под арку: я и Валерка. Трудно было понять, кто сейчас кого тащит. Что-то он хлипкий, совсем выдохся. Ну я тоже хорош. Убрав руку с его плеча, я плюхнулся в подтаявший снег на детской площадке. Хотел сесть на край песочницы, не дошел.

— Дядя Рома! Ну куда же вы в мокрое...

— Ерунда.

Застудить почки? Это меня сейчас беспокоило меньше всего. Это меня вообще не беспокоило. Дядя Рома? Не припомню, чтобы я говорил ему, как меня зовут. Ладно, неважно.

— Жулька!

Кого ты зовешь, Валерка? Какая еще Жулька?

Рыжая собака неохотно тащилась к нам от дверей, ведущих в подвал на «рамку». Хвост поджала, смотрела в сторону. Вот-вот сорвется и умотает к чертям собачьим. Я тебя помню, подруга. Ты лежала у шлагбаума, на въезде к дому, где мы познакомились с чудесным парнем Валерием Чаленко.

Встань и иди, да?

Сирены в последний раз взвыли и стихли.

— Увязалась, — объяснил Валерка, как будто это что-то значило в сложившейся ситуации. — Нашла меня, прибежала. Я ей колбасы дал, вареной. Хотел домой взять, так мама не разрешила. У мамы аллергия, и вообще...

— Мама, — повторил я. — Не разрешила.

— Я Жульке в подвале старое одеяло бросил. Там окно разбито, она залезает и спит. Поесть выношу, воды тоже. Вы не думайте, там тепло, там трубы. Не замерзнет. Жулька, вредина, да иди же ты сюда!

— Не подойдет. Брось, не надо.

— Почему?

— Они таких, как я, боятся. Коты вообще деру дают, только завидят. Один, помню, на дерево залез. Потом спуститься не мог, орал как резаный.

— Сняли?

— Хозяйка вышла, ствол валерьянкой помазала. Слез, красавчик. Птичкой слетел. Я издалека смотрел, чтобы не пугать. Не зови, не мучь собаку.

— Жулька!

Подошла. Язык вывалила, ждет.

— Дядя Рома, обнимите ее за шею.

— Зачем?

— Поможет. Обнимайте!

Я обнял Жульку за шею. В полной уверенности, что обниму пустое место — и только рыжий вихрь вылетит из арки прочь. Жулька была теплая, пахла мокрой псиной. Дрожала, не убегала.

— Вот, хорошо, — командовал Валерка. — Погладьте, она любит...

Ну погладил. Не знаю, что там она любит, только меня малость попустило. Погладил еще, почесал между ушами, прижался теснее. Жулька терпела. Это чудо, что она терпит, не убегает. Может быть, это потому, что она тоже немного мертвая? Ну, была мертвая?

Не знаю, как объяснить. Не хочу об этом думать.

Жулька лизнула меня в щеку.

— Так всегда, — ворчал Валерка, любуясь нами. — Сначала прилет, потом сирена. Ну скажите мне, дядя Рома, зачем нужна сирена, если прилет уже был?

— Из Белгорода подлетное время мизерное. Раз, и прилет. Сирены не успевают, они уже потом.

— Да знаю я!

— А если знаешь, почему спрашиваешь?

— Раздражает.

— Понимаю. Ты мне другое скажи: ты же профессора чуял, да? Не мог не чуять? Если ты по Салтовке шастаешь, жильцов выводишь, так у себя в подъезде точно мимо бы не прошел. А ты прошел. Как же так, а?

Он потупился:

— Петр Алексеевич, он неплохой был. Просто замкнутый, людей не любил. Он у мамы преподавал, в Политехническом, когда мама училась. Я подумал: пусть сидит, прячется. Ну вроде как я его из собственной квартиры выгоняю, нехорошо. Типа исключение из правил.

— А других выгонять хорошо?

Валерка засопел, отвернулся. Было видно, что история с профессором рвет его надвое, по живому.

— Там жена его спала. Ты знаешь, что он с ней творит? Видел?

— Она двери перестала запирать, — невпопад откликнулся Валерка. — Забывает. Мама ей: «Неля, вы осторожней! Вдруг кто в квартиру залезет!» Она благодарит, а потом опять забывает. Было бы заперто, я бы не смог войти.

Я мысленно поблагодарил Нелю за забывчивость. Что, Валерка? Похоже, ты не раз, не два открывал незапертую дверь, входил в квартиру очкастого Петра Алексеевича, который когда-то читал лекции твоей маме, смотрел на жильца, забившегося в угол, на Нелю, забывшуюся дурным тревожным сном, понимал, что надо выводить профессора отсюда, гнать или уговаривать — уж не знаю, как ты это делаешь! — понимал, собирался с духом и не мог решиться.

Сосед. Не чужой человек.

— Ладушки, — сказал я, закрывая неприятную тему. — Я нашим сообщу, они его выведут. И ему так легче будет, лучше, правильней. Пусть идет, куда положено. А то напустил целое болото яду, сидит, купается. Жену мучит, сам мучится…

— Пусть идет, — с облегчением согласился Валерка.

Он был не против, если профессора освободит кто-то другой.

— А ты беги домой. Мамка борща наварила, сядешь обедать. Отец вернется с работы, даст ремнем по заднице.

— За что?

— За то, что бегаешь целыми днями невесть где. А борщ остыл, понял?

Валерка вздохнул:

— Не даст отец. Ну, ремнем. Нету отца, погиб.

— На фронте?

Я проклял свой длинный язык.

— Давно еще, в четырнадцатом. Под Иловайском. Я и не помню его совсем, маленький был. Фотографии видел, а так не помню. Мама о нем не очень-то рассказывает. А я и не пристаю, я понимаю.

— Все, сворачиваемся, — я отпустил Жульку. — Тебе пора, мне пора. Спасибо, что вытащил. Без тебя я бы там до скончания века борьбой занимался.

Он хихикнул:

— Дзюдо?

— Вольной. Такой, что век воли не видать. Ты к профессору больше не заходи, хорошо? Там черная поземка, видел? Поганая штука, держись от нее подальше. Как заприметил, иди в другую сторону…

— Не видел.

— Что?

— Не видел, — он пожал плечами. — Это вы, дядя Рома, что-то выдумываете. Вам, наверное, померещилось. У вас стресс и это... Состояние аффекта.

— Как не видел? Мы же прямо в ней катались, дрались! Ну черная! Метет, а перхоть с профессора в нее сыплется!

Валерка внимательно смотрел на меня. Так доктор смотрит на больного.

— Не-а, не видел. Не было ничего такого. Перхоть сыпалась, это да. С вас обоих. Дымило еще, аж глаза резать начало. А поземки не было.

Он улыбнулся:

— Черная? Дядя Рома, черных поземок не бывает.

***

— Идиот, — сказал дядя Миша.

Толстый мосластый палец уперся в меня, чтобы каждому было ясно, о ком речь.

— Дурака кусок. На хера ты полез к профессору? Ты кто? Ты легавый. Твое дело вынюхать, зафиксировать адрес и бегом к нам! Нет же, подраться ему приспичило, кулаки почесать...

— А вы кто? — огрызнулся я.

— Мы специалисты. У нас методы, понял? — палец взлетел вверх, к потолку: — Ме-то-ды!

— Знаю я твои методы. Алкаши за гаражами собираются, у них такие же методы.

С каждым словом я все больше терял лицо. Как мальчишка, ей-богу! Попался на дурацком проступке, нет чтобы повиниться — спорю, лезу на рожон. Только хуже делаю.

— Алкаши?

Дядя Миша грозно привстал:

— Я сажусь рядом с жильцом, наливаю по соточке. В смысле, вспоминаю, как раньше наливал. Я так вспоминаю, что он, считай, и выпил, и крякнул, и огурчиком закусил! Плавленым сырком! Я тру с ним за жизнь! За жизнь тру!

Он с тоской уставился в чашку. Ничего, кроме чая, в квартире Эсфири Лазаревны в чашках непоявлялось. Дядя Миша, помню, поначалу брал рюмки, томясь в пустой надежде, потом нашел стакан, но тщетно — посуда оставалась пустой.

— Ты вообще понимаешь, каково это: мне, мертвому, тереть за жизнь? А я тру, и он слушает. Слышит! Его потом можно брать голыми руками! За ушко да на солнышко! Эх ты, ментура...

— Михаил Яковлевич, не кричите, — попросила Эсфирь Лазаревна. — Роман уже все понял. Он понял, мы его простили.

— Ни хера я ему не простил!

— Простили. Вы просто еще не знаете, что простили, — в голосе хозяйки лязгнул металл. — Когда узнаете, вам будет стыдно за ваш нервный срыв. Вам уже стыдно, правда?

Дядя Миша уставился в стенку. Эсфирь Лазаревна ждала.

— Помираю от стыда, — буркнул дядя Миша, подавившись долгой паузой. — Во второй раз. Лечь — не встать.

— Вот и хорошо, — Эсфирь Лазаревна засмеялась, давая понять, что конфликт исчерпан. — Вот и славно. Роман больше не будет, уверяю вас.

— Не буду, — согласился я. — Мне этого раза за глаза хватило.

Эсфирь Лазаревна жестом одобрила мое покаяние.

— Важно другое, — продолжила она. — Мальчик не видит черную поземку. У нас нет оснований не доверять...

— Я ее тоже не вижу, — вмешалась Наташа. — То есть не видела. Ни сейчас, ни раньше. Никогда.

Пышная, коротко стриженная блондинка сорока лет, Наташа работала парикмахершей в салоне «Звездная арка». Они с дочерью погибли под завалом, когда ракета, промахнувшись по трамвайному депо, объявленному во вражеских новостях базой целого батальона нацистов, снесла три верхних этажа в подъезде их семиэтажки.

Неделю спустя Наташа вышла на нашу компанию: одна, без дочки.

На собраниях она обычно молчала. Зато в работе с жильцами, верней, с жиличками щебетала без умолку. «Казала-мазала», — говорила Эсфирь Лазаревна, описывая Наташин метод. Полчаса, сорок минут щебета ни о чем, о натуральных пустяках вроде модной стрижки или секрета хрустящей квашеной капусты — и жилички шли за Наташей, а потом и дальше, куда положено в таких случаях, без споров и раздумий, как цыплята за курицей.

Чутье намекало мне, что Наташина дочка стала жиличкой и что Наташа справилась с этой бедой самостоятельно, еще до того, как пришла к нам. Но чутье — штука темная, спорная, а задать Наташе прямой вопрос не решился бы и самый бестактный человек в мире.

— И я, — доложил дядя Миша. — А я, между прочим, не слепой.

— Никто из нас не видел, — согласилась Эсфирь Лазаревна. — Никто, кроме Романа. Но, как я уже сказала, у нас нет оснований не доверять его словам. И что же? — она воздела палец, копируя дядю Мишу: — Мы не видели, потому что не сталкивались раньше с этим явлением. Мальчик не видел, потому что столкнулся и не смог увидеть. Допустим, он в принципе лишен возможности видеть черную поземку. Также можно предположить, что перед приходом мальчика поземка сбежала. Если бы Роман не устроил эту безобразную драку...

— Мы его уже простили, — буркнул злопамятный дядя Миша. — Простили, закопали и надпись написали. Рома, ты говорил про перхоть?

— Думаю, она так кормится, — сказал я.

— Кто?!

— Поземка. А то, что не доест, достается людям. Ну, живым, которые рядом. Дым, помните? Перхоть сыплется, сгорает; дым всасывается, но не весь. Люди им дышат, этим дымом. Вроде как травятся, что ли? Типа угарного газа?

Наташа поежилась:

— Гадость какая! Рома, а ты сам-то не надышался?

Я пожал плечами:

— Я вообще не дышу. Хотя...

— Наверное, да, — сказала Эсфирь Лазаревна.

— Наверное, да, — вздохнул я. — Угорел, это точно. Иначе с чего бы я в драку полез? Я же не конченый, а?

Все молчали. Отводили взгляды.

— Ладно, я пошел, — бросил я, не дождавшись поддержки. — У меня еще дело есть. Мне Жульку домой отвозить, в подвал. У нее там одеяло.

— Кого? — выдохнула бригада.

Когда я садился в машину, где на заднем сиденье дрыхла рыжая Жулька, все стояли у окна и смотрели на нас. То, что собака умудрилась залезть ко мне в машину, наших не удивило. В прошлый раз я им рассказывал, как подвозил Валерку, и про «встань и иди!» тоже говорил. Сопоставить одно с другим — проще простого.

Нет, наши не удивлялись. Они завидовали.

Они сгорали от зависти, потому что у меня была собака. Да, чужая, да, у собаки где-то был подвал и одеяло. У собаки был Валерка, которого Жулька нашла, прибежав с другого конца города, а может, с другого конца жизни. Но сейчас, в этот малопрекрасный день этой проклятой зимы, растянувшейся на целый год и не собиравшейся заканчиваться, собака была у меня.

Настоящая живая собака. А значит, и я был пусть чуточку, но живой.

Попробую как-нибудь завести Жульку в квартиру Эсфири Лазаревны. Вдруг пойдет, не сбежит? Колбасы я ей дать не смогу, придется брать лаской.

Вот нашим счастье будет.

Март 2023

ДЕСЯТЬ НА ТРИНАДЦАТЬ

— Дядь Миша, ты чего?

Он не ответил. Шмыгнул носом, отвернулся. Дядя Миша плачет? Быть того не может! Если бы не видел своими глазами, в жизни не поверил бы.

В жизни бы не поверил. А сейчас верю.

— Да что случилось-то? Умер кто-то?

Здравствуй, друг мой, длинный язык. Ты, как обычно, опять успел вперед мозгов. Ну да, Ромка Голосий — сама деликатность, дело известное. Прав дядя Миша, через слово поминая мою бесчувственную «ментовскую натуру».

— Родился, — он всхлипнул по-детски.

У меня аж в носу защипало от жалости.

— Не умер, Рома. Родился.

— Кто?

— Внучка. Внучка у меня родилась.

— Чего же вы плачете? Радоваться надо!

Это не я. Это Наташа меня опередила.

— Я радуюсь...

— Видим мы, Михаил Яковлевич, как вы радуетесь, — ну, это уже Эсфирь Лазаревна. — Рассказывайте, в чем проблема. Мы здесь все не чужие люди. Поможем, чем сможем.

Дядя Миша еще раз всхлипнул, утер слезы кулачищем. Глаза у него были красные и блестели, как у больного в лихорадке.

— Вот, чаю попейте — и рассказывайте.

Эсфирь Лазаревна пододвинула дяде Мише его любимую фаянсовую чашку, расписанную сиреневыми цветочками, — самую большую из всех, имевшихся в наличии. Дядя Миша уставился в чашку, словно сомневался в ее содержимом. Поборов сомнения, шумно отхлебнул.

— Валюха, дочка моя… Родила вчера.

— Кого? — с интересом спросила Эсфирь Лазаревна.

Психиатра включила. Умеет. Будто не слышала про внучку!

— Девочку.

— Вес?

— Три семьсот.

— Рост?

— Полметра.

— Хорошая девка, не сглазить бы. Откуда узнали?

— У нас чат семейный. Я туда заглядываю.

— С дочкой, внучкой все в порядке?

— В порядке…

Дядя Миша подозрительно хлюпнул носом — и вновь припал к чашке. Типа, это он чаем булькает. Эсфирь Лазаревна молчала, не торопила. Мы с Наташей тоже молчали. Молчание сгущалось, делалось осязаемым, требовательным, и дядя Миша не выдержал:

— Увидеть я ее хочу!

— Кого?

Это уже я. Со свойственной мне тактичностью. Не выйдет из меня психиатра.

— Внучку! И Валюху, само собой. Мусю еще, супружницу мою. И Кольку, зятя, хрен с ним, окаянным. Всех хочу…

— И что тебе мешает…

Я поперхнулся, не закончив вопроса. Дядя Миша так на меня зыркнул, что я чуть со стула не сверзился.

— Увижу внучку — уйду. Понял, Рома? Уйду насовсем.

— Откуда знаешь?

— Чую. Душа подсказывает. А мне нельзя уходить! У нас работы — вагон и маленькая тележка…

— Вы уверены? — мягко спросила Эсфирь Лазаревна.

Спроси я то же самое, дядя Миша на меня б точно вызверился. А ей — ничего, нормально ответил, даже спокойно.

— Уверен.

— Значит, так и есть.

— Угу...

Он выхлебал залпом все, что оставалось в чашке. Крякнул, словно пил самогон. Глаза дяди Миши заблестели, но уже не так, как у больного, иначе.

— Подарок! — выпалил он.

— Что — подарок?

— Хочу им подарок сделать! Валюхе, внучке, зятю.

И привстал, навис над столом:

— Не увижу — уважу. Хоть так...

— Хорошая мысль, — одобрила Эсфирь Лазаревна.

Мы с Наташей переглянулись. Подарок? Какой подарок мертвые могут сделать живым? Мы и в руки-то ничего взять не сумеем. Материального, в смысле. Вещественного. Чашки-чайники Эсфири Лазаревны, смартфоны, моя машина — это другое. Это как бы часть нас самих. Говорят: «С собой на тот свет не заберешь!» Нет, забрали кое-что.

Хотя мы еще не на *том*, мы на *этом* свете. А, все едино. То, что мы себе оставили, родственникам не подаришь. Впрочем...

— Валерка! Было бы что, а он передаст. Попрошу — не откажет.

— Верно мыслите, Роман, — согласилась хозяйка квартиры. — Осталось выбрать подарок. Михаил Яковлевич, у вас есть идеи?

Дядя Миша растерянно заморгал.

— Вот же ж блин...

— Ну? — поддержал его я. — Думай!

— У меня и нету-то ничего. Мы все вместе жили, в одной квартире. Как я помер — всё им осталось. Мусе и Валюхе с Колькой. Оно теперь и так ихнее...

— Не раскисаем! — скомандовала Эсфирь Лазаревна. — Поищем у меня, что-нибудь да найдем. Мне оно теперь все равно без надобности.

Мы с Наташей, не сговариваясь, зашарили взглядами по сторонам.

Круглый стол под вышитой скатертью, кружевные салфетки. Чашки, блюдца, сахарница с колотым рафинадом. Четыре полукресла с вытертой обивкой зеленого атласа. Два жестких «венских» стула. Древний — как бы не позапрошлого века! — сервант; шкаф-монстр из карельской березы с зеркалом на центральной створке. Еще один шкаф, поновее — поздних советских времен...

— Эсфирь Лазаревна, можно?

— Конечно, Наташа, смотрите. Жаль, детских вещей у меня нет. Пригодились бы...

Я остался на месте. Вспомнил, как участвовал в обысках у подозреваемых, — и меня передернуло. Это значит, я у Эсфири Лазаревны обыск проводить буду?! И не надо мне песни петь: это, мол, другое! Сам знаю, что другое. А память, зараза, те обыски подсовывает. Один у педофила, чтоб ему черти в аду узлом завязали, другой у барыги-наркодилера.

Прав дядя Миша насчет «ментуры». Ладно, без меня справятся.

— О, еще один сервиз! Новенький, запакованный.

— Немецкий. Это мне на юбилей коллеги подарили. На восьмидесятилетие. Я и не открывала его ни разу...

— Михаил Яковлевич, как думаете?

— На кой хрен им сервиз?! Война, младенец — гостей, что ли, назовут?!

В подтверждение его слов вдалеке глухо ахнуло. И еще раз. Я достал смартфон, сунулся в городской Телеграм-канал. Ничего. А, нет, тревогу объявили. Пишут, в район ХТЗ прилетело.

Прав дядя Миша: сейчас не до гостей.

— Какой шелк! Ах, какой шелк! Как небо в июне...

В голосе Наташи пели восторг и тоска.

— Тут у вас целый отрез, Эсфирь Лазаревна! Платье пошить — загляденье будет! Михаил Яковлевич, что скажете?

— Ага, шелк! В платье под бомбами гулять! С дитем на руках!

— На вас не угодишь!

— Мне не надо угождать! Ты Валюхе с малой угоди! Сервиз им! Шелк! Платье! Уж лучше бронежилет, по нынешним-то временам!

— Бронежилетов не имею, — отрезала Эсфирь Лазаревна. — У меня не военторг.

В поисках она участия не принимала. Давала возможность Наташе занять себя чем-то полезным.

— О, коньяк!

— Коньяк? — оживился дядя Миша.

— Армянский, кажется. Точно, армянский. «Ной Классик», двадцать лет. В синенькой коробке.

Дядя Миша вскочил — хотел подойти, взглянуть! — и тяжело плюхнулся обратно.

— Кто ж поверит, — взгляд его потух, — что у меня в заначке двадцатилетний коньячище завалялся? Отрез шелковый? Сервиз? Я б и сам не поверил!

— А вам надо, чтобы ваша семья непременно узнала, что подарок от вас?

В голосе Эсфири Лазаревны явственно звучали профессиональные интонации.

— А как же иначе?!

— С того света? — уточнил я.

От взгляда хозяйки дома мне захотелось провалиться сквозь пол, этажом ниже. Но дядя Миша меня удивил.

— Ромка, братан! Верно говоришь! Даже если твой Валерка записку напишет, а я продиктую... Не поверят! А если поверят, с ума свихнутся! Валюха у меня впечатлительная, а Муся — та вообще...

Он снова затосковал:

— Что ж делать-то, а? Что делать?!

— Деньги.

Это Эсфирь Лазаревна.

— Деньги? Откуда у меня деньги?

— У меня есть. Шестьсот долларов. За книгами лежат, в собрании сочинений Чарльза Диккенса. На черный день откладывала, на похороны. Не пригодились. Коллеги за свой счет похоронили.

— Правильно! — обрадовалась Наташа. — Деньги всегда нужны. Купят ребенку, что нужно, и мамочке тоже...

— Шестьсот баксов? У меня?!

— У вас, Михаил Яковлевич.

— Заначены? Не потрачены?!

— Да.

— Кто ж в такое поверит? Это ж хуже коньяка!

— Не будем бежать впереди паровоза. Решаем проблемы в порядке очереди. Сначала — достать деньги с книжной полки. Если я не справлюсь, попросим Валеру. Роман, поезжайте к мальчику, без него вся наша затея — пустое дело.

— Стоять! — гаркнул дядя Миша. — Ромка, кому сказано! Фира, это ж ваши деньги. Выходит, что и подарок от вас, а не от меня!

— Ваши родные об этом знать не будут.

— Я буду знать! Я!

— Не надо на меня кричать, Михаил Яковлевич. Я вас прекрасно слышу. Подарок будет от вас, лично от вас. Это ваши деньги.

— Мои? В смысле?!

— Это ваша премия за ударную работу. В частности, за блестящее выпроваживание профессора в прошлый вторник. Как вы его, а? Я прямо любовалась. Короче, премия вам вручается по итогам голосования коллектива нашей спасательной бригады. Голосуем, коллеги? Кто за?

Мы с Наташей подняли руки. Дядя Миша ошарашенно моргал.

— Езжайте, Роман, — подвела итог Эсфирь Лазаревна.

***

Отбой воздушной тревоги дали в тот момент, когда я парковался во дворе Валеркиного дома. Вот и хорошо. Мне-то по барабану, а парню во время тревоги лучше дома сидеть. Или в убежище.

Хотя что это я? Валерка — и в убежище? Ага, разогнался.

У дверей, ведущих в квартиру профессора, я невольно задержался. Принюхался, прислушался. Чисто, жилец ушел насовсем. Они все уходили насовсем. На моей памяти никто не возвращался. Просто слишком свежими, острыми, мучительными были воспоминания: старик забился в угол, клещами не вытащишь, сыплется перхоть, жрет, дымится черная поземка...

Ничего, никого. Дядя Миша, ты монстр. В хорошем смысле слова. Уж не знаю, сколько воображаемых соточек ты усидел с профессором — это Эсфирь Лазаревна смотрела, я не рискнул! — как выманил его из облюбованного угла, квартиры, дома... Я ждал на улице и видел, как вы вышли из подъезда. Вышли вдвоем. А потом раз — и остался только дядя Миша.

Все, нечего тут торчать.

Валерка был дома. Один, без мамы. Сидел на диване, втыкал в айфон. Увидел меня, подпрыгнул от радости:

— Дядя Рома!

И другим, взрослым тоном:

— Случилось что-то?

Слушал, не перебивая. Глаза у парня загорелись — точь-в-точь как у дяди Миши, когда про подарок заговорили:

— Поехали!

Ну мы и поехали.

В подъезд вошли без проблем — он отродясь не запирался. Поднялись на третий этаж, остановились перед дверью, обитой потертым черным дерматином.

— Сюда?

Я кивнул:

— Заходи. Наши ждут.

Валерка взялся за ручку. Подергал.

— Закрыто, дядя Рома. У вас ключи есть?

Идиот! Какой же я идиот! И остальные не лучше. Нам-то без разницы — заперто, не заперто, открыта дверь, закрыта. Другое дело — Валерка… Забыли! Из памяти вылетело, что это значит — быть живым и не мочь пройти сквозь запертую дверь.

— Ключи внутри. На крючке в прихожей висят.

— Так вынесите их мне!

— Как?

— Ну да, конечно. И как я тогда войду?

— Сейчас, погоди, — засуетился я. — Что-нибудь придумаем. Жди здесь, я быстро!

Вихрем я влетел в квартиру. Объяснять ничего не понадобилось — наши толклись в прихожей, всё слышали. Завидев меня, как с цепи сорвались — повалили наружу. Пока женщины знакомились с парнем, застеснявшимся от такого внимания, дядя Миша бросил: «Я сейчас!» — и с неожиданной прытью умотал вниз по лестнице.

Вскоре мы услышали его голос:

— Нашел! То, что доктор прописал! Валер, спускайся сюда.

Я спустился за компанию. Дядя Миша стоял на «минус первом», в закутке у входа в подвал. Дверь была заперта на ржавый амбарный замок, но под ней скучал небольшой деревянный ящик. Из-под промасленной ветоши выглядывали рукоятки инструментов.

— Стамеску бери, — принялся распоряжаться дядя Миша. — И отвертку тоже. Ага, молоток. Бери, пригодится.

— Я вам что, взломщик?! — возмутился Валерка.

— Взломщик? Дурила, ты слесарь! — дядя Миша воздел указующий перст к низкому потолку. — И не ты, а я. Я тебя научу, пошли.

— Если с разрешения хозяйки, — поддержал я, — это уже не взлом.

— Ну смотрите, — без особой уверенности протянул Валерка. — Ой, сяду я с вами!

***

— ...Давай, поддевай! Так, хорошо...

Дверь не поддавалась.

— Отжимай! Отжимай, говорю. Сильнее! Давай еще чуть-чуть...

Валерка запыхался, раскраснелся. Дядя Миша крутился вокруг него как заведенный, заглядывал справа, слева, давал советы. Громко лязгнул замок. «Ура!» — хотел заорать я и прикусил язык.

Не ура. Совсем не ура.

— Это что ж такое творится?

В дверях квартиры напротив стоял сосед — натуральный бегемот в темно-синем спортивном костюме. В левой руке он держал открытую бутылку пива, правую выставил так, чтобы преградить Валерке путь к бегству, сорвись мальчишка с места.

— Мелкий, а наглый! Средь бела дня чужую хату подламывает...

Бегемот выплыл на лестничную площадку и спустился парой ступенек ниже. Видимо, он счел, что так надежнее: закрыть собой всю лестницу.

— Следи, чтобы наверх не побежал, — велел он жене, сменившей мужа в дверном проеме. — А я полицию вызову.

И потянул из кармана телефон.

— Куда ему наверх? — буркнула жена. — На чердак?

Она была одета в точно такой же спортивный костюм. Габаритами бегемотиха не уступала мужу. И цвет волос один: рыжий. Скажи кто, что они не муж с женой, а близнецы, — поверил бы, не сомневаясь.

— А хоть бы и на чердак! Уйдет крышами...

— Чердак заперт. Ключ у Зойки из второго подъезда.

— Следи, говорю! Вечно споришь...

Хорошие люди, подумал я. Бдительные. Следят, чтобы пустую квартиру не обнесли. Вот же не вовремя, а!

— Скажи, — велела Эсфирь Лазаревна, с беспокойством глядя на бегемота, — «Здравствуйте, Юрий Павлович!»

— Здравствуйте, Юрий Павлович! — послушно повторил Валерка.

— Скажи: «Здравствуйте, Тамара Александровна!»

— Здравствуйте, Тамара Александровна!

— Здрасте, — кивнула бегемотиха.

— Ты чего? — бегемот сделал внушительный глоток пива. Поперхнулся, булькнул носом. — Знаешь нас, что ли?

— Ага, — откликнулся Валерка.

Рубит фишку, отметил я. Молодец.

— Вот же мелочь ушлая пошла! — бегемот еще раз приложился к бутылке. — Решил хату подломить, так все заранее разузнал. Что, где, как соседей зовут... Не на тех напал, понял! Вот ты кто? Сам ты кто?!

— Скажи, — вмешалась Эсфирь Лазаревна, — что ты мой внук. В смысле, внук Стуры.

— Я внук Стуры, — повторил Валерка.

— Внук? — глазки бегемота неприятно сверкнули. — Внук, значит?

— Внучатый племянник! — быстро исправилась Эсфирь Лазаревна.

И, пока Валерка озвучивал уточнение, повернулась к нам:

— Своих детей у меня нет. Мужей трое было, а детей нет. Со вторым думали из Дома малютки взять... Не рискнули.

— Стуркин племяш? — бегемот вроде бы успокоился. — Внучатый?

— Стура? — Валерка глянул на Эсфирь Лазаревну. — Стура — это кто?

— Это я, — объяснила Эсфирь Лазаревна. — Сокращение от Эстер. Меня в семье Стурой звали с самого детства. Скажи, ты внук Льва Лазаревича. Он в Германии, не проверят.

— Эй! — в бегемоте опять проснулись подозрения. — Мелкий! Ты с кем это базлаешь?

Валерка сделал шаг к бегемоту:

— Это я по блютузу, с мамой. Она беспокоится, что вы меня побьете. А вообще я внук Льва Лазаревича. Дедушка сейчас в Германии, в Штутгарте. А я тут, с мамой.

— Лазаревича?

— Левкин внук, — внесла коррективы бегемотиха. — Ну Левка, Стуркин брат. Помнишь?

Бегемот засопел:

— Какого еще Левки?

— Скажи, — быстро сообщила Эсфирь Лазаревна, — того Левки, с которым вы на свадьбе у Наточки подрались.

Валерка честно озвучил свадьбу и драку.

— Скажи: дедушка еще вас побил. Все знают.

— Дедушка вас побил, — хихикнул Валерка. — Все знают, все.

— Левка?! Побил? — Бегемот побагровел. — Меня?! — грозный рев сотряс подъезд: — Да я его по стенке размазал, твоего деда!

— Размазал он, — ухмыльнулась бегемотиха. — Врешь и не краснеешь. Вы с Левкой пьяные в хлам были. Стояли в коридоре, качались. Держались друг за дружку, чтобы не упасть. Только и слышно было: «Я тебе щаз! Нет, я тебе...»

Потом устали, помирились. Вернулись за стол водку жрать. Размазал он…

— Эй, мелкий! — бегемот на глазах превращался из грозного охранителя территории в самого обыкновенного Юрия Павловича. — А дверь ты зачем ломаешь? У тебя что, ключей нет?

— Были, — вздохнул Валерка. — Мама потеряла. А нам документы нужны.

— Какие документы?

— Свидетельство о рождении. Там написано, что баба Стура — еврейка. Значит, мы все евреи. Мы с мамой в Израиль собрались, а там берут только евреев. У них с этим строго.

— Заврался, болтун, — мрачней тучи констатировала Эсфирь Лазаревна. — Евреи они, избранный народ! Кто в Израиле спросит документы тетки твоей мамы? У мамы своя мама есть, со своим свидетельством, или бабушка…

Но Юрий Павлович, похоже, не слишком разбирался в вопросах еврейских корней.

— А-а, — с сочувствием прогудел он. — Понимаю. А ключи мамка потеряла? Что ж она папку твоего не послала? Разве это детская работа: двери ломать?

Я вздрогнул. Вот сейчас Валерка начнет рассказывать про отца, погибшего девять лет назад под Иловайском…

— Они в разводе, — Валерка развел руками. — Отец шестой год в Черновцах живет, у него другая семья. Мы с мамой вдвоем, вот она и решила, что надо в Израиль. Сперва хотела в Германию, к деду. А на днях передумала. У мамы в Тель-Авиве подруги, зовут. Говорят, встретят, помогут на первых порах…

— Вот же брехло! — восхитился дядя Миша. — Жги, пацан!

Я любовался парнем. Глазки чистые, кудри русые, вьются колечками. Щечки румяные, на левой — ямочка. Сама невинность, хоть икону с него пиши. Мамин помощник! В Земле Обетованной плачут-рыдают: где наш Валерочка, почему не едет?

Юрий Павлович тоже проникся моментом:

— Эх ты, еврейчик! Тамара, подержи пиво, я ему помогу дверь открыть. Иначе он тут наломает дров...

— Сам держи свое пиво, — буркнула Тамара. — Ждите, я сейчас.

Бегемотиха скрылась в глубине квартиры и вернулась через пару минут. В руке она держала связку ключей, подвешенную на изящный брелок из кожи и металла.

— Вот, мне психичка запасные оставила. Как война началась, так и занесла. В марте, кажется, в начале месяца. Сказала: пусть, Томочка, у вас полежат на всякий случай. Время сейчас, сами видите, какое. А вам, Томочка...

Тамара Александровна всхлипнула басом:

— Вам, сказала, я доверяю, как родной. Мы с вами столько лет душа в душу! Ваши пирожки с капустой — это что-то... Юра, открой мальчику дверь.

— Я старая дура, — звенящим голосом произнесла Эсфирь Лазаревна. — Я психичка, это точно. Как я могла забыть?!

***

Спровадить соседей оказалось непросто.

Тамара — та поверила сразу. Юрий Павлович тоже в целом поверил, но бдительности не терял. Бродил за Валеркой по комнатам, скрипел рассохшимся паркетом, приглядывал. Чтоб, значит, пацан ничего лишнего не уволок. При таком надзоре достать заначку с баксами нечего было и думать.

Шкатулку с документами Валерка, следуя указаниям Эсфири Лазаревны, отыскал быстро. Дескать, мама заранее сказала, где искать. Взял свидетельство о рождении — и застыл соляным столбом, уставясь на старые фотографии.

Фотки в рамках висели на стене.

Это он сам, никто ему не подсказывал. И сдается мне, не только чтобы впечатление на соседей произвести — вот, мол, какой внук почтительный. Ему и правда интересно было.

— Дедушка Лёва? — тихо спросил Валерка. — Это ведь ты, правда?

Юрий Павлович сопел у парня за спиной, переминался с ноги на ногу, пока супруга решительно не потащила его прочь.

— Ключи! — заикнулся было сосед.

— В прихожей еще одни висят, — не оборачиваясь, бросил Валерка. — Я закрою.

— Ладно, — кивнул Юрий Павлович. — Пусть у тебя будут. Вдруг еще что понадобится? Главное, запереть не забудь!

— Не забуду!

Когда за соседями закрылась дверь, Валерка указал на фото:

— Это Лев Лазаревич, верно? А это? Это кто?

Эсфирь Лазаревна с нескрываемым удовольствием комментировала. Казалось, она помолодела лет на двадцать — интерес мальчишки был ей как бальзам на душу. Наконец экскурс в прошлое завершился, и Валерка полез в книжный шкаф. Извлек из-за сторожевого Диккенса конверт с аккуратной надписью фиолетовой пастой: «$600». Проверил: все шесть сотенных купюр были на месте.

— Давайте адрес, я передам, — обернулся он к дяде Мише. — А дядя Рома меня подбросит, да?

— Погоди ты! — возмутился дядя Миша. — Куда гонишь? Передаст он, подбросят его! Тут дело по уму обставить надо, так, чтобы...

Дядя Миша не договорил. Застыл посреди комнаты с разинутым ртом, а глаза его засияли такой радостью, что я прямо обзавидовался. В один шаг дядя Миша оказался рядом с парнем и что-то жарко зашептал ему на ухо. Валерка кивал, хмурился, потом просиял улыбкой до ушей:

— Понял, дядь Миша! Сделаю.

И уже ко мне:

— Дядя Рома? Подвезете, куда скажу?

Вот ведь заговорщики!

***

Остановились мы возле гаражного кооператива на Продольной, возле шестнадцатой школы. «Номер 271-а, — бормотал мальчишка, выбираясь из машины. — 271-а, Сан Саныч. Дядя Саня, от Коли...»

Я хотел пойти за ним, но передумал. Желают играть в конспираторов — пусть. Вахтер на въезде задал вопрос, парень бойко ответил, и его — надо же! — пропустили. Считай, пароль назвал, как два пальца об асфальт. Вернулся Валерка минут через двадцать, довольный, как кот, укравший сосиску.

— Справился?

— Ага.

— Куда теперь? К Мишиной родне?

— Не-а! Домой. Дядя Миша сказал: ждать. Он со мной свяжется, когда время придет.

— И как же он с тобой свяжется?

— А через вас, дядя Рома!

Приехали. Теперь я, значит, и связной, и таксист для малолетнего нахала. И швец, и жнец, и на дуде игрец. Знаете что? Я согласен. Когда ты при деле, ты живешь. Ну, пока не вспомнишь, кто ты в действительности. С другой стороны, если занят делом, вспоминать некогда.

Пусть припахивают — я только за.

***

— Рома, езжай к Валерке! Скажи: завтра к девяти утра.

— Что — завтра?

— Едем подарок вручать!

Две недели дядя Миша был сам не свой. Бродил из угла в угол, поминутно проверял смартфон, ведрами пил чай. Мы даже переживать за него начали. Поедет крышей или нервный срыв заработает! Хорошо, хоть инфарктов с инсультами у нас не бывает.

Или бывают? Что мы вообще о себе знаем?

На выездах Миша собирался и работал как надо. Лично спровадил по накатанной дорожке пару жильцов. Но едва возвращался — снова хватался за смартфон. Тут даже Эсфирь Лазаревна махнула рукой: вручит свой подарок, сказала, и успокоится. А пока лучше его не трогать.

И вот: «Рома, езжай к Валерке!»

А я что? Съездил, предупредил. И остался до утра спать в машине, чтобы не видеть, как дядя Миша по квартире мечется. Разбудил меня, как ни странно, не он, а Эсфирь Лазаревна:

— Просыпайтесь, Роман. Пора ехать.

Наши втиснулись на заднее сиденье. Переднее, рядом со мной, оставили для Валерки. Прямо как на сложный выезд отправляемся, всей бригадой. В каком-то смысле это и был сложный выезд. Может быть, самый сложный из всех, что выпали на нашу долю.

Самый важный.

Город в воскресное утро был пустой, ехать — одно удовольствие. Да, авария мне не грозит, но привычка-то никуда не делась. Поворотники включаю, на перекрестках притормаживаю, на красный не ломлюсь...

Домчали с ветерком.

Валерка ждал у подъезда. Сел, пристегнулся — молодец, парень! Обернулся поздороваться, но дядя Миша его опередил.

— Все взял? Ничего не забыл?

— Всё, всё взял! Доброе утро.

— Это мы еще увидим, доброе или нет! Роман, гони на Безлюдовское кладбище. По проспекту Гагарина, за заправкой. Полугодовщина у меня сегодня.

— Что у тебя?!

— Шесть месяцев со дня смерти. Мои все там будут, кто в городе. Хотят внучку мне показать, во как! Я в чате прочитал...

— Понял.

Все там будем, ага. Язык мой — враг мой. Ну хоть вслух не сказал, и ладно. Всё, проехали.

Вернее, приехали.

Перед воротами кладбища зияла воронка от прилета. Вокруг — крошево асфальта, искореженные прутья ограды. Ворота распахнуты, одна створка на честном слове держится. Я припарковался справа, метрах в пяти. Надеюсь, никто в мою машину не въедет — основная парковка слева. Там скучал монументальный черный *Land Cruiser*, за ним парой сирот жались помятая KIA и зеленый «Опель».

— Моих еще нет, — буркнул дядя Миша. — К десяти подъедут.

Мы выбрались из машины.

С утра весна решила показать, кто в городе хозяин. Вымела небо от туч, надраила солнце — хоть темные очки надевай. Зажурчала первыми ручейками, расчертила асфальт тенями: длинными, четкими. Мне тепло-холод без разницы, а по Валерке видно — потеплело. Куртку расстегнул, шапку в карман сунул…

— Едут! Вот они!

К кладбищу подрулила бежевая «шестерка».

— Валера, пошли! — скомандовал дядя Миша. — Давай за мной!

И рванул в глубь кладбища. Валерка с трудом за ним поспевал, стараясь не переходить на бег. Кладбище все-таки, не стадион.

Мы с дамами последовали за ними. Шли не торопясь, задержались там, где полоскались на ветру сине-желтые флаги — здесь лежали те, кто погиб на фронте. Постояли, помолчали; высмотрели, где сейчас дядя Миша с парнем, двинулись туда.

Когда мы подошли, Валерка уже положил подарок на скромную плиту под невысоким — мне по колено — обелиском. На отретушированной фотографии дядя Миша выглядел заметно моложе. Лакированный, прилизанный, в костюме и при галстуке, он мало походил на себя нынешнего. Думаю, он и при жизни таким не был. Разве что в шестьдесят лет, когда фото в паспорте менял.

— Спасибо, Валера! Выручил.

— Всегда пожалуйста, дядя Миша. Если что, обращайтесь. Я пойду, да? Не буду вам мешать.

— Подожди, — вмешался я, — я тебя обратно подвезу.

— Спасибо, не надо. Тут маршрутка ходит.

Похоже, на кладбище ему было не по себе.

— Ну бывай, — я решил не настаивать. — Заходи в гости, ключи у тебя есть.

— Ага!

Его куртка мелькнула среди могил, исчезла.

— Идут! Мои идут!

Дядя Миша торопливо отошел шагов на двадцать от могилы; отвернулся. Мы тоже отошли, но не так далеко. Я видел, чувствовал: дядю Мишу подмывает повернуться, взглянуть, но он держится.

Так, вот и родичи.

Молодая женщина в пуховике, с младенцем на руках. Валя, дочь. Младенец был тщательно упакован в «конверт»; молчал, должно быть, спал. Долговязый парень в черной куртке с оттопыренными карманами — надо понимать, зять Коля. Пожилая женщина в пальто и вязаном берете. Лицо строгое, глаза сухие: жена. Язык не поворачивался сказать: вдова. Какой-то невзрачный субъект во всем сером: пальто, брюки, шляпа...

Ага, шляпу снял. Молодец.

— Мама, что это?

Валя отдала ребенка матери. Шагнула к могильной плите, присела, взяла то, что Валерка положил на плиту. Конверт с фиолетовой надписью «$600» был придавлен гаечным ключом. Обычным гаечным ключом десять на тринадцать, ходовым инструментом у автомобилистов. Старым, потертым...

С той стороны, где у ключа «тринадцать», была выцарапана буква «М». Миша, значит. Чтобы не упёрли — ну и чтобы с чужим не перепутать.

— Папа! — ахнула Валя. — Папа, родной!

И дядя Миша не выдержал: обернулся.

Отвернись, едва не заорал я. Что ты делаешь, дурак?! Слова застряли в глотке. Наташа сорвалась было с места — броситься вперед, заслонить, встать между дядей Мишей и его семьей! — но Эсфирь Лазаревна крепко взяла ее под руку, не позволив.

Валя плакала и смеялась. Коля обнял жену одной рукой, а другой взял под локоток тещу — чтобы не упала, если что. Это он зря, с младенцем в обнимку бабушка не упала бы и в лютый ураган. Они стояли, смотрели на опустевшую плиту, на конверт, гаечный ключ; позади сиротливо горбился родственник в сером...

Дядя Миша тоже смотрел на них. Не знаю только, видел или нет. На скулах его вспухли желваки; по лбу, по щекам катились крупные капли пота. Дядя Миша держался, как мог, упирался, дрался насмерть, из последних сил с тем, что тащило его прочь отсюда, в даль далекую. Я чуял, какой дикой, неукротимой волной накрывает его, влечет на глубину, на дно, или в небо, или еще куда — какая разница, все туда уйдем, тогда и узнаем.

Кажется, Валя что-то сказала — я не разобрал. Зять смахнул с плиты мелкий сор, положил букет желтых тюльпанов. Я и не увидел цветы поначалу, а они у них были. Валя неловко смахнула слезы, едва не оцарапалась ключом: буква «М», десять на тринадцать. Конверт обронила, не заметила, а в ключ вцепилась, как я не знаю во что.

Родственник подобрал конверт, сунул ей в карман пуховика.

Мы провожали их взглядами до кладбищенских ворот. И лишь потом рискнули посмотреть на дядю Мишу. Он стоял под голым, черным от влаги деревом. Тяжело отдуваясь, переводил дух, утирал пот со лба. Таким живым я его еще никогда не видел.

— Врёшь, не возьмёшь! — выдохнул он, ухмыляясь. — Думали, ушел Михаил Яковлевич? Бросил вас, бедолаг, на произвол судьбы? Никуда Михаил Яковлевич не ушел, не дождетесь! У нас работы — вагон и маленькая тележка...

***

К нам бежал зять Коля. Ну не к нам, к могиле.

— Тормоз! — бормотал он на ходу. — Чуть не забыл...

Из правого кармана зять извлек чекушку водки, из левого — граненый стакан и ломоть черного хлеба, завернутый в белую тряпицу. Скрутил пробку, набулькал полстакана, поставил на плиту. Накрыл хлебом. Хотел отхлебнуть из початой чекушки; передумал. Поставил бутылку рядом со стаканом — и, не оглядываясь, быстро зашагал прочь.

Нет, оглянулся все-таки. Нас, что ли, увидел?

...Всё, ушёл.

На негнущихся ногах дядя Миша приблизился к могиле. К своей могиле. Взял стакан — взял! — и, не веря, долго на него смотрел. Снял хлеб, понюхал водку. И еще раз, широко раздувая крылья пористого носа. Изменился в лице, задрожал всем телом.

Выдохнул, готовясь осушить стакан до дна. Замер, не донеся его до губ.

Обернулся к нам:

— Фира, Наташа, стакан вам. А мы с Ромкой по-простому, из горла̀.

Он взял чекушку:

— Ну что, будем?

Март 2023

История четвертая

ДЖУЛЬЕТТА

Взрывы были едва слышны.

Окажись шум города самую чуточку громче, насыщенней и прожорливей, он съел бы эти далекие взрывы без остатка. Да и так никто не обращал на подозрительный шум внимания, торопясь по делам или гуляя с детьми. Каналы и чаты уже отзвонились успокоительным благовестом:

«Друзья, в области начались тренировки, без паники! Сегодня наши воины оттачивают умения стрельбы из тяжелого и стрелкового оружия. Эхо с полигонов может доноситься в город, поэтому если вы слышите какие-то бахи, не паникуйте, всё под контролем. В случае какой-либо опасности мы сообщим.

P. S. Также возможны работы саперов (учения)».

Весна, невпопад подумал я. Перезимовали.

В ноябре, помню, все боялись подступающей зимы. Я говорю о гражданских, *мирняке*, кто не уехал за кордон; фронт — дело особое. Одни бодрились, другие впадали в депрессию, третьи кипели от безвыходной ненависти. То, чего боялись, сбылось — массированные ракетные удары по ТЭЦ и объектам инфраструктуры, долгие часы, а случалось, что и дни без света, тепла и воды, пока коммунальщики, эти ангелы-хранители города, без отдыха и сна ремонтировали и восстанавливали разрушенное. И вот зима прошла и сгинула, а живые огляделись, выдохнули и сказали себе с некоторой долей облегчения:

«Мы живы!»

Сейчас все ждали нашего весеннего контрнаступления. Истомились в ожидании, вымотали нервы себе и окружающим. Виртуальные скандалы затевались на пустом месте, из-за ломаного гроша и выеденного яйца. Размокшая земля была еще не в состоянии нести тяжелую бронетехнику, чего не скажешь об интернете — тут проходимость всегда была на должном уровне. Граждане понимали, что занимаются бессмысленным самоедством, что сроки стратегических операций зависят от сотни вводных и тысячи параметров, что такие вещи всегда скрыты от любопытных «туманом войны», — и тем не менее криком кричали, требовали: сегодня и сейчас! Сетевое казачество собиралось на круг: второй, третий, триста третий. Избирало атамана за атаманом, вручало булаву, возносило на вершину славы, чтобы минутой позже низвергнуть в пучину позора. Требовало немедленной публикации сокровенных планов Генштаба с пояснениями для чайников.

Народ должен знать правду!

Устали. Очень устали. Напряжение требовало выхода, а значит, действий. Какие тут действия? — слова, фото, гифки. Посты, комментарии. Они заболачивали интернет, чмокали, всасывали, тянули на дно каждого, кто имел неосторожность зайти в голодную трясину. Живые? Нервы — они, знаете ли, не только у живых. Я и сам ловил себя на желании не покидать эту бурлящую, фыркающую пузырями среду — остаться здесь навсегда, не живым и даже не мертвым, а каким-то жильцом, что ли?

Настроение ни к черту. Жалуюсь, самому противно.

Чтобы не смотреть на экран, я стал смотреть на дом. Он стоял через дорогу от меня — матерый старикан дореволюционной постройки. Эсфирь Лазаревна рассказывала, что в таких домах жили профессора вроде того, из фильма «Собачье сердце», потом настал период коммуналок, по три-четыре семьи на квартиру, а позже те, у кого завелись деньги, расселили коммуналки, сделали ремонт и заселились сами. В цокольных этажах и полуподвалах обустроились самые неожиданные постояльцы, например мастерские художников.

Чтобы войти в подъезд дома, надо было не просто открыть дверь и даже не подняться по двум-трем чахлым ступенькам, а взойти по самой настоящей лестнице в два внушительных пролета.

Впервые такое вижу, честное слово.

Рядом со входом припарковался красавец «Субару». Хлопнула дверца, из машины выбралась женщина — немолодая, лет пятидесяти, но броская, ухоженная. Вероятно, бизнес-леди. Одежда с виду простая, без купеческих излишеств, но уверен, на каждой тряпке нашелся бы ярлычок с логотипом крутой фирмы.

Поставив машину на сигнализацию, бизнес-леди шагнула к лестнице.

— Здрасте, дядя Рома!

В открытое окно сунулся Валерка. Протянул мне айфон:

— Вот, почитайте!

— Лезь в салон, — велел я, беря гаджет. — Нечего людей пугать!

Он вечно забывал, а я-то хорошо представлял, как это выглядит со стороны: мальчишка разговаривает с пустым местом! Разумеется, в наше время любое сумасшествие можно списать на блютуз и «ракушку» в ухе, но береженого бог бережет. Когда парень сидит в моей машине, его никто не видит, как и меня. Тоже, значит, пустое место.

Так безопаснее. Ну, наверное.

Чуть ли не весь март я, когда не мотался по работе, парковался на Валеркиной улице. Даже чай у Эсфири Лазаревны пил редко. Вначале делал вид, что просто стою здесь от нечего делать — какая разница где? Ставил машину не прямо у него под окнами, чтобы не быть назойливым, вроде бдительного папаши, а дальше, метрах в пятидесяти. Глупости, конечно, глупости и бессмыслица — Валерка все понимал, махал мне из окна рукой, проходя мимо, здоровался. С разговорами лез нечасто — видимо, тоже старался не выглядеть малолетним надоедой.

— Что тут у тебя? — спросил я, когда он устроился рядом.

— Друг прислал. Да вы читайте, там интересно...

Я опустил взгляд на айфон.

«...у меня есть собака по имени Гуч. Это американский булли, большой, сильный и страшный на вид. Но это только на первый взгляд. Гуч добрый и любит всех людей. Когда он бежит к кому-нибудь, не каждый понимает, что это он хочет любви и будет лизаться, чтобы его погладили.

Когда началась война, Гуч очень нервничал. Если где-то падали бомбы или ракеты, он страшно боялся взрывов. Не мог понять, что это за ужасные звуки. Мы тогда все жили в одной квартире: я с родителями, дедушка с бабушкой и Гуч. Гуч ходил за людьми, следил, чтобы его не бросили одного в беде. Он не знал, что мы его ни за что не бросим...»

— Это ты, что ли, написал?

— Нет, у меня собаки нет. У меня Жулька, но она в подвале живет. Так что она не очень-то у меня. Это Серый написал, Сергей, в смысле. Друг мой, сосед из второго подъезда. Он на год младше, мы вместе гуляли. Ну, до войны. Они сейчас в Германии...

— В Штутгарте? — не удержался я. — С дедушкой Лёвой?

— Ага, в Штутгарте. Думаете, чего я тогда про Штутгарт вспомнил? Серый в двух школах учится: немецкой и нашей, онлайн. Им сочинение задали на вольную тему. Вот он и написал про свою собаку...

«...когда из Белгорода вылетал самолет бомбить нас, Гуч чуял его заранее. И бежал в коридор, прятался. Звал нас, чтобы мы тоже спрятались. Мы во время обстрелов прятались в коридоре:

— Правда, здорово написано?

— Душевно. Даже слишком.

— Не понял.

— Очень уж гладко, без ошибок. Говоришь, Сергей на год младше тебя?

— Ему дедушка помогал. Ошибки правил, подсказывал...

Болтая с Валеркой о пустяках, я краем глаза поглядывал в сторону бизнес-леди. Женщина до сих пор не зашла в подъезд. Стояла, словно так и надо, на узкой площадке между первым и вторым пролетом лестницы, спиной ко мне. Не знаю, шевелились ее губы или нет, но возникшую паузу я не списал бы на банальный разговор по телефону.

Блютуз, да? «Ракушка» в ухе?!

Бетонный парапет частично скрывал бизнес-леди от меня, и тем не менее я видел лисий хвост, край темного искристого облачка, клубящегося у ее ног. Снег противоестественного цвета, шустрая пороша, которой не место на весенней улице. Которой вообще не место там, где живут люди, в любой сезон.

Ну здравствуй, черная поземка. Давно не виделись.

— Мы с Серым просили, чтобы нас с Гучем гулять отпускали. Ну, без взрослых. Это когда еще войны не было. Нет, не разрешали. Мы обижались...

— Правильно не отпускали. Бойцовый пес, его контролировать надо.

— Ну да, правильно. Он поводок изо всех сил тянул, вырывался. Мы удержать не могли. Даже вдвоем не могли. Это сейчас я понимаю, что правильно, а тогда не понимал. Сейчас, может быть, удержал бы...

Поземка слегка дымила.

Щурясь, я различал жиденькие струйки дыма. Видел, как они извиваются, цепляются за воздух невидимыми усиками, словно плети ядовитого плюща, ползут вверх, к лицу бизнес-леди, втягиваются в жадно трепещущие ноздри. Я решительно не понимал, что происходит. Перхоть? Нет, перхоти с женщины не сыпалось, это я увидел бы. Гореть было нечему. Да и женщина была живой, несомненно, живой, а вовсе не жиличкой, забившейся в раковину так, что не выковырять!

Кажется, процесс испускания дыма был для поземки болезненным. Она вздрагивала, дергалась, теряла блеск, но все равно дымила с завидным упрямством. Если она не ела, то что она делала? Испражнялась? Что я вообще знаю о тебе, черная поземка?!

Ничего.

Прямой опасности для нас с Валеркой я не предполагал. Лезть в чужие дела? Не вижу смысла. Да и что я могу сделать? Вот я прискакал на лестницу, ношусь вверх-вниз с воплями: «Гражданочка! Шли бы вы домой, а?» Или того хуже: «Поземка? Нарушаем? Ну-ка пройдемте...»

Только парня напугаю, и всё.

«...сейчас мы в Германии, тут тихо, войны нет. Но Гуч и сейчас боится громких звуков. Петарды или лопнула шина автомобиля, а он сразу слушает, смотрит, помнит, как ему было страшно дома.

Я надеюсь, что война скоро кончится. Что взрывов больше не будет. Тогда и люди, и собаки ничего не будут бояться».

Я принюхался и вздрогнул.

Чутье явственно говорило: от бизнес-леди пахнет жиличкой. Запах был исчезающе слабым. Такой пару дней сохраняется в квартире или другом убежище, откуда жилец ушел доброй волей или стараниями нашей бригады. Остаточные, значит, явления.

Что происходит?

— Ладно, дядя Рома, я пошел. Мне еще хлеба купить...

— Погоди, я дочитаю.

Я тянул время, наблюдая за бизнес-леди. Заходить в подъезд она раздумала, но и на лестнице не осталась — спустилась на тротуар. В машину не вернулась, пошла прочь, удаляясь от нас. Поземка вертелась у ног женщины: сопровождала.

Сейчас эта зараза была еле заметна.

— Дочитали?

— Да, — я вернул ему айфон. — Дуй за хлебом, мамка заругается.

Когда парень двинулся в том же направлении, что и бизнес-леди, я выбрался из машины и медленно побрел следом. Мало ли? Поэтому я и увидел, как женщина достает из сумочки какой-то предмет, роняет его на землю и, не собираясь ничего поднимать, ускоряет шаг. Я тоже ускорил было шаг, даже собрался окликнуть Валерку — и обругал себя за мнительность.

Не гранату же она бросила, ей-богу!

А даже если гранату? Я все равно ничем не смогу помочь. Не в том ты состоянии, Ромка Голосий, чтобы закрыть парня от осколков своим грешным телом. Нет у тебя тела, так и запиши. Кричать «Ложись!» поздно: пока он услышит, сообразит, послушается...

Валерка остановился. Наклонился, подобрал то, что уронила женщина. Глянул ей вслед — бизнес-леди свернула в подворотню, как если бы решила срезать путь к метро. И кинулся вдогон, словно его черти гнали.

Ну и я кинулся.

Где они? Ага, вон, у гаражей. Что с Валеркой?!

Ничего особенного.

— Вот, вы уронили...

— Ой, спасибо! Как же я не заметила...

Женщина держала в руках бумажник. Обычный дамский бумажник желтой кожи. Толстый, аж лопается! По всей видимости, бумажник был туго набит деньгами, карточками, бог знает чем еще. Я перевел взгляд с бумажника на женские ноги, будто сексуально озабоченный ловелас, возбужденный ранней весной.

Нет, поземки не было. Сбежала. И жиличкой от рассеянной бизнес-леди больше не пахло. Сгинул запах, выветрился.

— Вот, это тебе, мальчик...

— Что вы, не надо...

— Обязательно надо. Бери, иначе я обижусь...

Она двинулась назад: ко мне, мимо меня, обратно на улицу. Видимо, вспомнила, что собиралась домой. Валерка тоже вернулся. Вид у парня был удрученный.

— Сто гривен, — сказал он.

— Что?

— Она дала мне сотню. Дядя Рома, я не хотел брать, честно! Но Полина Григорьевна сказала, что обидится... Может, мне ее догнать? Вернуть?!

— Купи себе конфет, — отмахнулся я. — И маму угости. Вы знакомы?

— С мамой?

Он засмеялся.

— С этой... С Полиной.

— Нет. Впервые вижу.

— А откуда ты знаешь, что она — Полина Григорьевна?

Он пожал плечами:

— Так видно же! Это вы шутите, да?

Видно ему. Ему, значит, видно.

***

— Дядя Рома! Дратуте!

Дратуте? Это что-то новенькое. Небось в сети подхватил.

— Опять за хлебом? Куда в тебя столько лезет?

— Не-а! — он смеется. — За кефиром!

Выбираюсь из машины. Тащусь за ним, метрах в двадцати. Делаю вид, что гуляю, что я просто так. Валерка делает вид, что не замечает меня. Машет сумкой — синей, расшитой алыми маками, явно маминой; бодро топает к ближайшему гастроному.

Оба стараемся, притворяемся.

Каждый при деле.

Мне вчера сделали выговор. Наши, бригада. Твое дело, сказал дядя Миша, город объезжать. А в засаде сидеть, лодыря гонять — много ума не надо. Что, Рома, жильцы у нас закончились? Или нюх тебе отбило?

С утра честно объезжал. А к полудню — снова здоро́во, опять здесь.

Как медом намазано!

Зачем я его сопровождаю? Что может случиться с мальчишкой среди бела дня в центре города? Если, не приведи бог, ракета прилетит — так я все равно пустое место. От меня помощи, как от козла молока. Бизнес-леди? Кошелек, черная поземка? Вчера прекрасно обошлись без Романа Голосия.

Еще и сотку парень заработал.

Рядом с гастрономом — кофейный киоск. Два высоких столика без сидений. За ближайшим — молодой, едва за двадцать, чернявый солдатик. Вооружился парой картонных стаканчиков: из одного отхлебывает, другой ждет своей очереди. Солдатик увлеченно болтает с кем-то по смартфону: куртка нараспашку, шапку снял. Ну да, солнце припекает, земля па́рит — так и самому запариться недолго, в зимней-то форме. Еще и кофе горячий.

Кофе мне захотелось — спасу нет!

Солдатик прячет смартфон в карман, хмурится.

— Эй, пацан! Капучино хочешь?

— Я?

Валерка удивлен. Вряд ли его часто угощают на улице.

— Ты здесь других пацанов видишь?

— Это же ваш капучино!

— Лишний стакан образовался. Взял для друга, а у него облом. Перезвонил: не придет. Угощайся! Не пропадать же добру?

— Спасибо...

Валерка закидывает сумку на плечо, берет стаканчик обеими руками. Аккуратно, чтобы не обжечься, делает глоток. С чувством повторяет:

— Спасибо!

И, внезапно расхрабрившись, спрашивает:

— А вы с фронта, да?!

Солдатик не отвечает. Молчит, кусает губы. Выцветает, из чернявого делается блеклым, невзрачным, никаким. На лицо его нисходит отсутствующее выражение, словно он не здесь, а где-то. Будь он мертвым, вроде меня, я сказал бы, что его накрыло. Что сейчас беднягу неодолимо влечет прочь, за грань, куда в итоге уходят жильцы, куда рано или поздно уйдем все мы.

И пахнет жильцом! Самую малость, и все же...

Щурюсь. Вглядываюсь. Принюхиваюсь. Да нет, живой. Точно, живой! А я чую запах жильца: неуловимый, ускользающий.

Скользкий.

Чую, а теперь и вижу.

При ярком солнце она почти незаметна даже для меня. Побледнев, утратив искристый угольный блеск, черная поземка скользит меж столиками. Завивается «восьмерками» и петлями, облизывает ноги солдата в стоптанных берцах. Па́рит, притворяясь землей, подсыхающей на солнце, норовит слиться с ней, остаться незамеченной. Дымит помаленьку — хищный дым ползет, тянется; как слепой, шарит зыбкими пальцами по лицу солдатика. Тот дышит испарениями поземки — и от него все сильнее несет жильцом.

Вот, моргает. Глаза красные. Кашляет: долго, хрипло. Достает пачку «Кэмела», чиркает зажигалкой. Глубоко затягивается, выпускает облачко дыма — табачного, сизого.

— С фронта? Ага, с фронта. Откуда ж еще?

— В отпуске, да?

— Догадливый ты, пацан! Завтра обратно. На нуль.

— Как оно там? На этом, на нуле?!

— По-всякому. Если затишье — чай пьем, байки травим. Оружие чистим, магазины набиваем. Лафа! А начнут садить из минометов или с арты — тут не зевай, ныряй в блиндаж. Поначалу страшно было. Теперь ничего, привык.

— А вы давно в армии?

— Давно. С твоих примерно лет.

— С моих? Не берут же до восемнадцати!

— Верно говоришь, не берут. Я в четырнадцатом сунулся в военкомат — меня погнали: мал еще. Так я из дома сбежал. Добрался до фронта: на автобусе, автостопом, в конце так, пешком.

— Ух ты!

Глаза у Валерки горят.

— Не слушай его! — ору я парню. — Не слушай!

Куда там! Если Валерка кого и не слушает, так это меня.

— Прибился к добробату. Они сначала тоже погнать меня хотели. А тут обстрел, атака, опять обстрел — не выбраться с позиций. Короче, остался. Патроны подносил, магазины заряжал. С донесениями бегал, когда связи не было. Потом выдали мне автомат, броник — все как полагается. Ты, сказали, теперь настоящий боец. С тех пор и воюю...

— А родители ваши? Небось, переживали?

— Он тебя грузит! — надрываюсь я. — Врет, сволочь!

Бесполезно. Как лбом в стену.

— Переживали, конечно. Я им позвонил, когда смог. Ругались, требовали, чтоб вернулся немедленно. А я уперся! Зато, когда в первый отпуск приехал, знаешь, сколько радости было? А как я БТР с РПГ подбил — гордиться стали! И сейчас гордятся. Волнуются, конечно, но на дембель уйти не просят. Куда тут на дембель, если война? Кто ж страну защищать будет?

— Он врет! Ну, сволота… Сын полка, мать его!

По нулям. Глядит солдатику в рот, глаза — два костра.

— Не вздумай! Не вздумай на фронт сбегать!

Шагаю ближе:

— Иди за кефиром, придурок! Быстро!

Черная поземка дымит, вскипает. Взметнувшись вверх, пляшет вокруг солдата и Валерки. Корчится, извивается, словно ее вынудили водить хоровод на раскаленной сковородке. Мерзость хочет жрать, поглощать, отнимать, а сейчас ей приходится отдавать, жрать саму себя, чтобы исходить удушливым дымом…

Рвусь к Валерке: достучаться, докричаться, утащить прочь.

Дым усиливается. Встречает меня, лижет руки, лицо. Я инстинктивно задерживаю дыхание. Холодно. Очень холодно. Зима вернулась; февраль прошлого года, первый день войны. Тону в жутковатой, липкой невидали — ледяной смоле. Не знаю, сколько сил истратила поземка на этот обезумевший дым; знаю только, что мои силы на исходе. Пальцем шевельнуть — и то дается неимоверным трудом. Холод продирает до костей. Словно Терминатор, угодивший в жидкий азот, я еще со скрипом двигаюсь, но вот-вот застыну, заледенею, рассыплюсь на куски.

Кончается запас воздуха. Мертвым не нужно дышать, но воздух этого не знает, он все равно кончается, и я не выдерживаю — делаю вдох.

* * *

Отстаньте!

Уйдите, уйдите... Оставьте меня в покое. Не хочу никого видеть, не хочу никуда идти, не хочу ничего делать! Хочу одного: свернуться калачиком, втянуть голову в плечи. Обхватить себя руками, поджать ноги — лежать, лежать, лежать...

Вечно.

Ни о чем не думать, просто лежать. Спать? Не знаю. Отстаньте, а? Вы отстаньте, а я останусь. Здесь. Навсегда.

В машине. На заднем сиденье.

Не трогайте меня! Не лезьте! Убью!

* * *

Руки не слушались. Пальцы задубели.

Не иначе как чудом мне удалось открыть дверцу и вывалиться из машины наружу, на жирную подсыхающую землю обочины. Так младенец вываливается из чрева матери в неуютный, неприязненный, полный забот мир. Солнце падало с неба на голову, долбило жертву острым клювом. От его блеска болели глаза.

Я зажмурился. Отполз подальше, на асфальт.

Холодно. Как же холодно! Машина. Надо вернуться в машину. Согреться. Спрятаться. Никуда не выходить. Не рождаться. Не умирать. Почему я был в машине? Проклятье, как я здесь оказался?! Когда успел?! Гастроном, кофейный киоск, два столика... Как вышло, что я сидел в своей машине?

Валерка!

Солдат. Черная поземка.

Валерка, я тебя бросил. Я угорел. Прости.

Со второй попытки мне удалось встать. Сначала на четвереньки, затем в полный рост. Валерка, да. Машина. Нет, не машина — Валерка. Ноги подгибались, когда я заковылял обратно. К киоску, столикам, солдату...

Мимо меня с рычанием пронеслась грязно-рыжая молния.

75

Жулька?

Я, как мог, прибавил ходу.

Они были там: Валерка, солдат — и черная поземка. Тварь мела вокруг них, заключив в кольцо из дымящейся угольной пыли. В пяти шагах от столика припала к тротуару Жулька: шерсть дыбом, уши прижаты, пасть оскалена. Клыки такие, что и волк обзавидовался бы. Собака захлебывалась оглушительным, истошным лаем. От него звенело в ушах, ёкало в груди и хотелось удрать на край света от бешеной твари, в которую превратилась безобидная дворняга.

Редкие прохожие ускоряли шаг. Оглядывались с нескрываемой опаской, спешили перейти на другую сторону улицы.

«Мы с Серым просили, — вспомнился мне рассказ Валерки, — чтобы нас с Гучем гулять отпускали. Ну, без взрослых. Это когда еще войны не было. Нет, не разрешали. Он поводок изо всех сил тянул, вырывался. Мы удержать не могли. Даже вдвоем не могли...»

Жульку не удержали бы и вдесятером.

Из-за киоска вывернул бородатый здоровяк. Натуральный рокер: бандана с черепами, темные очки, косуха нараспашку — и мятая сигарилла в зубах. На поводке рокер вел черного «немца». Вернее, это «немец» вел — тащил! — хозяина прямиком к столику.

— Ральф, стоять! Стоять, я сказал!

Ральф честно встал бок о бок с Жулькой. Фыркнул и вдруг разразился лаем: грозным, басовитым.

Движение поземки сделалось дерганым, рваным. Она дрогнула, распалась на отдельные пряди. Казалось, дюжина кобр встала на хвосты, раздула капюшоны. Кобры потянулись к собакам, отпрянули. Снова потянулись...

Рядом с Жулькой и Ральфом образовался мелкий рыжий шпиц, затявкал на поземку. Несмотря на писклявый голос, смешным шпиц не выглядел: яростью он мог бы поделиться с Ральфом.

К собакам присоединился ухоженный белый пудель; от гастронома, вырвав поводок из рук хозяйки, бежал поджарый «боксер». И поземка не выдержала: в панике заструилась прочь, лохматясь неопрятными космами. Растеклась у входа в отделение банка, припала к земле, притворившись ветошью и не отсвечивая.

Собаки продолжали лаять.

Солдатик заморгал, глупо приоткрыл рот. Выдохнул облачко стеклистого дыма, закашлялся. Взгляд сделался осмысленным, щеки порозовели.

— Эй, чего это они? Взбесились?!

— Жулька! Что ты творишь?!

Кинувшись к Жульке, Валерка ухватил ее за ошейник. Я не знал, откуда у собаки взялся ошейник, да это сейчас было и неважно. Молодец парень, добыл где-то. Чтобы за бродячую не приняли.

— Сдурела? Все хорошо...

Собака прижалась к Валерке, однако лаять не перестала.

— Фу! Фу, кому сказано! Нельзя!

Валерка осекся. Не выпуская Жульку, уставился на вход в банк:

— Дядя Рома... Это она? Она, да?

Я расслышал его даже сквозь громовой лай.

— Она самая.

— Черная поземка?

— Да.

— Я ее вижу.

Он отпустил Жульку, вновь глянул в сторону банка. Поземка, словно догадавшись, что ее обнаружили, перетекла левее, к булочной.

— А теперь не вижу!

— Вон она.

Я указал рукой, куда смотреть.

— Все равно не вижу...

Он ухватился за Жулькин ошейник.

— Вижу!

Поземка слилась за угол, исчезла. Минута, и собаки угомонились. Побрели за хозяевами, виновато поджав хвосты и выслушивая порицания.

Валерка обернулся к солдатику:

— Извините! А вас в какой добробат взяли?

— Добробат? — удивился солдатик. — Какой еще добробат?

— Ну, когда вы сбежали. На фронт.

— Я?! Сбежал?

— Давно, еще в четырнадцатом...

— Ты, пацан, что-то путаешь. Я в ВСУ служу, по мобилизации. С прошлого сентября.

— А как же...

Валерка совсем растерялся:

— Как же БТР? Из РПГ?!

— Я РПГ и в руках-то не держал. Я связью занимаюсь, при штабе. У тебя голова в порядке, а? К врачу сходи, что ли! Ладно, мне пора.

Не оглядываясь, он пошел прочь.

— Это он из-за нее? — спросил Валерка, печальный и несчастный. — Ну, рассказывал всякое? Из-за черной поземки?

Я кивнул.

— Понятно. Спасибо, дядь Ром...

— Жульке своей спасибо скажи. Я к тебе ни подойти, ни докричаться не мог, пока эта пакость вокруг мела.

Валерка принялся тискать довольную Жульку: молодец, значит, умница и красавица. И мне тоже погладить дал. А потом вспомнил, что ему надо за кефиром. А я потащился обратно к машине. О машине я теперь думал с некоторым страхом, но особого выбора у меня не было.

Главное, следить, чтобы автомобиль не превратился в раковину. За собой следить, в смысле.

***

— Ой, Ниночка Петровна, я прямо вся извелась! И так ночами не сплю из-за тревог, а тут еще эта собака... Он же ей в подвал полквартиры перетаскал! Одеяло, мой плед, второе одеяло, легкое. Еды столько, будто он слона там кормит. Ошейник где-то раздобыл, купил, наверное. Не знаю, откуда у него деньги...

— Ошейник я дала. У меня от Чапы остался.

— Ниночка Петровна, хорошо, что вы сказали! Я вам сейчас денег отдам, за ошейник...

— Любаша, дорогая! Что вы такое говорите? Какие деньги, я просто так...

— Нет, я отдам.

— А я не возьму. И не просите! В ошейнике есть кармашек, мы туда адрес положили. Номер дома и моей квартиры, на всякий случай. И Валерочкин телефон...

— Вашей квартиры? Почему вашей?

— Я все время дома, так лучше будет. Свой телефон я там тоже продублировала. Я предлагала Валерочке взять Жульку к себе. Как Чапа умерла, скучаю очень. Он и не против, так Жулька садится у дверей и воет. Наружу просится...

— Ниночка Петровна...

— Я знаю, у вас аллергия. Я не к тому.

— Да нет у меня никакой аллергии! Просто собака — это ответственность. Время сейчас сами видите какое. А Валерик наиграется и остынет. Кормить, гулять, лечить — всё на мне будет. А если вдруг эвакуация? Куда мы с собакой?! На нее и документов нет...

Они стояли у подъезда: Валеркина мама и соседка, коротко стриженная женщина лет семидесяти с осанкой бывшей гимнастки. Подслушивать я не собирался, само вышло.

— Вон они, — соседка указала в конец улицы. — Идут. Ой, вы только посмотрите, как они идут! Загляденье!

79

Валерка шел, как обычно: вприпрыжку, помахивая сумкой. Ничего особенного. Зато Жулька... Бдительная псина шла у левого бедра парня, как приклеенная, выдвинувшись слегка вперед и подстраиваясь под темп Валеркиной ходьбы. Никогда не видел, чтобы собаки так ходили.

Нет, видел. Вспомнил. Так ходила Лайма, овчарка нашего кинолога, рядом с хозяином. Ребята еще смеялись: будто револьвер в кобуре!

— Где тебя носит! — прикрикнула Валеркина мама на сына. — Ты кефир, что ли, сам делал? Быстро сюда, нам еще в магазин надо.

— В какой? — удивился Валерка. — Я все купил.

— В зоологический. Или как там он называется? Купим Джульетте поводок. Ты вообще головой думать умеешь? Собака крупная, опасная, а ты ее без поводка водишь. Вдруг кинется на кого!

— Жулька добрая, — вступился Валерка за любимицу. — Ни на кого она не кинется.

— Не кинется, так напугает. Ребенка, например. Начнет лизаться, с ног собьет. Купим поводок и миску. И кость резиновую. Пусть грызет...

Соседка засмеялась:

— Любаша, кости делают из прессованной кожи. А миску я вам отдам и поводок. У меня от Чапы много чего осталось.

— Нет уж, Ниночка Петровна! Вы себе новую собаку заведете, я же вижу. Вам еще все понадобится. А мы Джульетте купим, не беспокойтесь. Если что, вы подскажете. Когда вернемся...

Она погрозила пальцем сыну:

— Когда вернемся, бегом в подвал! Все неси обратно: одеяла, плед. Ишь, взял моду: из дома выносить!

— Джульетта? — запоздало удивился Валерка. — Какая еще Джульетта?

Мама вздохнула:

— Жулька твоя. Что это за имя для приличной собаки? Вот Джульетта — красивое имя.

— Не буду, — парень насупился. — Не буду ее на улице Джульеттой звать. Все смеяться станут: вон Ромео идет.

— Ой, да зови как хочешь! А я буду. Джульетта, иди сюда!

Жулька посмотрела на Валерку. Тот сделал вид, что он ни при чем. Жулька подумала, чихнула — и, помахивая хвостом, подошла к Валеркиной маме, как самая настоящая Джульетта.

Март 2023

История пятая

ПОДЖИГАТЕЛЬ

«...Во дворе дома по проспекту Тракторостроителей сгорел автомобиль "Ниссан". Не исключен умышленный поджог...»

«...Вчера ночью неизвестный порезал шины у шести автомобилей, оставленных на парковке возле ТРК "Украина"»...»

— Чем зачитался, Рома?

— А? Что?

«...Совершен поджог автомобиля "Жигули". Злоумышленнику удалось скрыться. Возбуждено уголовное дело...»

«Во дворе дома по улице Натальи Ужвий порезали шины у трех автомобилей...»

«Полностью сгорел автомобиль KIA, оставленный на ночь на парковке...»

— Чем зачитался, говорю? Третий час залипаешь. Крутой детектив?

— Ага, детектив. Новости читаю.

— Делать тебе нечего...

При слове «новости» дядя Миша теряет ко мне всякий интерес.

А детектив и впрямь вырисовывается. Автомобили жжет один и тот же тип, тут к гадалке не ходи. Все поджоги плюс-минус в одном районе. Интересно, что с порезанными шинами?

«Ментовская натура» требовала действий.

Открываю в смартфоне карту. Наношу пометки, сверяясь с новостями. Точные места происшествий указывались не всегда, но мне хватает. Вскоре Салтовка пестрит значками: одиннадцать поджогов и семнадцать случаев порчи шин.

За два месяца с хвостиком. Нехило кто-то гуляет!

Так, здесь у нас резвится Поджигатель. Здесь — Резчик. Где пересечение? 602-й микрорайон, от 24-этажки и дальше. Допустим, Резчик и Поджигатель — один и тот же тип. Огонь или нож — под настроение?

Не обязательно.

Вряд ли я самый умный. Наши — бывшие сослуживцы, в смысле — наверняка уже ищут, ловят. Чем я им помогу? Ну, во-первых, меня Поджигатель не увидит. От патрульной машины он будет прятаться, а меня для него не существует. Есть шанс засечь красавца.

А во-вторых...

На скорую руку листаю сообщения. «Тойота», «Лексус», «Жигули», KIA, «Форд», «Ауди», «Ниссан», «Рено», «Вольво», «Фольксваген»... Парковки во дворах, на улице, возле ТРК. Гнилые развалюхи, крутое новьё. Кроме района — никакой закономерности.

Жжет и режет что попало.

Как говорил капитан Пилипенко из следственного: «Отсутствие закономерности — тоже закономерность».

Закрываю карту:

— Проедусь, пожалуй. Нос чешется, это к жильцам.

— Удачной охоты, Роман! Засиделись мы тут...

Последняя фраза Эсфири Лазаревны звучит двусмысленно. Засиделись без дела или вообще *тут* засиделись? Если это намек, то мне он не нравится. Ссыпаюсьпо лестнице, открываю машину, сажусь за руль. Одно хорошо — моей тачке шины не порежешь.

У мертвых свои преимущества.

***

Руины Барабашовского рынка остались позади.

Выворачивая на проспект, я отметил, что рынок — сожженный, изувеченный, убитый войной — понемногу оживает. Нанятые торговцами строители — а может, сами торговцы —

заколачивали ДСП рамы, лишенные стекол, восстанавливали обрушенную кладку, перекрывали крыши. На лотках под временными тентами из брезента и полиэтиленовой пленки объявились товары: обувь, шмотки, камуфляж. Сигареты, банки с красками и бытовой химией...

С довоенным изобилием не сравнить, но лиха беда начало.

Серая лента беззвучно ложилась под колеса. Не могу привыкнуть, что нет шелеста шин по асфальту. Мотор работает — или это я себе его звук представляю? — а шины не шуршат, хоть убей. Воображения не хватает?

Ага, вот и 24-этажка. Приехали.

Целых домов здесь осталось немного. Оспины-выбоины от осколков, окна фанерой забиты, вон целый подъезд выгорел — языки копоти лезут из оконных проемов, лижут раскуроченную крышу. А этот, гляди-ка, целехонек! Даже стекла на месте...

Здесь живут люди. Вон и машины у подъездов стоят.

Я сверился с картой. Уцелевший дом стоял в центре пересечения двух областей. В округе успели поработать и Поджигатель, и Резчик. Если это один и тот же псих...

Псих. Ключевое слово.

Оно швырнуло меня за руль и погнало сюда. Психов сейчас хватает, от войны у многих крышу сносит. Эсфирь Лазаревна как-то начала рассказывать, что с людьми творится, — так я сам едва не рехнулся. Оказывается, кукуха может улететь тысячей способов — и по тысяче причин.

Из них одна — по нашему ведомству.

Жильцы.

Если на Поджигателя влияет жилец, сводя с ума своим присутствием...

Этот район наша бригада уже зачищала. Но это не значит, что мы никого не пропустили. Или что с того времени тут не завелся новый жилец.

Уцелевшая девятиэтажка тянулась вдоль проспекта. Двор представлял собой частично облагороженный пустырь. Ближе к дому росли черешни и абрикосы — голые, замершие в весеннем ожидании. На ветках набухли, готовясь лопнуть, глянцевые почки. Дальше торчали разлохмаченные пеньки — память о зимних прилетах. Бугрилась дюжина холмиков — из них торчали ржавые вентиляционные трубы, прикрытые от дождя жестяными колпачками.

Погреба.

Хозяйственный у нас народ, запасливый. Город-миллионник, троллейбусы, магазины. Холодильник в каждой квартире. И все равно без погреба — какой ты хозяин? Пригодились запасы-то. Ну и прятались в погребах, как в убежищах.

Детская площадка разворочена давним взрывом. Горка чудом уцелела, на нее карабкается трехлетний карапуз. Радостно визжит, съезжает вниз и опять спешит к лесенке. В воронке на месте песочницы играют еще трое малышей. Мамы бдят, болтают меж собой о бытовых заботах.

Принюхиваюсь. Нет, показалось.

Магнитные замки на подъездах работают, но это не для меня. Просочился, как так и надо. Ты гляди! Ступеньки подметены, вымыты, даже кошками не воняет. Первый этаж, второй, третий. Кто-то жарит котлеты. С луком, чесноком и белым хлебом, вымоченным в молоке. Так моя мама делала… На пятом пахнет борщом. Что здесь? Бражка? Никак, самогон гонят?

Седьмой этаж. Восьмой, девятый.

Чисто.

В следующем подъезде грязнее. Вонь дешевого табака. Банка с окурками на подоконнике. Третий этаж, четвертый. Запах кофе и булочек с корицей. Выше, выше…

Ничего.

Следующий подъезд. Следующий.

Стоп.

Повеяло холодом. Пятый подъезд, седьмой этаж. Дверь в торце площадки. Стальная, добротная; старая. Лет пятнадцать назад ставили, если не больше.

— ...Папа на суточной смене. Вчера с вечера ушел.

— Ой, совсем забыла! Все в голове путается...

Вхожу. Затхлый запах жильца усиливается. Коридор, выцветшие обои на стенах. Санузел и кухня, вешалка с одеждой. Двери в комнаты: две слева, одна справа, в конце коридора.

Иду на голоса.

— Опять не спала?

Старушка в байковом халате с розами нависла над письменным столом у окна. За столом — девочка лет четырнадцати, хрупкая, бледная. Яркий сине-желтый спортивный костюм висит на ней, как на вешалке.

Девочка трет красные глаза:

— Только засну, что-нибудь разбудит. То сирена, то воробьи. Голова чешется, как немытая. Потом ворочаюсь-ворочаюсь...

Старушка вздыхает. Она, похоже, тоже мается бессонницей: выдают круги под глазами. Бормочет себе под нос:

— Да что ж за напасть, а? Ладно, я, старая... И Арсений, как Маруся померла, сна лишился. И сна, и ума: молчит, в стену смотрит. Машину продал, и ладно бы деньги взял, а то сущие копейки. Уж как ее любил, машину свою, разве что языком не облизывал! А продал, и зачем? Жить, нивроку, есть на что...

И внучке:

— Ты б легла, Дашенька? Нельзя же так...

— Днем?

— А что? Даст бог, заснешь...

— Мне уроки доделать надо.

— Может, тебя к доктору сводить? Таблетки пропишет, капли...

— Бабушка!

— Хорошо, Дашенька, хорошо. Ухожу, не мешаю...

Мне не нравится ее разговор с внучкой. Так говорят с маленькими детьми. Старуха разговаривает с девочкой, будто той время в куклы играть, а не парням глазки строить. Кажется, она не вполне понимает, что Даша выросла. Зато я все отлично понимаю.

Комната напротив. Логово, раковина жильца.

Ага, вижу. Жиличка. Сухопарая женщина лет сорока или старше. Пепельные волосы стянуты на макушке в узел. Скулы заострились, туго обтянуты бледной пергаментной кожей. Никогда не видел *пергамента*, но выражение прилипло с детства — в книжке вычитал. На женщине домашнее платье: серое в голубеньких цветочках.

Незабудки?

Жиличка без движения сидит на полу, забившись в закуток между окном и двуспальной кроватью. Обхватила колени руками, смотрит прямо перед собой, не моргает. На что она смотрит? Стена, книжные полки...

Подхожу.

Машу ладонью у нее перед глазами.

Никакой реакции. Глаза широко раскрыты, взгляд стеклянный. От чего ты умерла, мама Даши? Болела? Вон как исхудала; кожа бледная, губы обметаны. Не важно, как ты умерла. Не важно, почему ты боишься оставить свой дом. Перхоти с тебя не сыплется, но и это не важно. Важно другое: я тебя нашел. В центре пересечения «охотничьих угодий» Поджигателя и Резчика. Если ты подобру-поздорову уйдешь туда, куда положено уходить всем нам, есть шанс, что безобразия с машинами прекратятся.

Хороший, жирный шанс.

Вряд ли шины режут Даша с бабушкой. Но у нас еще есть папа. Папа у нас на суточной смене. Папа свою машину разве что языком не облизывал, а продал. За сущие копейки взял и продал. Папа спит один на двуспальной кровати.

Нет, не спит. Нет, не один.

Вечереет.

На проспекте загораются редкие фонари — в городе начали включать уличное освещение. Массированных обстрелов недели три как нет; похоже, россиянам надоело долбить по нашей энергоструктуре. Толку мало, да и ПВО ворон не ловит. Зато ракеты ловит, и трескучие «щахеды» на подлете отстреливает! Блэкаута за зиму добиться не удалось, а теперь поздно — весна на дворе.

Оставляю машину на дворовой стоянке, благо она пустует.

— Нам сюда.

Наташа всю дорогу молчала. Сейчас она лишь кивает, следуя за мной.

Вообще-то на это задание собиралась ехать Эсфирь Лазаревна. Но Наташа встала стеной: я, мол, и никто, кроме меня! Здесь крылось что-то личное, темное, просто я не мог понять, что именно. Спор двух женщин грозил затянуться до бесконечности. В итоге мне пришлось встать на сторону Наташи, и Эсфирь Лазаревна уступила.

Квартира встречает нас звяканьем вилок и одуряющим ароматом картошки, жаренной на сале. Вся семья собралась на кухне: ужинает. Папаша тоже вернулся со смены: крепкий неприветливый дядька. Вид усталый, замученный; бабулька с внучкой выглядят не лучше.

Запах картошки нисколько не забивает запах жилички. Они словно находятся в разных плоскостях: не пересекаются, не смешиваются, каждый сам по себе.

Наташа кухней не интересуется. Безошибочно определив комнату, в которой окопалась жиличка, она устремляется туда. Обычно я не присутствую при работе наших. Мое дело — найти жильца и привезти на место кого-то из бригады. Но сейчас я задерживаюсь: знать бы почему.

— Не помешаю?

Наташа вздрагивает, оборачивается. Запоздало кивает.

Вхожу, остаюсь у дверей. Подпираю плечом стену, мельком бросаю взгляд на часы: 20:49. Привычка из прошлой жизни. Жиличка сидит на прежнем месте, в прежней позе. Статуя; нет, мумия. Выпала из времени, жизни, даже из смерти — если ее не трогать, будет сидеть до второго пришествия.

Извини, хозяйка. Придется тронуть.

Наталья подходит к ней вплотную. Жиличка смотрит в стену сквозь Наташу, будто ее здесь нет. Наташа делает то же, что и я вчера: ведет ладонью перед глазами женщины. Никакой реакции. Уверен, Дашина мама сидит, не моргая, с того момента, как обосновалась в своем закутке. Боится закрыть глаза?

Заснуть и не проснуться?!

Ты так, наверное, и умерла, хозяйка — из последних сил борясь со сном. В уверенности, что все еще жива. Главное — не закрыть глаза. Тогда смерть не придет к тебе во сне, устанет ждать, отступится...

Она не смыкает глаз — и все, кто живет рядом, страдают бессонницей. Понемногу сходят с ума, а кое-кто, кажется, уже сошел. Не уверен, что Поджигатель отдает себе отчет в том, что он творит по ночам, уходя из дому.

Наташа садится рядом с жиличкой на пол. Просто сидит. Даже не смотрит на жиличку. Меня захлестывает приступ паники. Что, если Наташа не справится?! Останется здесь жиличкой-соседкой? Будут сидеть вдвоем, уставясь в стену пустыми, стеклянными, хрупкими взглядами...

> — Ой ходить сон коло вікон,
> А дрімота коло плота.
> Питається сон дрімоти:
> «А де будем ночувати?»

Колыбельная?

Наташа, ты поешь колыбельную песню?

> — Де хатонька теплесенька,
> Де дитина малесенька,
> Туди підем ночувати,
> І дитину колисати...

Ничего не происходит.

> — Ой на кота та воркота,
> На дитину та дрімота,
> Котик буде воркотати
> Дитинонька буде спати...

Бессмысленный взгляд жилички буравит стену.

> — Сонечко скотилося
> За високу гору,
> Вечір тихий, лагідний
> Завітав до двору.
> Люлі, люлі, люлі, бай,
> Спи, дитино, засинай...

Я вздрагиваю. Жиличка моргает, и это простое, едва заметное движение век отдается во мне нутряным, могучим сотрясением. Чуть не упал, честное слово.

> — Нічка землю ковдрою
> Темною вкриває,
> Місяченько човником
> В небі пропливає.
> Люлі, люлі, люлі, бай,
> Спи, дитино, засинай...

По щеке жилички ползет одинокая слеза.

Лицо женщины разглаживается. На него снисходит умиротворенный покой. Веки поднимаются и опускаются все медленнее, наливаются тяжестью. Устала, устала, очень устала; не нужно больше сопротивляться, можно просто заснуть, заснуть...

> — Заходить за хмари зоря-зоряниця,
> І гомін стихає кругом,

А місяць злітає, неначе жар-птиця,
Над сонним і тихим вікном...

Эту колыбельную я помню.

— Рученьки-ніженьки, лагідні очі,
Спокійної ночі, скінчилася гра.
Рученьки-ніженьки, лагідні очі,
Спокійної ночі, спати пора!

Глаза жилички закрываются. Наташа поднимается на ноги, берет женщину за руку — и та послушно встает следом. В другой ситуации я бы сказал: слепая и поводырь.

— Хай сниться вам, діти, дідусева казка,
В якої щасливий кінець,
Хай татова сила і мамина ласка
Іде до маленьких сердець...

На кухне закончили ужин. Течет вода, звякает посуда в мойке. Папаша жалуется: аврал, теперь всегда аврал, на подстанции авария, вроде и обстрелов нет, а то одно ломается, то другое, ничего, справились, всего на час задержался; теперь всё — спать...

Держась за руки, женщины выходят из квартиры.

Иду за ними.

Молюсь не пойми кому, прошу, чтобы не начался обстрел. Взрывы, даже если это эхо планового разминирования в области, сирены воздушной тревоги — любой громкий звук способен напугать, разбудить Дашину маму, и тогда все придется начинать сначала. Не уверен, хватит ли Наташи на второй раз.

Тихо. Двери и те не хлопают.

У меня у самого глаза слипаются. Моргаю, тру лицо, догоняю женщин. Жиличка идет как сомнамбула, но не оступается на ступеньках. Это ее подъезд, она здесь своя. Наташа выводит ее на улицу, они идут прочь. Силуэт женщины едва заметно мерцает, истончается, блекнет.

Все, ушла. Совсем.

Наташа стоит без движения. Мне страшно: Наташа стоит точно так же, как *жиличка* сидела в своем углу. Эта стоит, та сидела, но разницы, клянусь, никакой! Делаю шаг, хочу окликнуть и не могу. У меня перехватывает горло, когда я вижу, что Наташа тоже мерцает.

Ее накрыло! Она вот-вот уйдет.

Надо бежать к ней, хватать, кричать, тащить обратно. Это не поможет, но ведь надо же что-то делать?! Кто-то темный, холодный шепчет на ухо: так Наташа после смерти увела отсюда свою дочь. Проводила под тихий напев колыбельной, а сама осталась и нашла нашу бригаду. Теперь ее отчаянно тянет туда, где дочь ждет, ждет, ждет...

Эсфирь Лазаревна, родная! Вы были правы. К Дашиной маме должны были ехать вы, и только вы. Не знаю, справились бы вы с этим делом, но это сейчас не имеет никакого значения. Вы чуяли беду, да? Вы ее чуяли всей душой старой, одинокой, бездетной женщины; всем многолетним опытом психиатра. Зачем я, дурак, полез спорить с вами, отговаривать?

Будь проклят мой нетерпеливый язык!

Наташа бледнеет, вновь делается видимой. Ей хочется уйти. Хочется остаться. Ее тянет — ее держит. Две силы вот-вот разорвут свою жертву надвое...

Де хатонька теплесенька, де дитина малесенька...

Я упускаю момент, когда все заканчивается. Шатаясь, словно пьяная, Наташа подходит ко мне:

— Поехали, а? Поехали домой.

Киваю.

Беру ее под руку, чтобы она могла опереться.

*****

— Эй, молодежь! Как живете-можете?

Это дядя Миша, прямо с порога. Интересуется, справились ли мы.

— Можем, — отвечаю я за Наташу. — Не живем, но можем.

И, подвинув плечом оторопелого дядю Мишу, прохожу в комнату. Дядя Миша, разозленный моим тоном, уже готов вступить в перепалку, но видит, в каком состоянии Наташа, запоздало соображает, что мы, мягко говоря, не в настроении, — и быстро прячется в углу.

— Фира! — взывает он, обращаясь почему-то не к нам, а к хозяйке квартиры. — Фира, а я что? Я же ничего, правда?

Эсфирь Лазаревна молча хлопочет: заваривает чай.

Я ловлю себя на том, что мысленно до сих пор пою колыбельную. Нет, так нельзя. Так и рехнуться недолго. Надо отвлечься, переключить внимание. Суюсь в смартфон: прилеты С-300 по Никополю и Запорожью. Жертвы, разрушения. Бои в Авдеевке и Бахмуте; вокзал удерживаем, но динамика может измениться в любое время...

Нет, лучше колыбельная. В тысячу раз лучше.

А это что? Видео — наше, местное. Темно, видимость плохая; изображение подергивается, идет зеленоватыми разводами. Снимали на дешевый гаджет; с балкона, этаж пятый-шестой. Дворовая парковка. Стайка машин; марок не разобрать. Горит тусклый фонарь-одиночка, света от него — чуть. Из темноты вываливается человеческая фигура в невнятной хламиде: плащ? дождевик? куртка с капюшоном?! Лица не разглядеть. Только и можно понять, что это мужчина выше среднего роста.

Он спешит к ближайшей машине. Останавливается перед капотом, что-то достает из-под одежды. Вспыхивает огонек, рассыпается бледными искрами. Гаснет. Еще раз...

Зажигалка?

— Эй ты! — кричит с балкона владелец гаджета. — Какого хрена ты творишь?!

Мужчина не реагирует. Упорно чиркает зажигалкой.

— Сука, это он! Тачку поджигает, пидор!

Огонек загорается снова.

— Не смей, падла! Убью!

Изображение дергается. Парковка на миг пропадает из кадра; возвращается. Мелькает в воздухе какой-то предмет — владелец гаджета запустил в Поджигателя первым, что попалось под руку. Рядом с машиной разбивается вдребезги цветочный вазон.

— Стоять, сука! Не сметь!

Поджигатель отступает на шаг.

— Мужики, все во двор! Тачки жгут!

Поджигатель размахивается — и становится видно, что у него в руках. Бутылка, заткнутая горящей тряпкой, отправляется в полет. Удар, звон стекла. На капоте вспыхивает пламя. В его отсветах фигура Поджигателя проступает яснее. Я вглядываюсь до рези в глазах, но пламя слепит камеру, ничего толком не разобрать.

Встречу — не узнаю.

— Сука, падла! Убью!

По идее, Поджигатель должен удирать со всех ног. Нет, стоит на месте, чего-то ждет. Любуется результатом? Хлопает дверь подъезда, во двор с матюгами выскакивают жильцы. Обычные жильцы, не по нашему профилю.

Лишь тогда Поджигатель, словно проснувшись, исчезает в темноте.

— Направо! — орут с балкона. — Он к овощному бежит! Мочи пидора!

Двое ныряют в темноту вслед за Поджигателем. Третий остается, пытается погасить пламя. Из подъезда к нему бегут на помощь, кто-то тащит баклажку с водой...

Не поймают. Точно говорю: не поймают.

В правом верхнем углу экрана бегут мелкие циферки: время записи. Сегодняшнее число, 20:53. В этот момент Наташа пела про зарю-заряницу, а Дашин папаша — Поджигатель, как я был уверен, — ужинал на кухне жареной картошкой.

Вместе со всей семьей.

Машину я оставил на том же месте, что и в прошлый раз. Выбрался наружу, осмотрелся. Время перевалило за полдень. Ветер гнул ветки уцелевших деревьев, гнал по земле мелкий сор и обрывки бумаги. Небо — копия земли, по нему летели рваные клочья облаков. В просветах мелькало солнце, скрывалось, выглядывало снова — будто в жмурки играло.

Двор был пуст.

Я шел знакомой дорогой вдоль дома. Вчера я не обследовал четыре подъезда. Четыре подъезда, идиот! Куда ты спешил? А ведь как хорошо складывалось: и район тот самый, и жиличка в наличии, и хмурый, мающийся бессонницей дядька, типичный Поджигатель...

Нельзя пороть горячку. Нельзя!

С утра я как следует прошерстил сеть. Нашел еще пару случаев «работы» Резчика и один — Поджигателя; нанес на карту. Район совпал. О поимке Поджигателя не сообщали. Я уточнил маршрут, очередность проверки домов — и поехал.

Наши не спросили куда.

...Первый из оставшихся подъездов. Второй. Третий. Четвертый. Чисто. Жильцов нет. Следующий дом. Четыре подъезда и пять этажей. Чисто. Следующий дом. Следующий...

Дома закончились.

Весь «район пересечения» — глухо. Ни одного жильца. Стемнело, в лиловом небе зажглись первые звезды, на проспекте и во дворах — редкие фонари; в домах — желтые прямоугольники окон. Жив город, жив!

Я сверился с картой.

Придется расширить поиск. Завтра начну обследовать «сольный» район деятельности Поджигателя. В случае неудачи займусь районом Резчика. Сколько времени на это уйдет? Неделя, больше? А что, у меня есть варианты?

Дом. Дом возле троллейбусного круга.

Пропустил, торопыга. Иди, осматривай напоследок, закрывай район на сегодня. Решив подогнать машину поближе, я поехал дворами. Включил фары: в темноте я вижу лучше, чем при жизни, но подсветить дорогу все равно не лишнее. Так я чувствую себя спокойнее.

Поворот направо.

Сбросив скорость, я вывернул руль — и краем глаза успел заметить шустрое движение на пустыре. Нога сама вдавила в пол педаль тормоза. Я вгляделся в темноту: померещилось? Сдал назад, развернулся, включил дальний свет. Широкие пыльно-желтые лучи рассекли темноту, высветили пустырь, заваленный обломками бетона и битым кирпичом.

Уперлись в изувеченный ракетным ударом дом, стоящий на отшибе.

Старая пятиэтажка. Два подъезда снесены взрывом. На их месте — груды измочаленных балок, обгорелого рубероида, белого кирпича и штукатурки. Третий подъезд зияет выщербленными глазницами окон. По стене наискось бежит изломанная трещина от крыши до фундамента. Четвертый, ближний подъезд более или менее уцелел. Там не горит ни одно окно.

Мертво, пусто, темно.

Смазанная, проворная тень, метнувшись меж обломков, нырнула в темный зев открытого подъезда. Исчезла в его глубине. Собака? Кошка? Или?..

Или.

Давно не виделись, черная. Там, где ты, непременно жди какую-нибудь пакость. И знаешь что? Ее-то я и ищу, пакость.

Припарковав машину, я выключил фары и выбрался наружу. Это был не тот дом, который я собирался осмотреть напоследок, но это уже не имело значения.

Отсвет пламени.

Едва различимая глазом игра света и тени.

Заглядываю в приямок, до половины заваленный мусором. Там, в глубине, ниже уровня земли, обнаруживается узенькое оконце, забранное ржавыми прутьями решетки. За оконцем, в подвале, трепещут блики живого огня.

Костер?

Темный зев подъезда хищно распахнут. Дверная створка висит на одной петле, напоминая сломанную челюсть. Спуск в подвал. Здесь дверь уцелела: открыта на три четверти, приглашает войти.

Коридор.

В конце коридора тоже есть дверь, и она тоже приоткрыта. Из щели вырываются охристые блики. Чудится: вот-вот они охватят весь подвал, превратят его в огненное пекло. Под низким потолком тянутся трубы отопления: серебристая термоизоляция порвалась, из прорех торчат колючие клочья стекловаты. Блики гуляют по рифленому серебру и затухают в дальнем конце коридора.

Вместо того чтобы пойти на огонь, я иду в противоположную сторону.

Пол под ногами земляной, плотный, чуть влажный. Проемы справа и слева ведут в боковые помещения. Смутно виднеются запорные вентили, электрические кабели. Кое-где стоят ржавые кровати с панцирными сетками и полусгнившие стулья. Три двери подряд грубо взломаны, за ними — кладовки с разворошенным хламом.

При жизни я бы всего этого не рассмотрел.

Завал из битого кирпича и штукатурки. В трех шагах от завала… Вот куда меня тянуло. Вот чему не место здесь, в подвале под жилым домом. Узкий холмик у стены: могила. К стене прислонена ржавая лопата с треснувшей ручкой. К лезвию прилипли куски засохшей земли. Вырыть могилу тупой лопатой в утрамбованном полу — адова работенка. Кто бы ты ни был, могильщик, ты справился.

Крест в изголовье: две доски от ящиков сбиты гвоздями. На кресте большими угловатыми буквами нацарапано:

«Сева».

Покойся с миром, Сева.

Возвращаюсь туда, где горит костер. Дверь приоткрыта сантиметров на двадцать — достаточно, чтобы осторожно заглянуть внутрь. Я осторожничаю? Зачем? Чего опасаюсь? Живой человек меня не заметит. А жилец, не обратит внимания: ему, забившемуся в раковину, ни до кого нет дела, кроме себя и своих обид.

Черная поземка?

Если ты там, черная, ты меня все равно почуешь, как бы я ни прятался.

Глумясь над собственными страхами, я приседаю, медленно сдвигаюсь вправо, выглядываю. Пламя слепит глаза, я моргаю. Зрение подстраивается, и я наконец их вижу.

Резчик и Поджигатель? Вас все-таки двое?!

Их действительно двое, но один из них — жилец. Тот, что сидит у стены в продавленном кресле, лицом к двери. Жилец, кутается в драный плащ; похоже, он мерзнет. Клочковатая борода, испитая физиономия, мешки под глазами. Мутный взгляд из-под сальных, падающих на лицо косм.

Бомж. Мертвый бомж.

Его напарник сидит ко мне спиной. Он живой. Кажется... Да нет, точно живой! Тем не менее меня берут сомнения. Я не вижу лица, но даже со спины — осанкой, позой, телосложением — он очень уж похож на жильца. Сходство усиливают продавленное кресло, драный плащ, копна сальных волос.

Между живым и мертвым на полу стоит закопченная выварка. В ней пляшут языки огня. Живой наклоняется, подкидывает в огонь пару кургузых деревяшек. Дым от костра обволакивает его голову, но человек не спешит выпрямиться. Дышит он этим дымом, что ли?

Дышит. И получает видимое удовольствие.

Когда он откидывается назад, дым втягивается в вентиляционную решетку.

— Сволочи, падлы, — губы жильца шевелятся. — Ездят и ездят...

— Ездят, — соглашается живой.

— Ничего не боятся, гниды! Не боятся, Вадюха. Понял?

— Понял я, понял.

— Все дворы машинами заставили, не пройти. Буржуи гребаные! Олигархи! Война, а у них две машины на семью, три, десять...

— Три. Десять.

— Из-за них всё! Нас бомбят, а им похрен! Сел и уехал, куда хочешь! На Мальдивы! В любой момент! Сел и уехал, а ты подыхай под бомбами...

— Сел и уехал, — эхом откликается живой. — А мы подыхай. Свободные, да? Страх потеряли?!

— Зажрались, ублюдки толстопузые...

— Ага. Ездят, куда хотят, как хотят — дорогу не перейти! Он что, его слышит?! Жильца?!

— Ненавижу! — бормочет жилец. — Сжечь, всех сжечь... Свободные, да? Богатые? Все машины ихние сжечь! Горите в аду!

С жильца обильно сыплется перхоть. Падает в костер, сгорает, рассыпаясь колючими искрами. Этого не может быть. Эта перхоть не горит в огне! Или это обычные искры, от поленьев, а перхоть ни при чем?

Эй, поземка? Черная, ты здесь?!

Шарю взглядом по полу, по углам. Поземки не видно. Фигуры жильца и живого плывут перед глазами, накладываются одна на другую. Не различить, где живой, где мертвый. К счастью, зрение быстро приходит в норму. Зрение — да, а вот нюх криком кричит, что от живого тянет холодком и сладковатой тухлятиной, как от жильца. Нет, иначе. Как от солдатика у кафетерия, когда он поземкой надышался.

Но поземки нет. Что происходит?

— Сожжем, Сева, — хихикает живой. — Слышишь, брат? Я бензину добыл и масла. Ты гляди, чего есть!

Он тычет грязным пальцем в дальний угол. Там на пошарпанном колченогом столе примостилась пластиковая канистра. Банка с маслом, кучка обломков пластмассы. Длинный кухонный нож со щербатой ручкой. Три бутылки, заткнутые промасленными тряпками.

Сева? Брат? Он сказал: брат?!

«Покойся с миром, Сева...»

Трудно даже представить, как доходяга Вадюха долбил жалкой лопатой землю, похожую на бетон: плотную, смерзшуюся за зиму в остывшем подвале. А рядом лежал труп брата, ждал, когда его похоронят если не по-человечески, то хотя бы как получится.

Трудно? Невыносимо. Я бы не смог.

Сева смотрит на канистру и бутылки. Облизывает губы синеватым языком. Когда он улыбается, меня мороз продирает по коже. Никогда не видел, чтобы жильцы улыбались. Такое впечатление, что он немного, а все-таки живой. Такое впечатление, что живой Вадюха немного, а мертвый.

Как такое может быть? Они что, делятся жизнью и смертью?!

— Огонь, — говорит Вадюха. — Огонь, вот что нужно. Шины резать — херня, баловство. Вот огонь — это да! Дышишь не надышишься!

В подтверждение сказанного он вновь наклоняется к костру. Глубоко, с наслаждением вдыхает дым вместе с искрами от горящей перхоти.

— Это кайф, Сева! Лучше, чем от бухла.

Взгляд жильца отрывается от канистры, упирается в меня. Твердеет, опасно проясняется, наливается лютой ненавистью.

— Вадюха, менты!

От визга у меня закладывает уши.

— Менты!

С внезапной резвостью Вадюха вскакивает на ноги. Опрокидывает кресло, рывком разворачивается к двери. Лицо! Его лицо — одно на двоих с жильцом.

Брат? Близнецы?!

Из костра взвивается черный шлейф. Окутывает Вадюху облаком искрящейся угольной пыли, спешит втянуться в нос, в рот, в уши. Ах же ты тварь! Черная, ты пряталась в костре? В огненном изменчивом зеве?!

Вот почему я тебя не видел.

— Вадюха, он с воли! Оттуда, где ездят! Он заберет меня, Вадюха...

И сверлом, ввинчивающимся в уши:

— Зуб даю, заберет! Мочи ментов! Мочи!

Нож прыгает в руку Вадюхи.

***

Не задержавшись ни на миг, Вадюха с разгона распахнул плечом дверь, выбросил вперед руку с ножом. Он меня видел, видел! — и целил прямо в горло. Живые не могут причинить мне вреда, как и я им. Мы с ними не взаимодействуем. Тысячу раз имел возможность убедиться. Живые не могут, я не могу...

Я это знал, но мое тело — или что там у меня есть! — не знало. Тело рефлекторно отшатнулось в сторону, вскинув руки для защиты.

Поздно.

Вадюха на диво быстр для испитого, потасканного бомжа. Нож с хрустом вспорол ткань моей форменной куртки. Когда

Вадюха потерял равновесие, я подставил ему ногу и толкнул вдогонку. Он полетел кубарем, врезался в стену коридора.

Боль. Плечо. Он меня порезал?!

Ерунда, царапина. Ну, саднит.

— Стоять! Полиция! Брось нож!

Я заорал так, что с потолка, кажется, должна была посыпаться штукатурка. Вадюха остолбенел, но отчаянный крик: «Мочи мента! Он за мной пришел, богом клянусь...» вновь бросил его вперед.

Вокруг бомжа роем таежного гнуса клубилась черная поземка. Смазывала очертания, скрадывала движения. Хищный взблеск лезвия; я успел уклониться в последний момент. Нет, не успел. Руку порезал, сволочь! Этого не может быть, это есть, и у меня не было времени думать, почему так. Злость, а не злость, так опасность, физическая угроза, которой я давно не испытывал, которой наслаждался, как дорогим вином, — не знаю, что придало мне сил, но я дрожал от возбуждения. Давай, красавец, давай, иди сюда!

А если так?

Серебряной рыбкой сверкнуло лезвие.

Я нырнул под руку с ножом, пнул Вадюху в колено. Хромая, он отскочил метра на три, споткнулся, упал. Пока эта сволочь вставала, я сорвал с себя поясной ремень. Голые руки против ножа — не лучшая защита.

— Брось нож! Брось, я сказал!

— Вадик, родненький! Он меня заберет...

Когда я хлестнул ремнем навстречу, угол пряжки рассек Вадюхе щеку. Брызнула темная кровь. Бомж зарычал диким зверем, размахивая ножом с такой скоростью, что клинок превратился в мерцающий полукруг.

Тварь поганая! Опять меня порезал! Не бомж, Терминатор какой-то!

Мне с ним не справиться.

Что есть ног я рванул к выходу. Ступеньки. Висит на одной петле дверь подъезда. Пустырь. Битый кирпич под ногами. До машины метров сто. Семьдесят. Пятьдесят. Тридцать. Десять...

Рывком распахнул дверцу, уже готовясь прыгнуть за руль. Обернулся. Зев подъезда был темен и пуст. Никто за мной не гнался.

Я перевел дух.

Вернул ремень на место, застегнул пряжку. Руки мелко дрожали. Эх, был бы у меня пистолет! Летом, когда я пришел в себя возле дома, разрушенного ракетой, пистолета при мне не оказалось. Форма, мобильник, кошелек с деньгами, всякая мелочевка в карманах, не говоря уже о машине — всё, кроме пистолета. До сих пор думал — ну и хрен с ним...

Кто ж мог знать, как оно обернется?

Порезы ощутимо саднили. Тот, что на предплечье, разболелся всерьез. Я осторожно пощупал разрез на рукаве. Под пальцами — влажное, липкое. Кровь?

Из меня идет кровь?!

Черная поземка. Это все ты, зараза. Не знаю, что ты сделала, как этого добилась. Вы что, вдвоем накачивали Вадюху — близнец-жилец, своим присутствием, ты своим дымом? Нет, это не твой дым, это перхоть в тебе горит... Нет, не складывается.

А мне оно надо? Я что, Шерлок Холмс?!

Ох, болит-то как...

— Мусор продажный! Олигархам лижешь, да?

Он бежал ко мне от подъезда.

— Машина, да? Ездишь, где хочешь, да?!

В руках Вадюха держал две бутылки с «коктейлем Молотова».

— За Севкой пришел, паскуда? Гори-гори ясно!

Промасленные тряпки уже занялись и быстро разгораются на ветру.

Падаю на сиденье. Захлопываю дверцу, теряя драгоценные мгновения. Зажигание! Я и машина — единое целое. Если бутылка с горючкой угодит в автомобиль — сгорим вместе, выбраться не успею. Мы буквально прыгаем вперед с места — и в зеркале заднего обзора взлетает в воздух бутылка, увенчанная факелом.

Звон бьющегося стекла.

Вспышка — совсем близко. Метр-полтора, и всё.

Давлю на газ, выворачиваю руль. Разбитая асфальтовая однорядка ведет к жилым домам. Уютно светятся желтые окна. Там люди, нормальная жизнь, ну почти нормальная…

Люди!

В зеркальце я вижу Вадюху. Он бежит за мной, занеся для броска вторую бутылку, бежит и не отстает. Я что, сам приведу его к живым людям? В кого попадет второй «коктейль»?!

И свернуть некуда.

В глаза бьет синий сполох. Рявкает, взвывает сирена. Патруль? Есть все-таки Бог на свете! Проношусь впритирку к машине с полицейской мигалкой, торможу. Меня бывшие сослуживцы не видят, зато они прекрасно видят Вадюху с горящей бутылкой.

— Стоять! Ни с места!

— Брось бутылку!

— Руки за голову!

И тут у Вадюхи «кончается завод». Ноги бомжа подгибаются, по инерции он делает еще два-три шага — и бросает бутылку. Бутылка разбивается об асфальт, не долетев до патрульного автомобиля.

— Полиция!

— На колени! Руки за голову!

Голос. Я знаю этот голос.

В свете пламени, полыхающего на асфальте, силуэты полицейских выглядят угловатыми, плоскими, будто вырезанными из черной бумаги. Женщина на миг оборачивается, словно почувствовала что-то, и последние сомнения улетают прочь.

— Потехина, — жалко бормочу я. — Потехина, ты живая? Лидка, я же тебя похоронил; я очнулся, а тебя нет... Я думал, ты ушла, ну совсем ушла, а ты вон как! Потехина, зараза, живи сто лет...

Стыдно. Радостно. Горько.

Завидно.

В сравнении с этим «коктейль Молотова» — баночка с детским питанием.

Я что, плачу? Ну и ладно.

Потехина с новым напарником обходят пятно горящего бензина с двух сторон. Я вылезаю из машины, тоже обхожу огонь, чтобы лучше видеть. Вадюха шатается, как пьяный, руки безвольно опущены.

— На колени! Руки за голову!

Никакой реакции. Стоит, шатается. Взгляд пустой.

Напарник Потехиной достает наручники. В тот момент, когда полицейские берут Вадюху за локти, бомж обмякает и оседает на асфальт. Удержать его полицейские не успевают.

— Эй, не дури! А ну встал, быстро!

Вадюха лежит без движения. Потехина приседает рядом с ним.

— Ты поосторожней! – напарник, совсем молодой парнишка, тянется к кобуре с пистолетом. — Он же псих! Вдруг придуривается?

Потехина щупает пульс на Вадюхиной шее:

— Он мертв.

— Что?!

— Умер, говорю.

— Уверена?

— Сам проверь.

— Вот же ж блин! Только жмура нам не хватало!

— Вызывай дежурного. Пусть «скорую» подгонят.

— Блин, блин, блин...

Напарник сыплет блинами, как заведенный, щелкая переключателем рации. Не удивлюсь, если это его первый выезд.

— Не дергайся! — руководит Потехина. — Он сам помер, мы ни при чем. Экспертиза покажет. Наши камеры все засняли. Думаю, это Поджигатель.

— Круто!

Настроение напарника переменчиво, как погода в марте:

— Так нам это... Поощрение положено? Премия?

— Звание и орден. Хорош мечтать! — рявкает на дурака Потехина. — Вызывай дежурного, не стой столбом!

В рации громко шуршит. Дежурный отзывается со второй попытки.

***

— Бомжи? Бомжи — это ко мне, — приговаривал дядя Миша всю дорогу. — Я к ним подход знаю. Мы с ними не разлей вода! Оформим в лучшем виде, ты не сомневайся. Уйдет как миленький.

— Я и не сомневаюсь.

Ответил, только чтобы дать понять: я его слушаю.

Наташа залатала мою форму, а Эсфирь Лазаревна — меня. «Я, конечно, не хирург, но общую врачебную еще помню. За полостную операцию не взялась бы, но вам, Роман, к счастью, и не нужно. Давайте вашу руку...» Ни о чем не спросила, Наташа с дядей Мишей тоже молчали, смотрели круглыми глазами. Все разговоры, надо понимать, — потом.

Когда-нибудь.

— Сюда, — я указал дяде Мише на уцелевший подъезд.

Он сидел, не двигаясь.

— Ромка! — растерянно спросил дядя Миша. — У меня что, в глазах двоится?

Они вышли из подъезда. Близнецы. Оба — мертвые. Вадюха поддерживал под локоть Севу. Тот идти не хотел, запинался, озирался по сторонам, будто ждал подвоха. Скользнул взглядом по нам, отвернулся.

— Надо, Сева, — уверял брата Вадюха. — Говорю тебе, надо.

— Не надо...

— Надо, понял? Видишь, я с тобой? Все хорошо, Сева, идем отсюда.

— Хочу назад...

— Назад нельзя. Помнишь, нам батя велосипед подарил?

— Ну...

— Мы на речку ездили. Помнишь?

— Помню, Вадюха. Ты на педалях, а я на раме. А у Гидропарка менялись: ты на раму, я на педали...

— Я задний ход дал, и мы упали. На трамвайном кругу. Помнишь?

— Ага.

— Нельзя задний ход давать, Сева. Идем, мы и так задержались.

Вадюха высвободил руку, приобнял брата за плечи. Они шли по пустырю, уходили прочь из города, к полям, изрытым окопами и воронками, в небо, рассеченное полетом ракет и снарядов. Уходили, уходили, делались зыбкими, невесомыми...

Всё. Ушли.

— И вот надо было меня дергать? — дядя Миша поджал губы, весь обида и негодование. — Сидел бы дома, чай пил... Шалопут ты, Ромка, беспокойная душа. За что я только тебя люблю, а?

— За красоту? — предположил я.

Кажется, мой ответ не показался ему убедительным.

Апрель 2023

ЛЕСТНИЦА

— Это я-то? Это я, значит, жилец?!

Дядя Миша привстал, навис над столом:

— Ну, Фира! Вот от кого не ожидал, так это от тебя...

Началось с пустяка. Все было хорошо, вернее, обычно: мы пили чай. Эсфирь Лазаревна улыбнулась и сказала, что наши посиделки напоминают ей Безумное Чаепитие. Дядя Миша уже тут хотел обидеться на слово «безумное», но к счастью, передумал.

Мы с Наташей просто пожали плечами.

«Не поняли, — улыбка хозяйки дома сделалась грустной. — Ну Шляпник, Мартовский Заяц? Алиса в Стране Чудес?!»

«Страна Чудес? — буркнул дядя Миша. — Это точно, чудеса в решете».

Наташа вспомнила, что в детстве видела такой мультик. Но уже почти все забыла. Гусеница там была, синяя. Кажется, курящая.

Дядя Миша заржал, как конь. Курящая гусеница ему понравилась.

А я полез в Гугл.

Три минуты, и мы уже выясняли, кто из нас кто. Дядя Миша наотрез отказался быть Болванщиком. «Еще Кретинщика предложи!» — гаркнул он, грозя мне кулаком. Я нашел ссылку, где Болванщика звали Шляпником, но дядю Мишу и этот вариант не удовлетворил. Впрочем, выяснив, что альтернативой Шляпнику выступает Мартовский Заяц, дядя Миша шустро отполз назад:

«Ты, Ромка, вылитый заяц! И уши торчат. Ладно, пускай Шляпник. Где дядя Миша, там дело в шляпе!»

Наташа определила себе Мышь-Соню.

«Алиса? — вздохнула Эсфирь Лазаревна. — Староватая я для Алисы. Думаю, мистер Кэрролл не одобрил бы. А вообще-то как ни назовись — все мы, в сущности, жильцы. Все до единого, хоть купайся в этом чае...»

Тут и пошло-поехало.

— Жилец! — не мог успокоиться дядя Миша. — Ну, Фира! Да лучше бы ты мне в морду плюнула...

Наташа молчала. Смотрела в пол.

Молчал и я. В словах Эсфири Лазаревны крылась горькая, ядовитая правда. Если мы задержались здесь вопреки всем правилам, установленным для живых и мертвых, — кто мы, если не жильцы? С другой стороны, если я жилец, где моя раковина? Куда я забиваюсь, пытаясь избежать похода на тот свет?

Квартира, где мы пьем чай? Безумное Чаепитие?

Я огляделся. Обои в полоску, сервиз в цветочек. Подробности оставим — еще в школе, когда нас заставляли учить классику, будь она неладна, я всегда пролистывал зубодробительные описания типа ореховых буфетов и кружевных салфеток. Чувства, что здесь мое прибежище, угол, куда я забился, врос, как зуб мудрости, да так, что клещами не вырвешь, — нет, такого чувства не возникло.

Пришел, ушел, нет проблем.

Если говорить о тебе, Ромка Голосий, блудная душа, то твоя раковина — уж скорее автомобиль. Машина, которая возникла рядом с тобой, едва ты восстал из мертвых. Куда ты побежал от кофейного киоска, когда угорел от дыма черной поземки?

Правильно, в автомобиль.

Откуда ты категорически не хотел выбираться, даже зная, что там, рядом с одурелым солдатиком, пропадает Валерка?

Правильно, из автомобиля. Вываливался кулем, отползал на четвереньках, сам себя за волосы из болота вытаскивал.

Если я — жилец, то моя раковина припаркована за окном.

— Вы правы, тетя Стура, — внезапно произнесла Наташа.

До этой минуты Наташа нервно грызла ногти, словно задумалась о чем-то важном — в иной ситуации я бы сказал «жизненно важном», — и напрочь забыла о приличиях. Я никогда не слышал раньше, чтобы она звала Эсфирь Лазаревну тетей Стурой. Про Стуру хозяйка квартиры объяснила нам, когда Валерка схлестнулся с соседом-бегемотом. Я уже и забыл, а Наташа, смотри, запомнила.

— Вы совершенно правы. Да, мы жильцы. Наша раковина — наша работа.

Дядя Миша хотел возразить и прикусил язык. Я тоже молчал. Квартира? Автомобиль? Чепуха! Наташа, ты попала в яблочко, в самый центр мишени.

Женщины, они сердцем чуют.

— Ах, Наташенька, — голос Эсфири Лазаревны дрогнул. — Я раньше и сама так думала. К сожалению, это не так.

— Почему? Работа — главное, что нас держит.

— Вы не первая в нашей бригаде. Были работники и до вас. Роман, Михаил Яковлевич, вы ведь помните?

Мы кивнули. Мы помнили.

— И где они все? Они ушли, Наташенька. Всех накрывало, а потом увело прочь. Будь работа нашей раковиной, они бы остались. Будь работа раковиной, нас бы не накрывало, как не накрывает обычных жильцов, наших клиентов. Их же не накрывает, когда они сидят, забившись каждый в свой угол? Не тянет уйти?!

Эсфирь Лазаревна повернулась ко мне:

— Роман, кстати... Когда вас накрывало в последний раз?

Я задумался.

— У кофейного киоска, — неуверенно ответил я. — Когда я угорел и в машину рванул. Еле очухался, страшно вспомнить. Я же вам рассказывал?

— Да, рассказывали. Только это вас не накрыло. Вы угорели, а накрывает иначе. Вспомните! Все теряет прочность, устойчивость, вас тянет уйти, уйти насовсем... Вы тогда еще объявили нам: «Уйду я скоро. Накрыло дважды за день». И добавили: «Второй раз был необычный».

Февраль, вспомнил я. Черная поземка. Знакомство с Валеркой. Да, первый раз был обычный, как всегда.

...мир качнулся, утратил резкость. Приступы, подобные этому, начались в середине ноября и накатывали раз в две недели, затем чаще. Голова шла кругом, зрение сбоило. Контуры окружающей действительности становились зыбкими, картонными, ненастоящими, а за ними проступало нечто большее, важное, и казалось, надо сделать шаг навстречу, всего один шаг, ну, может, два или три, и рассмотришь, прикоснешься, оставишь прошлое за спиной, как змея оставляет сброшенную кожу...

Должно быть, это же испытывают жильцы, когда уходят насовсем. Мы выводим их из раковины, их накрывает, они уходят. Нас накрывает, мы не уходим, потому что работа, а потом все-таки не выдерживаем и уходим.

Все, как обычно...

Необычным был второй раз, когда я взял Валерку за руку.

— А с тех пор? — упорствовала Эсфирь Лазаревна. — С тех пор вас накрывало, как обычно? Как раньше? Май на дворе, столько времени прошло! А ведь вы говорили, что скоро уйдете...

— Кажется, нет.

— Кажется или нет?

— Да что ж вы жилы из меня тянете? — я хотел пошутить, но вышло нехорошо, как обвинение. — Ну нет, нет! Только с поземкой, у киоска, и еще когда с профессором дрался. Так вы говорите, что это я угорел, а не накрыло...

— Да, угорели, — она взяла чашку, но пить не стала. — Когда мы угораем, нас тянет в раковину. В нас просыпается жилец, обычный жилец, такой же, как наши клиенты. Сама я не угорала, обо всем сужу с ваших слов. Но думаю, я права. Итак, вас не накрывало с февраля. А вас, Наташа?

— С марта, — без колебаний ответила Наташа. — Было пару раз, но очень слабо. С каждым разом всё слабее.

— Михаил Яковлевич?

— Тоже с марта, — буркнул дядя Миша. — Так, чепуха на постном масле. Я думал, это после кладбища. Водки выпил, и попустило.

Эсфирь Лазаревна вздохнула:

— У меня та же история. Значит, это не работа. Роман, вы полагаете, мы не знаем, куда вы ездите все время? Под чьими окнами паркуетесь? Да вы просиживаете там дни напролет! Случается, что и ночи, я сама видела...

— И ничего не под окнами! — огрызнулся я, чувствуя себе вороватым внуком, пойманным строгой бабушкой за кражей варенья из буфета. — Я дальше паркуюсь, под тополями. Не хочу ему глаза мозолить. И ничего не дни напролет... Стоп!

Меня как молотком ударило:

— Это что значит: «Я сама видела»? Вы что, следите за мной?!

Она покраснела. Клянусь вам, наша железная леди покрылась таким румянцем, словно в жилах Эсфири Лазаревны текла густая, молодая, настоящая кровь.

— Мимо проходила, — еле слышно пробормотала она.

— И я проходила, — созналась Наташа. — Несколько раз.

Дядя Миша ударил кулаком в открытую ладонь:

— И я тоже. Тянет, Ромка! Ты понимаешь: тянет!

Я задохнулся:

— Вы что, хотите сказать...

— Хотим, — перебила меня Эсфирь Лазаревна. — Наша раковина — не работа, не водка и не моя, боже упаси, квартира. Наша раковина — этот мальчик. Если бы не Валера, мы бы все давно ушли. Полагаю, нас кто-нибудь сменил бы, но это не важно. Нас больше не накрывает, не тащит прочь, потому

что мы прячемся в нем. В нем, рядом с ним, заодно с ним...
Или он нас прячет, какая разница?

Монолог ее утомил. Она закашлялась, но упрямо продолжала:

— Вряд ли мальчик понимает, что делает в отношении нашей компании. Главное, мы понимаем. И раньше понимали, но боялись признаться. А сейчас высказали вслух: нас к нему тянет. Поэтому я и говорю: мы все — жильцы. Это следует принять как факт. Не знаю только, нам самим следует уйти, покинуть раковину, или мальчику надо нас отпустить, оставить, вывести наружу. Ждать, что кто-то придет и выведет нас, как мы выводим других жильцов, — бессмысленно и стыдно. Есть, конечно, третий вариант, но я не хочу о нем даже думать.

И с нескрываемой, жадной, безумной надеждой она вдруг выдохнула:

— А может, не надо? Может, оставить все как есть?

Я встал:

— Пойду, в машине посижу. Это нужно переварить.

— К нему поедешь? — подмигнул дядя Миша.

— Нет, — огрызнулся я. — Тут, во дворе, побуду.

Невыпитый чай стоял в глотке комом. Третий вариант? Не хочет даже думать? Ну да, раковина — штука хрупкая. Может треснуть, разбиться вдребезги. Это нам уже нечего терять, а у живых всегда есть что отнять.

Жизнь, например.

***

Во дворе не было ни души.

Ну да, шесть утра, начало седьмого. Это у меня со временем сложные отношения, а у людей работа, учеба — короче, будни. Лишь серый кот с бордюра песочницы зашипел на блудного Ромку Голосия и сбежал от греха подальше.

В машину я лезть не стал. Это после разговоров про жильцов и раковины? Нет уж, мы так постоим, на свежем воздухе, мозги проветрим.

Что пишут в чатах?

Обстрел области из РСЗО: Купянск, Волчанск. В городских парках на клумбах зацвели ирисы и пионы. Прилет в Новобаварском районе: поврежден объект инфраструктуры, возгорание ликвидировано, пострадавших и жертв нет. Проведен турнир по боксу — в метро, во избежание опасных ситуаций. Ночная атака на Киев: «шахеды», восемнадцать, нет, по уточненным данным уже двадцать четыре ракеты, из них шесть гиперзвуковых «Кинжалов». Все сбиты нашей ПВО. В киевском зоопарке бегемотиху Лили выпустили в летний вольер. Киевляне злые как черти, ругаются: было громко. У кого-то испугались коты, у кого-то не испугались: дрыхли, сволочи, на подушке, вытолкав лапами хозяйку.

Что еще?

«Вагнера» ползут в Бахмуте. Выгрызают руины многоэтажной застройки: в день по сто-двести метров. Наши режут фланги: Клещеевка, Курдюмовка. Во временно оккупированном Луганске взорвали тамошнего министра внутренних дел. И добро бы на фронте, когда встал, понимаешь, на бруствере в последний и решительный, — нет, в парикмахерской, вместе со свитой. А, даже так: в *барбершопе*. Прическу хоть сделать успел?

Не пишут, скрывают от народа.

Эти новости! Безумное смешение обыденного, смешного и жуткого. Фантастика десять лет назад. Боль, ужас и смятение год назад. Сейчас они скользили мимо меня как привычный фон, не вызывая ярких эмоций. Каждый день одно и то же, каждую ночь. Наверное, я умер больше, чем казалось. Наверное, я продолжаю умирать, все глубже погружаясь в могилу-невидимку. Ужасы войны, терзавшей мою родину, превратились в будни, рутину. Ад Бахмута? Ракетный удар по Киеву? Куда больше меня беспокоили слова Эсфири Лазаревны и странная, подозрительная зависимость от Валерки.

Стыдно.

Из всех чувств меня мучил только стыд.

Так происходит, потому что я ничего больше не могу сделать там, в кипящем, воюющем, страдающем внешнем мире? А здесь, в моем крошечном ограниченном мирке — раковине?! — еще могу сделать хоть что-то? Или я занимаюсь самообманом, а причина в другом? В том, о чем страшно даже помыслить?

Неужели я действительно становлюсь настоящим жильцом? Скоро и это перестанет интересовать меня, брать за душу. Не останется ничего, что бы толкало Ромку Голосия существовать дальше, пусть и в урезанном виде. Я припаркуюсь под окнами Валерки, забьюсь в машину, чтобы никогда больше не выйти из нее. Поиск жильцов, Безумное Чаепитие, наша бригада, город, страна, мир — все утратит значение.

Спрятаться? Да. Затаиться? Да.

Так, чтобы ни единого живого лучика не пробилось наружу.

С меня, должно быть, посыплется перхоть. Я этого не замечу, поглощен собой и своими страхами. Это заметит она, черная поземка, нюхом учует. Подползет, через щели проникнет в салон, жадно ловя летучие крупицы; задымит, переваривая. Кто-то пройдет мимо моей раковины, остановится, отвечая на вызов или доставая пачку сигарет, вдохнет порцию дурмана, угорит, сам не зная, что с ним происходит, к чему приведет...

Помяни черта, он и явится.

Она ползла ко мне от песочницы. Я кинулся было в машину — спрятаться? Уехать прочь?! — но быстро отказался от этой идеи, остался стоять. В поведении поземки сквозило что-то непривычное, не такое, как всегда. Так приближается бродячая собака в надежде на подачку. Демонстрирует безобидность и дружелюбие: припадает к земле, повизгивает от пылкой любви...

Ты гляди! Она только что хвостом не виляет!

И не дымит ни разу.

— Чего тебе? — спросил я.

Черная поземка остановилась под детским «рукоходом», выкрашенным синей и желтой краской. Если не приглядываться, она вполне могла сойти за тень от «рукохода». Какое-то время лежала без движения, затем дрогнула, начала меняться. Я следил за ее метаморфозами с беспокойством, после — с интересом, в конце — с изумлением.

Там, где минутой раньше лежала тень, сейчас лежал черный QR-код. Такие сканируешь, когда хочешь оплатить проезд в городском транспорте с банковского приложения или в кафе, чтобы посмотреть меню на экране смартфона.

— Чего тебе, а? — тупо повторил я.

Она не ответила.

— Нарушаем, гражданка? Что за шуточки?!

Никакой реакции.

Знаете что? Сперва я подумал, что с мертвого взятки гладки. Чего мне бояться? После вспомнил, что черная — спец именно по нашему брату. Мало ли какую пакость удумала? А дальше я уже ничего думать не стал, спел мысленно отходную Ромке Голосию, дураку набитому, достал из кармана смартфон, включил сканер — и отсканировал QR-код, внутренне сжавшись и ожидая чего угодно, вплоть до конца света.

Ну?!

Все осталось как раньше: двор, детская площадка, гаражи.

Только экран гаджета сделался грязно-серым, будто асфальт тротуара, и на нем взвихрилась метель. Черная вьюга; черная поземка. Я следил за ее движением, не забывая поглядывать в сторону «рукохода». Впрочем, там по-прежнему на земле лежал код — только код, ничего больше.

Угрозы — ноль целых, ноль десятых.

Поземка на экране распалась на хаотические пиксели и начала собираться заново. Возникло лицо — искаженное, с нарушенными пропорциями. Черты все время менялись, они принадлежали разным людям: мужчинам, женщинам, детям, старикам. Сказать по правде, это выглядело жутковато.

Ага, наладилось.

Женщина: блондинка лет сорока. Пунцовые, ярко накрашенные губы. Неестественно длинные, явно наращенные ресницы. Брови выщипаны в ниточку. Кожа на высоких скулах гладенькая, туго натянутая.

Красавица, короче.

— Мы, — хрипло произнесла блондинка. — Ты.

— Что?

— Мы. Ты. Надо.

— Чего тебе надо?

Поверх лица появился запрос: «Разрешить приложению доступ к микрофону?» Чувствуя себя завсегдатаем дурдома, я подтвердил разрешение. «Разрешить приложению доступ ко всем файлам?» Ну уж нет, запретить. Иди знай, куда ты полезешь, чертова кукла!

— Нам. Тебе. Надо комму…

— Кому — что? Кому-то из нас?

Блондинка сосредоточилась:

— Надо коммуницировать. Мы и ты. Нам с тобой.

— Зачем?

— Будет лучше. Нам. Тебе.

— Мы? Почему ты говоришь о себе «мы»?

— Нас много. Ты один. Мы — мы. Ты — ты.

«Что непонятного?» — читалось на ее лице.

Да, действительно.

Возник запрос: «Разрешить приложению доступ к камере?» Я разрешил. А смысл запрещать? По всем законам логики, сначала должны были прийти все запросы, а уже потом, после подтверждений — изображение и звук. Увы, логикой здесь и не пахло. Дымком попахивало, это да.

Едким таким дымком, угарным.

Дым был игрой моего распаленного воображения — поземка под «рукоходом» лежала смирно, не дымила.

— Хорошо, — согласился я. — Давай коммуницировать.

Лицо рассыпалось, собралось заново. Блондинку сменила иссохшая с годами старуха. Нос крючком, беззубый рот запал. На левой щеке бородавка. Я ждал очередного запроса — подтвердить? Запретить?! — но баба-яга, похоже, в дополнительных разрешениях не нуждалась.

— Мы хотим кушать, — сообщила она детским писклявым голоском. — Нам надо кушать. Что плохого?

Я пожал плечами. Что тут ответить?

— Мы едим. Нормально?

Я кивнул.

— Мы испражняемся. Нормально?

Я кивнул.

— Нормально, — подвела итог старуха. — Зачем ссориться?

— Ты дымишь, — объяснил я. — Испражняешься, да? Вот так прямо на людях, где ешь, там и справляешь нужду. Ни стыда, ни совести! Люди, между прочим, сходят с ума, страдают.

— Не страдают, — возразила старуха. — Мертвые.

— Живые люди, которые рядом с жильцами. Страдают, я тебе точно говорю. Нормально? Ни черта не нормально.

— База, — сказала старуха. И мужским басом добавила: — Кормовая база. Надо договариваться.

Из QR-кода вырвалась жиденькая струйка дыма. Я отпрыгнул за машину, готовый в любую минуту сесть за руль и сорваться с места.

— Эй! Ты чего? Смотри у меня!

— Приносим извинения, — старуха превратилась в унылого мужичка, чем-то похожего на дядю Мишу, когда на него находит хандра. — Не сдержались. Дурного не имели.

— Что ты там не имела?

Я упрямо обращался к поземке в единственном числе. Не хотел, чтобы она сочла мое «вы» признаком вежливого обращения? Не мог принять эту заразу как множество? Сам не знаю почему и знать не хочу.

— Не имели в виду. Дурного. Вырвалось.

Я расхохотался. Я смеялся долго, истерически, задыхаясь и кашляя, пока на экране мужичок делался блондинкой, блондинка — старухой, все трое переплетались в ублюдочном смешении черт и наконец превратились в конопатую девочку лет шести. Нет, это же надо! Мертвый Ромка Голосий в пустом дворе беседует с черной поземкой, считающей себя множеством, и выслушивает от нее извинения: вот, мол, перднула невпопад!

Все это было совсем не смешно, понимаю.

— Кормовая база, — низким грудным контральто повторила девочка. — Надо договариваться.

— О чем? И почему только сейчас?!

— Не поняли, — девочка нахмурилась.

— Почему ты раньше не спешила договариваться? Мы жильцов не первый день выводим. Базу твою, значит, кормовую.

Девочка хихикнула по-старушечьи:

— Раньше вы менялись. Мы уживались.

— Не понял, — в тон ей заявил я.

— Вы приходили и уходили. Насовсем. Корма хватало на всех.

— Эй! Ты говори, да не заговаривайся!

Корм, подумал я. Эй, поземка! Ты считаешь, что мы не выводим жильцов? Не освобождаем из раковины, а кормимся ими? Просто способ у нас другой? Берем горстку мидий, варим, лопаем от пуза, а ракушки выбрасываем на помойку?

Они исчезают, потому что мы их съедаем, так? Едим, испражняемся...

«Мы хотим кушать. Нам надо кушать. Что плохого?»

Поземка, ты держишь нас за своих? Подобных?!

— Корма хватало, — упорствовала девочка. Речь у поземки стала заметно глаже, она быстро училась. — Теперь не хватает. Корма стало меньше. Вообще меньше.

— В смысле, не из-за нас?

— Не только из-за вас.

Девочка поразмыслила и добавила:

— В смысле. Надо договариваться.

— А ты от парня отстанешь? Если мы договоримся?!

— Парень?

— Ну, Валерка! Ты его солдатом морочила, отравленным. Кошелек ему подкидывала. И в первый раз, когда мы встретились... Хотела его с лестницы сбросить, признавайся?

— Лестница, — внятно произнесла девочка. — Лестница.

И изменилась.

— Он видит корм, — объявил профессор, тот самый, с которым мы дрались, пока на кровати корчилась профессорша, отравленная угарным дымом ненависти. — Он видит корм, трогает корм, любит корм. Ты когда-нибудь видел, как он...

— Как он что? Выводит жильцов?!

— Он и корм. Наедине, — профессор сверкнул очками: — Когда-нибудь видел?! Надо договариваться.

Не видел, думал я, пока QR-код оборачивался черной поземкой и та вихрем выметалась со двора. Нет, не видел. «Они там, — сказал Валерка в первую нашу встречу, имея в виду жильцов в разрушенном доме. — Я не смог их убедить. Они не слышат. Я, наверное, позже приду. Попробую еще раз. Они что-то услышали, пусть теперь поживут с этим».

Поживут, значит. С этим.

Валерка, я никогда не видел, как ты выводишь жильцов. Почему я этим не заинтересовался? Что меня отвлекло? Чертов профессор! Второй раз меня отравил, гадюка.

***

Как чувствовал: не зря караулю.

Часа не прошло — и пожалуйста: вот он, Валерий Чаленко собственной лопоухой персоной. Вышел из подъезда, огляделся по сторонам. Проверяет, нет ли слежки? А раньше проверял? Озирался при выходе?

Не помню.

Плохо проверяешь, дружище. Невнимательно. Так много чего можно не заметить. Меня, например. В этих зарослях сирени целая ДРГ укрыться может. Машину я оставил во дворе дома Эсфири Лазаревны, пришел пешком, сел в засаду. Поначалу от благоухания цветов чуть не одурел — честное слово, хуже, чем от дыма поземки! — даже думал позицию сменить.

Ничего, принюхался.

Куда идешь, Валерка? Ага, к остановке маршруток. Худший вариант из возможных: сунусь с тобой в одну маршрутку — засечешь, тут без вариантов. Ладно, действуем по обстановке.

На мое счастье, Валерка бодрым шагом миновал остановку и двинул дальше по проспекту. Я крался за ним по палисадникам, прячась за буйно разросшимися кустами. Когда палисадники кончились, пришлось изощряться. Спасали прохожие — когда ты живой и материальный, такой фокус не прокатит, а так «приклеился» к человеку вплотную и идешь за ним, как за живым укрытием. Пригибаешься, приседаешь, если «укрытие» ростом не вышло. Увидь кто со стороны, решил бы: псих или маньяк.

Некому на меня со стороны глядеть. Разве что Валерке — так от него я и прячусь. Прячусь. От Валерки. Слежу за ним, как за преступником... Блин, что я творю?!

Зараза черная, что ты со мной делаешь?!

121

Кстати, о заразе. Я завертел головой, озираясь, и, когда Валерка обернулся, едва успел укрыться за бабулькой с парой тяжеленных кошелок.

Ф-фух, пронесло! Не заметил.

Поземки видно не было. Тоже маскируется? Я слежу за Валеркой, она следит за мной…

Парень свернул в боковую улочку. Прохожих здесь не было, зато вдоль домов опять потянулись палисадники: жасмин, вездесущая сирень, абрикосы с вишнями — и «белых яблонь дым», как в песне.

Пятиэтажные хрущевки сменились старыми домами: два, реже три этажа. Улочка шла под гору, пока не уперлась в заросший бурьяном пустырь. На дальнем краю пустыря мрачным контрастом с весенней зеленью темнели закопченные развалины. Давним прилетом крышу и верхний этаж снесло напрочь. От второго этажа уцелело немного.

Первый более или менее сохранился.

Валерка решительно направился к развалинам, по пояс уйдя в заросли бурьяна. За ним, как за глиссером на воде, оставался кильватерный след колышущихся лопухов. Я глазел из кустов, как мальчишеская фигурка скрывается в темном провале единственного подъезда.

Выждал. Двинулся следом.

Зачем я это делаю? Любопытство? Болезненный интерес? Да какого черта?! Я резко остановился посреди пустыря, метрах в тридцати от развалин. Уйду! Что, черная, повелся я на твою подначку? Повелся, самому стыдно. Шпиона из себя корчу. Всё, идем обратно…

Вот посмотрю, как Валерка уводит жильцов, и тогда уже вернусь. Узнаю и угомонюсь. Что плохого в том, что я хочу знать? А потом честно признаюсь: да, Валер, следил.

Извини.

Он нормальный парень. Он поймет.

Полумрак подъезда. Перекрытия второго этажа уцелели, не позволяя лучам майского солнца пробиться внутрь руин. Остатки лестницы завалены битым кирпичом. Два проема без дверей ведут вправо и влево. Застарелая гарь щекочет ноздри. К ней примешивается затхлый запашок.

Жилец?

Вторая комната слева от входа.

Я двинул на запах. Осторожно выглянул из-за косяка двери. Ага, вот они: Валерка и жилец. Мог бы и не прятаться: они меня не видели.

Они, кажется, вообще ничего не видели.

****

Оконные рамы, покоробленные от влаги, скалились острыми клыками битого стекла. С потолка, обнажив старую дранку, обвалились пласты штукатурки. Там, где когда-то висела люстра, сиротливо торчали оборванные провода в белой изоляции.

Из мебели сохранился древний продавленный диван.

Жилец — небритый блондин лет сорока, одетый в спортивный костюм Nike, — сидел на полу. Привалился спиной к стене, вытянул длинные ноги в плюшевых домашних тапочках. Не скажу, чтобы я был склонен к сантиментам, но при виде этих тапочек со смешными щенячьими мордочками у меня в глазах защипало.

Блондин не шевелился. Не бормотал себе под нос, не моргал — вообще ничего не делал. Он сидел так, наверное, уже с год. Перхоть с него не сыпалась. И поземки видно не было. Я, прежде чем в дом войти, дважды проверил. Боялся эту пакость за собой привести.

Валерка сидел рядом с жильцом в той же позе, что и блондин: спиной к стене, ноги вытянуты. Лицо у него... Я едва не заорал, когда увидел. Лицо у него было в точности как у блондина. Нет, я не про внешность. Не знаю, про что я, только они были как братья.

От Валерки тянуло жильцом.

Нет, чепуха. Это от блондина тянет...

Нет, от Валерки. От обоих. Кажется, от Валерки меньше... Какая разница?! Меньше, не меньше — он мертвый! Валерка — мертвый?! Вспомнились близнецы-бомжи — мертвый и живой, жилец и поджигатель. Живой умер, увел брата...

Пространство, разделявшее Валерку и жильца, выглядело плотнее, чем в других местах комнаты. В воздухе проступили белесые нити, неприятно напомнившие паутину. Паутина все теснее связывала этих двоих. Даже почудилось, что расстояние между ними становится меньше, меньше. А сходство делалось больше, больше.

Их уже трудно было различить.

Нити паутины утолщались, едва заметно подергивались, пульсировали. По ним что-то текло: от Валерки к блондину? От блондина к Валерке? Жизнь? Смерть?! Помимо воли представилось: паутина опутывает обоих, заключает в клейкий кокон...

Не в кокон — в раковину. Раковина жильца.

Двух жильцов?

Не знаю, зачем я это сделал. Хотел вмешаться? Разорвать чертову паутину? А может, мной двигало болезненное любопытство? Как бы там ни было, я шагнул вперед, протянул руку и коснулся подрагивающих кружев. Рука легко скользнула в сплетение шевелящихся нитей.

Меня накрыло.

***

Гулкий сумрак.

Комната? Зал? Не разглядеть. Очертания теряются в мглистой мути. Делаю шаг — и едва не падаю.

Лестница.

Она уходит вниз, я стою на самом верху. Видно пять или шесть ближайших ступенек. Дальше все теряется во мгле — такой же, как вокруг меня, только более плотной.

Что внизу?

Мне туда совсем не хочется. Но не спустишься — не узнаешь. Пробую подошвой ступеньку: твердая, ровная. Держит. Ставлю ногу. Нащупываю следующую ступеньку. Были бы еще перила...

Перил у лестницы нет.

Сбоку что-то ворочается. Кто-то?! Вглядываюсь до черной мошкары перед глазами — ничего. Никого. И тут же что-то вновь шевелится на краю поля зрения.

Опускаю взгляд. Гляжу под ноги, чтобы не оступиться. Ступеньки старые, выщербленные, пыльные. По краям, где они исчезают во мгле, пыли больше. Лежит целыми пластами, собирается в рыхлые комья.

От их вида меня начинает подташнивать.

В уши вползает шелест — тихий, вкрадчивый. Сухая листва? Шелк? Чешуя?! Скрежет. Пощелкивание. К змеям, которых мое воображение так ясно успело представить, присоединяются армады жуков, тараканов, многоножек. Хитин скребет о хитин: движутся лапы, жвалы, панцири...

Ближе. Ближе. Близко.

«*Они там*, — Валерка, смешной лопоухий мальчишка, ты *сказал мне это в первую нашу встречу. — Они не слышат. Я, наверное, позже приду*». Кто они, а? Я думал, ты говоришь о жильцах. Я хотел так думать. Сейчас я начинаю думать иначе.

Они там? С кем ты разговаривал, парень?!

Я знаю, что там, внизу. Там день моей смерти.

...двое помятых мародеров ждали нас, крепко-накрепко примотанные к фонарному столбу невообразимым количеством скотча.

Пришлось резать. Не мародеров, разумеется.

Я не запомнил тот момент, когда ракета прилетела в дом, на первом этаже которого располагался магазин. Помню только вой, переходящий в визг, и всё...

Комья пыли колышутся, подергиваются. От них исходит смрад затхлости и тления. Они пахнут как жильцы. Как павильон с рептилиями. Холодно. Почему здесь так холодно? Этот холод не имеет ничего общего с февральскими морозами, с зябкой нетопленой квартирой, с промозглым ноябрем. Другой холод, стылый.

Могильный.

...двое помятых мародеров ждали нас, примотанные к столбу невообразимым количеством скотча. Пришлось резать. Я не запомнил тот момент, когда ракета прилетела в дом...

Когда зимой я впервые прикоснулся к Валерке, подал ему руку, помогая спуститься по разрушенной лестнице, меня накрыло так, как никогда раньше. Я вспомнил день своей смерти, увидел, как наяву. Считайте меня не только мертвым, но и сумасшедшим, а только сейчас я твердо знал: внизу, у основания этой лестницы, царит вечный день смерти Ромки Голосия.

...двое мародеров ждали, примотанные к столбу скотчем. Я не запомнил тот момент, когда...

Что там шуршит? Что шелестит?

Это мародеры рвут ленту, которой примотаны к позорному столбу. Царапают скотч длинными крючковатыми ногтями, освобождаются. Липкие ленты хвостами волочатся за ними. Словно мумии в отслоившихся бинтах, спотыкаясь и хихикая, мародеры поднимаются по ступенькам. Они идут за мной. Я — их законная добыча. Мародеры стащат меня вниз, да. Они, несомненно, сделают это. Примотают к столбу, и будет вечный вой, переходящий в визг, словно дьявол поставил на повтор свой любимый музыкальный трек...

Что-то касается моей руки. Скользит по предплечью. Крик вырывается сам собой. Я кричу — и не слышу себя. Вопль вязнет, глохнет, расточается. Эха нет, отклика нет, ничего нет. Мгла приходит в движение. Сейчас она накроет меня, схватит, обездвижит.

Меня не станет. Я стану мглой.

Пылью. Прахом.

Бесконечной смертью, примотанной к столбу.

Бегу вверх по лестнице. Оступаюсь, карабкаюсь. Шелест чешуи, скрежет хитина, шорох грязного скотча, шлепанье подошв — погоня все ближе. Вой пробками забивает уши. Смрад усиливается, холод грызет кости, облизывает суставы. Сковывает, гирями виснет на ногах. Просит, требует: оглянись!

Нельзя. Нет, нельзя.

Бегу. Кричу.

***

Комната.

Крошево обвалившейся штукатурки на полу.

В лучах солнца стеклянные клыки в оконных рамах отблескивали радугой, щедро сыпали по стенам пригоршни веселых зайчиков. Один угодил мне в глаз. Я заморгал и выдохнул.

Получился жалкий всхлип.

Просто комната. Просто разрушенный дом. Снаружи — весна, солнце. Снаружи — война. Нет лестниц, уходящих во тьму, мертвых мародеров, прячущихся во мгле, могильного холода, шелеста чешуи, скрежета хитина...

Вон, птички за окном щебечут.

Я встряхнулся мокрым псом. Сбросил с себя остатки кошмара, поднялся на ноги. Когда это я успел на задницу шлепнуться? Впрочем, не важно. Остатки пережитого ужаса таяли

127

ледяным комом где-то в низу живота. Был бы жив — в штаны бы напрудил.

Они сидели на прежнем месте: жилец и Валера. Нет, два жильца. Мальчишка и мужчина, соединенные трепещущей паутиной. Они были разные — и в то же время одинаковые. Дело не в том, что от обоих тянуло жильцами. Лица? Позы? Не знаю, как сказать...

Два мертвеца.

Ну что, спросил кто-то. Удовлетворил любопытство?!

Паутина дрогнула, натянулась. Я попятился. Жильцы начали подниматься на ноги. Блондин делал это как старательный ученик, который знает, как решить задачу, но все время сомневается. Запишет действие на доске — и застынет с мелком в руке: всё ли правильно? Запишет следующее действие — и снова застынет.

Отлепился спиной от стены. Уперся ладонями в пол. Посидел немного. Подогнул левую ногу. Подогнул правую. Попытался встать. Не получилось. Посидел. Оперся левой рукой о стену. Со второй попытки встал. Постоял, качаясь, ловя шаткое равновесие.

Поймал. Замер.

Валерка вставал плавно, без рывков и пауз — просто очень медленно, держась за стену рукой. Казалось, у него не осталось никаких сил, а вставать все равно надо. Встал. Постоял. Пошел к двери на ватных, подгибающихся ногах. Деревянной походкой блондин двинулся следом. Соединявшие их нити истончились, поблекли, но не исчезли окончательно.

Я вышел из дома вслед за ними.

Они уходили через пустырь, не колыша зеленое море лопухов, не оставляя на нем следа, — ребенок и взрослый. Уходили, уходили, блекли, выцветали, делались зыбкими, прозрачными...

Ушли.

Валерка ушел.

И что теперь?

— Дядя Рома?

Он стоял в дверях подъезда, привалившись к косяку. Измученный, не по-детски осунувшийся. Живой.

Живой!

Ошибка исключалась, но я все-таки принюхался. От парня больше не пахло жильцом. Пахло соленым потом и смертельной усталостью, словно он полдня рыл канавы.

— Здорово, что вы здесь. Подвезете?

— Я сегодня без машины. Извини.

— Жалко. Ничего, я на маршрутке доеду.

— Тебя проводить?

— Ага, проводите. Я бы и сам дошел, но вместе лучше.

Я подошел, взял его за руку. Рука была скользкая от пота. Холодная, как у мертвого. Типун мне, дураку, на язык! Как у живого, который долго сидел в стылом подвале и продрог до костей.

В подвале, куда ведет лестница без перил.

Валерка тяжело опирался на мою руку. Едва ноги волочил. Мы молчали. У него, похоже, не осталось сил на разговоры. А мне было страшно. Страшно за Валерку. Страшно, что в очередной раз он может не вернуться. Остаться там, внизу. Уйти вместе с жильцом. Насовсем.

За себя мне тоже было страшно.

Дрожа от озноба, я косился на идущего рядом мальчишку. Кто он такой? Что он такое? Что он делает внизу? Что ждет в конце лестницы? Смерть?

Что-то хуже смерти?

Когда мы добрались до остановки, парень шел уже нормально. Рука потеплела, пот высох. Подъехала маршрутка. Мы распрощались. Я хотел ему сказать, вспомнилось запоздало. Признаться, что следил за ним. Извиниться. Он бы понял.

Почему я этого не сделал?

***

Это была самая обыкновенная жиличка.

На вид лет шестидесяти с гаком, очень полная, вся какая-то обвисшая — такими часто бывают малоподвижные сердечницы; она сидела в углу, забившись в промежуток между стеной и старым фортепиано «Украина». Лицо круглое, словно полная луна, щеки похожи на брыли мопса. Глаза закрыты так плотно, словно женщина крепко-накрепко зажмурилась, не желая видеть что-то страшное, и вдруг решила, что это навсегда, что так гораздо лучше. Под глазами синеватые мешки, рыхлый нос в темных прожилках капилляров. Похоже, дама при жизни любила опрокинуть рюмочку.

Пальцы жилички мелко подрагивали. В дрожи чувствовался ритм, сложный и прихотливый, но я, как ни старался, не мог уловить его закономерность.

Я нашел ее в центре города, в конце Мироносицкой — этот район мы зачистили еще прошлой осенью. Меньше всего я ожидал наткнуться здесь на новую работу. Уверен, жиличка появилась недавно, хотя жильцов по городу действительно становилось все меньше и меньше. Права поземка, ей-богу, права, кормовая база для черной заразы сокращалась с каждым днем. В квартире неделю назад вставили новые окна — старые вынесло взрывом, об этом писали в чатах, а соседний дом пострадал так, что власти решили его не восстанавливать. Сейчас здесь жили мать и дочь-подросток, на днях вернувшиеся из Львова, — обе тощенькие, мелкие, похожие на пару собачек чихуахуа.

Сходство усиливал любимец: рыжий карликовый шпиц.

Я встретил их у подъезда. Девочка выглядела замученной, кусала губы, молчала. Даже когда мать обращалась к ней, девочка не произносила ни слова. Только кивала в ответ или отрицательно мотала головой. Песик тоже плелся едва-едва, что вовсе не свойственно для подвижных шпицев, хромал на заднюю левую.

Да, еще этот ритм.

И мать, и дочь левой рукой, не осознавая, что делают, выстукивали у себя на бедре тот ритмический рисунок, природа которого стала мне понятна, как только я поднялся в квартиру, ориентируясь по запаху.

Жиличка, вне сомнений, шла по профилю Наташи, а может, Эсфири Лазаревны. Надо было уйти, как только я ее обнаружил, уйти и сообщить нашим, но я стоял и смотрел, как жиличка барабанит пальцами по воздуху. Стоял, смотрел, а потом протянул к ней руку.

Зачем я это сделал? Хотел прикоснуться?

Никаких внятных объяснений моему поступку не было. Но я протянул руку — и увидел, как пространство между моими пальцами и ее плечом становится плотнее обычного. Когда в воздухе проступили белесые нити паутины, я все-таки убрал руку и с облегчением увидел, что паутина тает.

Валерка, твоя работа? Это от тебя я подхватил эту заразу? Я ведь помню паучьи кружева между тобой и жильцом, которого ты вывел из дома — из жизни! — у меня на глазах. Я помню, и что же я делаю сейчас?

Со дня моей постыдной слежки прошло трое суток. Я ничего не сказал парню, даже словом не заикнулся о том, что видел. Наверное, поэтому я старался не парковаться под его окнами, хотя меня тянуло туда, как неумелого пловца затягивает в водоворот. Я бил руками по черной, как уголь, воде, хрипел, рвался к краю, за край, кипевший бурунами; боролся из последних сил, чувствуя, что силы на исходе.

Нашим я тоже ничего не сказал. Почему? Не знаю. Боялся, наверное. Страх поселился во мне, будто переселенец в чужой, брошенной хозяевами квартире; поселился и съезжать не собирался.

Поземка не объявлялась. Выжидала?

Я вновь протянул руку к жиличке. Дождался того момента, когда паутина вернулась, и не отдернул руки, даже чувствуя подступающее головокружение и понимая, что меня вот-вот накроет.

Страх? Да, страх.

Давно, так давно, что почти забылось, меня учили, что надо делать со своим страхом. Мне было двенадцать лет. Ровесник Валерки, я стоял на татами в зале секции дзюдо, один из полутора десятков мальчишек, собравшихся в чемпионы, и слушал тренера. Георгий Иванович, старый борец, прохаживался перед строем, заложив руки за спину. Если прием не получился, говорил он, хуже того, если на тренировке партнер взял вас на контрприем и добился результата — нельзя останавливаться. Сокрушаться, переживать, вешать нос, утирать сопли? Ни в коем случае. Надо поклониться партнеру, сказать спасибо за науку и повторить прием. Опять не получилось? Поклон, и повторяйте столько раз, сколько понадобится. Не сможете на этой тренировке, продолжите на следующей. Иначе тело запомнит неудачу; иначе вы всегда будете приступать к выполнению приема со страхом, зная заранее, что ничего не выйдет.

Вопросы есть?

А если все равно не получается, спросил я. Повторил сто раз, сегодня, завтра, а оно не выходит — что тогда? Что запомнит тело?!

Работу, сказал тренер. Тело запомнит, что ты пахал, как проклятый. Делал, старался, добивался. И в следующий раз оно, твое тело, будет пахать и стараться.

Позже я рассказал про этот случай жене. Она, выпускница конноспортивной школы, кивнула: да, это так. Если упал с лошади, в особенности если упал неудачно, больно ударился — надо сразу же вернуться в седло. Иначе страх перед лошадью навсегда останется с тобой и ничем его не вытравишь.

Прием. Конь.

Лестница.

Надо повторить. Иначе нельзя.

***

Лестница.

Ступеньки под ногами ведут во мглу. Я что, действительно хочу это сделать?

Не хочу. Сделаю.

Первая ступенька. Ноздри щекочет затхлый запашок. Бесплотные стылые пальцы оглаживают щиколотки, примериваясь. В уши ползет вкрадчивый шелест.

Шелест? Шепот.

...как же так? Они что, с ума сошли?! Обстрелы с земли и с воздуха. Ракеты, снаряды, бомбы. Салтовка, Пятихатки, Павлово Поле в районе телевышки. Прилет в детский сад. В жилые дома. Валя пишет, пожар из окна хорошо видно. Люди помогают тушить, но оно все не гаснет...

Февраль? Да, февраль. Помню.

Вторая ступенька. Холод ползет выше, подбирается к коленям. Вонь делается гуще, плотнее. Мгла шевелится, слышен неприятный скрежет.

Это скрипит дверь в подвал.

...опять воздушная тревога. Наверху бахает: то далеко, то совсем близко. Дом трясется. С потолка сыплется мелкий сор. Выход из подвала один. Если завалит, не выберемся...

...Звонил Саша из Германии. Орал в трубку: «Уезжайте! Немедленно уезжайте! Если в город зайдут кадыровцы, подвалы гранатами забросают...»

Март.

Шаг. Страх.

Страх за страхом; дорога вниз.

Третья ступенька. Мгла ворочается, обступает. Уши, как на глубине, закладывает от монотонного гула: голоса, кашель, шарканье ног.

...Лерочка пишет: на вокзале столпотворение. Поезда заби- ты, не втиснешься. Подошли автобусы, но там по спискам. Ка- кие еще списки?! Заранее подавали? Ну и что? Всем ехать надо! Вернулась домой ни с чем. Она больше не пойдет. И я не пойду. В убежище тоже не пойду. Никуда не пойду. Буду здесь сидеть...

Ступенька.

Холод добрался до пояса. Сквозь смрад пробивается запах гари. Шепот, шелест, шорох. В шевелящейся мгле что-то во- локут. Кого-то. Трехсотого?

Двухсотого?!

...ракета в соседний дом. У нас все стекла выбило, а у них... Спасатели тела из-под завалов выносили. Я в окно раз выглянула и больше не стала смотреть. Хорошо, что я у себя была. Не дай бог, оказалась бы на улице... Лучше думать о чем-нибудь другом. Об окнах. Волонтеры звонили, обещали ДСП заделать. Так даже лучше — не видеть всего этого ужаса...

Май.

Холод подступает к сердцу.

Писк. Неживой, механический. Телефон?

...Таня с Настенькой уехали. Теперь жалеют. Таня пишет, всюду беженцы. Жилья нет, а что есть — не по карману. С таки- ми ценами, говорит, олигарх разорится. Они в приюте. Работу не нашла, пособия едва на еду хватает. Думает вернуться. Лишь бы на проезд хватило...

Нет, лучше здесь, под бомбами, чем по чужим углам последнюю копейку считать...

Июнь.

Ступенька. Слышен далекий заунывный вой. Так собака воет по покойнику. Сирена? Воздушная тревога?

…прилетело в Пятихатки. Не в первый раз. А там реактор, все знают. Если в него попадут, будет как в Чернобыле. На улицу не выйдешь. Я и так не выхожу. Надо щели заклеить. Маски у меня есть, в прошлом году от ковида накупила, с запасом. Еще йодистый калий, он от радиации. Надо в аптеку сходить.

Нет, не пойду.

Пишут, отменили запрет на продажу алкоголя. Это правильно, запрещать пить в такое время — негуманно…

Холод добирается до горла. Скрип: мерный, назойливый. Сумка-тележка на колесиках. У моей бабушки такая была.

…продукты закончились. Выбралась в магазин — а что делать? Ближний закрыт, пришлось идти в АТБ. По сторонам не смотрела. Не хочу, не хочу ничего этого видеть.

Цены-то как выросли!

Набрала всего побольше, чтобы снова не выходить, еле доперла. В квартиру по частям заносила. Про аптеку забыла. Надо разобраться, как заказы через интернет делают. С доставкой на дом…

Мгла неспокойна. Храпит, взрыкивает.

Шаги.

Нет, не шаги. Взрывы на окраине. Тянет пороховой гарью.

…у Вали сын при штабе служит. Лидочка, жена его, написала, что он говорит: вот-вот наше контрнаступление будет. Если русских от Харькова отгонят, их пушки до города добивать не будут.

А Валя говорит, что русские тогда еще сильнее обозлятся. Обстрелов больше станет...

Зябкая дрожь передается лестнице.

Лихорадочным ознобом сотрясает тело.

...38,7. Нос заложило, спать не могу, задыхаюсь. Когда кашляю, в груди больно — аж сердце останавливается. Лекарства пока есть. «Исламинт», «Нео-Ангин», «Ингалипт». Да, еще «Нимесил». Надо, надо в аптеку! Куда там — по квартире еле хожу. Обед приготовлю, лежу потом без сил.

В доме холодно. Хоть бы отопление скорей включили...

Октябрь.

Шуршат шины по асфальту. Надсадный скрип тормозов. Далекий вой.

Тревога? Нет, «скорая».

...Лерочка вчера аварию видела. Две машины, на перекрестке. Одну на тротуар откинуло, а там люди! Крови было — ужас сколько! Вроде бы водитель пьяный был. Мало нам ракет! Взрывом не убьет, так под колеса попадешь...

Сбился со счета, которая ступенька.

Дует сквозняк. Мгла темнеет, наливается смоляной чернотой. Сквозняк подхватывает рыхлые комья пыли, скопившиеся по краям лестницы, вскидывает к невидимому потолку, рвет в клочья. Пыль осыпается вниз белесым, дурно пахнущим дождем. Это не пыль, это перхоть. Страх, ужас, бессилие, ненависть, мучительное ожидание худшего, безнадежность — перхоть сыплется с потолка на меня, с меня на щербатые ступени. Так она сыплется с жильцов, замкнувшихся в своих раковинах.

К горлу подкатывает тошнота.

Кажется, я угорел. Закрываю глаза и вижу, как черная поземка вертится у ног, жадно пожирает доставшийся ей корм, отрыгивая дымом…

…говорила: хуже будет. Ракетами в ТЭЦ прилетело. И в эту, как ее? В подстанцию. Еще по котельным бьют. Света нет, отопление пропало. Воды тоже нет. Хорошо, набрать успела. Перебралась на кухню, жгу газ, греюсь в потемках. Свитер, одеяла… Боюсь угореть. И не проветришь: квартира выстудится, так и замерзнуть недолго…

Новый год.
Вместо ароматов сосновой хвои и мандаринов — затхлая духота непроветренной квартиры, вонь немытого тела. Вместо праздничных фейерверков — эхо далеких разрывов.

…никакой радости. Раньше надеялись: закончится эпидемия — должна же она когда-нибудь закончиться? — и все станет как раньше. Теперь вспоминаю и думаю: уж лучше бы ковид…

Все входит в привычку. Кажется, что ничего другого нет и никогда не было. Только лестница, вечная лестница — бесконечный спуск, ступенька за ступенькой.

…забываю, как было раньше, до войны. Год сплошной зимы. Лето? Вроде было, а вроде и нет. Отопление дали, электричество иногда выключают, но редко. Вода есть. Снаружи — зима. Я ее не вижу, окна-то забиты.
И видеть не хочу.

Сквозняк втекает под одежду ледяными струйками. Во мраке — какое-то движение.

…все про наступление говорят. Скоро, мол. Если б русских совсем прогнали! Так ведь не прогонят. И на их территорию не зайдут — президент по телевизору сто раз объявлял. Граница рядом, значит, снова обстрелы. Только-только прекратились…

Март.
Дым пожара.

…шесть прилетов по городу. Ракеты С-300. Промышленный объект в Киевском районе: пожар после прилета. Где именно — не говорят. Еще пожар в Новобаварском районе. Объект гражданской инфраструктуры.

Почему они не сообщают — какой объект?!

Апрель.
Ступенька.
Стреляют. Где-то стреляют.

…Ниночка! Горе-то какое…

Муж ее под Угледаром… Минометный обстрел. Тело забрать не смогли. Я ей написала, хотела поддержать. А она… «Нет меня больше. Я теперь вместе с ним. Не пиши мне, не звони…»

***

А внизу был вовсе не подвал.

Внизу было то же, что и наверху: комната, пианино. Круглый стол, накрытый вязаной скатертью с бахромой. Под потолком — старая люстра на деревянной «ножке»-подвеске с матовыми «тюльпанами». Горят все шесть лампочек.

Нет, пять. Одна перегорела.

В комнате прибрано, подметено — хоть с пола ешь, говорила моя бабушка. И пианино, хоть и старое, блестело уютным лаком без единой царапины. Ни малейших признаков разрухи, запустения, чувства брошенности. Да, и окна — не те, новые, что поставили взамен выбитых взрывной волной.

Наверняка эти окна стояли здесь до войны.

— Здравствуйте, — сказала жиличка, улыбаясь. — Давайте знакомиться?

Я кивнул.

Она была спокойная, уютная, домашняя. В другой ситуации я бы сказал: живая. Просто сидела на полу, привалясь боком к пианино. Мало ли зачем люди сидят на полу, правда? У каждого свои странности.

Она в домике, подумал я. Точно, в домике.

В безопасности.

— Меня зовут Тамара Петровна. А вас?

— Роман, — откликнулся я.

— Просто Роман? Ну тогда я просто Тома.

Я шагнул вперед:

— Тамара Петровна, у вас часто бывают гости?

— Вы первый. А почему вы спрашиваете?

— Ну, вы так легко приняли мое появление...

— А как я должна была его принять? Садитесь, вы, должно быть, устали. Если хотите, садитесь на диван.

Я сел на пол, напротив Тамары Петровны.

— Можно вас спросить? — кивком головы я указал на ее руку.

Пальцы Тамары Петровны и здесь продолжали свое настойчивое движение, которое привлекло мое внимание еще наверху.

— Что это вы делаете?

— Лист, — охотно откликнулась она.

— Какой еще лист? С дерева?

— С Доборьяна. Это город такой, в Венгрии. Ференц Лист, композитор. Вторая Венгерская рапсодия. Там сложная левая рука, мне она никогда не давалась.

— Вы музыкант?

— Учительница в музыкальной школе, по классу фортепиано. На концертах аккомпанировала струнникам. Скрипачи, виолончелисты...

Я вспомнил мать с дочерью, похожих на собачек чихуахуа. Вспомнил их замученный вид, трясущиеся пальцы. Значит, Лист? Вторая Венгерская?

Волшебная, мать ее, сила искусства.

— Вы же понимаете, — спросил я, — что здесь нельзя сидеть вечно?

Да, я такой. Тактичный. Не умею в прелюдии. И в рапсодии не умею. Мне об этом еще жена говорила, а я обижался. Молодой был, глупый, вот и обижался.

— Почему? — удивилась Тамара Петровна.

И пока я искал ответ, судорожно подбирая аргументы и не находя ни одного убедительного, кивнула:

— Понимаю, Роман.

Они все понимали. Все жильцы, кого вытащила, вывела, освободила наша бригада. Наташа, дядя Миша, Эсфирь Лазаревна, другие, кто был до них, до меня, — вы стояли над лестницей, кричали, срывая горло, стараясь, чтобы вас услышали внизу, ниже самого страшного страха, вырубленного ступеньками. Вы звали, каждый по-своему, как умел — колыбельной, поминальной рюмкой водки, добрым словом, приказом, похвалой, упреком, — и вас слышали, откликались; спотыкаясь, шли навстречу.

Шли наверх.

Я встал:

— Тогда давайте уходить.

— Не могу.

— Боитесь?

Она вздохнула:

— Боюсь. Очень боюсь. Вы даже не представляете, как мне страшно. Но дело не в этом. Даже если бы я не боялась...

У меня ноги отнялись. Может, от страха, не знаю. Не дойду я, не смогу.

— А если вместе?

Она еще раз вздохнула:

— Ну давайте пробовать. Вы правы, надо идти. Тем более что это не моя квартира.

— В смысле?

— Я живу дальше, в доме за углом. Это квартира Лидочки, они с дочкой сразу, как начали бомбить, уехали, в последних числах февраля. Во Львов перебрались, к родственникам. А мне Лидочка предложила пожить у нее. Мой дом старый, перекрытия деревянные, а здесь железобетон. Лидочка сказала: у меня безопаснее. Вот я и жила здесь, до инфаркта. И потом тоже, как видите.

— Они вернулись, — невпопад брякнул я. — Я их встретил.

— Лидочка с дочерью? Ой, я рада, я очень рада! А Мурзилка с ними?

— Кто?

— Собачка, шпиц померанский.

— С ними. Живой, хромает только.

— Он с детства хромает, бракованный. Лидочке предлагали другого, нормального, а она ни в какую... Тем более надо уходить. Вы правы, Роман. Нехорошо, если они вернулись, а я тут расселась. Только если не получится, вы себя не вините, ладно?

— За меня не переживайте! — с наигранной бодростью объявил я.

Честно говоря, ее согласие меня воодушевило. Я думал, что придется уговаривать, а в случае с женщинами это не мой конёк. С мужчинами, кстати, тоже.

— За кого же мне переживать, Роман? За себя?

Валерка, мысленно позвал я. Помнишь, ты говорил: «Если не дозовусь, придется спускаться». Ты спускался, парень, спускался и поднимался. Я своими глазами видел, как ты поднимался, я просто не знал тогда, что ты делаешь. Сейчас знаю, да.

Вот, я спустился. Теперь надо подняться.

Я позвал, и мне показалось, что он ответил. Я только не разобрал, что именно.

— И за себя не переживайте, — заявил я, излучая уверенность, которой у меня не было. — Вряд ли это труднее Второй рапсодии Листа. Вы же с ней справились?

— Не очень, — призналась Тамара Петровна.

— Справились, не кокетничайте! Если так, что нам эта лестница? Да мы ее одной левой! Ну, на раз-два!

Я подхватил ее под мышки. Потянул вверх.

Ноги действительно не держали Тамару Петровну. Я поднял ее с третьей попытки, когда она начала помогать мне, хватаясь за пианино. Мы стояли, качаясь, не смея сделать первый шаг.

Подхватить ее на руки? Нет, не донесу. Была б она чихуахуа, а тут ведь целый мастиф! Грохнемся на лестнице, позору не оберусь.

— Давайте так...

Я закинул ее левую руку себе на плечо. Обнял за объемистую талию, плотно прижал к себе, не боясь, что сделаю больно. Пальцы Тамары Петровны барабанили по мне, не переставая. Вряд ли учительница осознавала, что делает; просто иначе не могла.

Как ни странно, эти пассажи меня взбодрили.

— Идем?

— В ритме вальса, — хрипло выдохнула она.

Пошутила, наверное.

***

Ранний вечер бродил по улице с кисточкой наперевес. Добавлял рельефа фасадам домов, подкрашивал блеклые тени. За углом прозвенел трамвай. Манекены в витрине магазина с неодобрением глазели на нас.

— Я пойду? — спросила Тамара Петровна.

Вместо ответа я кивнул и сел, вернее, упал, где стоял, на ступеньку — одну из двух, что вели к подъезду. Любой намек на лестницу, даже самую короткую, сейчас был мне что нож острый, но что я мог? Ноги не держали. Больше всего я боялся, что вот она пойдет, и я пойду следом, и мы уйдем вместе на веки вечные, бог знает куда, потому что никаких же сил нет оставаться и что-то делать дальше.

И что я тогда скажу нашим?

Ну да, в этом случае я им ничего уже не скажу.

Подъем вспоминался с ужасом. Не знаю, как я дошел, доплелся, дотащил. Ожидалось, что я буду идти вверх, как шел вниз — ступенька за ступенькой, страх за страхом, ужас за ужасом, боль за мучением, дурная весть за негативным прогнозом, — но вместо этого я шел от напряжения к усталости, от усталости к изнеможению, от изнеможения к страстному желанию бросить все к чертовой матери и покатиться по лестнице, чем бы это падение ни кончилось; подъем давался колокольным звоном крови в висках, мучительными судорогами мышц, ознобной дрожью поджилок, готовых порваться в любой момент, всем тем, что я утратил прошлым летом у столба с мародерами, и вот вернулось — то ли памятью, то ли взаправду; шагай, ублюдок, шевели ногами, жопе места не ищи, как говорит Эсфирь Лазаревна, когда она не в настроении, иди и думай, что у каждого есть своя лестница, жилец он или не жилец, свой спуск туда, где прячется твоя последняя живая искорка, да, живая, и не спорь! Кто бы ни сидел наверху, до усрачки боясь шагнуть еще выше, кто бы ни забился в угол, роняя перхоть на радость черной поземке, внизу, в глубине, на самом донышке страха, всегда можно найти живую душу, докричаться, а нет — так спуститься, чтобы подняться, вот так, спуститься, чтобы подняться, и у тебя тоже, дурачина, у всех есть лестница, а значит, путь открыт и вниз, и вверх — иди и думай! Главное, не упасть — отвлекай себя глупыми мыслями, держи ритм — Вторая Венгерская! — если Валерка их тащит, то тебе сам бог велел, бугай здоровый; вот учительница музыки уже не просто висит на тебе, вот она кое-как стоит на ногах, а вот она их переставляет, помогает тебе, а вот она уже идет, считай, сама, только опирается на тебя, или это ты опираешься на нее, кто вас разберет; как она сказала? — в ритме вальса? — давай, поднимайся, не морочь голову...

Ну, вы поняли. Еще бы мне самому понять!

— Я пойду? — повторила Тамара Петровна.

— Ага, — выдавил я. — До свиданья.

Очень удачно. Надо было что-то другое сказать.

— Вы за мной не ходите, — предупредила она. — Вам нельзя. Вы отдохните, а я сначала к своему дому прогуляюсь. Потом уже...

Тамара Петровна наклонилась, быстро поцеловала меня в щеку, словно клюнула, и пошла по улице, не оглядываясь. Свернула за угол, исчезла.

Я сидел. Мне было нельзя. А потом пришел он.

— Здрасте, дядя Рома! — не смущаясь взглядами редких прохожих, Валерка плюхнулся рядом со мной на ступеньку. — Сидите, сидите, тут полно места.

— Ты что здесь делаешь? — гаркнул я.

Нет, не гаркнул. Буркнул.

— Звали, — объяснил он.

— Кто тебя звал?

— Вы звали. Не помните? Сказали, что я спускался и поднимался, просто вы тогда не знали, что я делаю. Я вам еще ответил, что по первому разу никто не знает, но вы, кажется, не услышали. Короче, я подорвался и сюда...

— Я за тобой следил, — признался я.

Он пожал плечами. Похоже, его это не заинтересовало.

— Я видел, как ты жильца выводил. Блондина, помнишь?

Он еще раз пожал плечами. Типа помню, о чем тут говорить?

— Ты сидел с ним в комнате. Ты спустился к нему по лестнице. Ты ушел с ним, когда он ушел совсем. Я думал, ты тоже — совсем. А потом ты вышел из подъезда. Как у тебя это получается, а?

Валерка почесал в затылке.

— Дядя Рома, вы на море были?

— Ну был.

Я понятия не имел, при чем тут море.

— На таком, где мелко? Зайдешь по колено и идешь вдоль берега?

— На Азовском? Бывал.

— Идешь в воде, правильно?

— Ну в воде.

— Но ведь это по колено в воде? А все остальное на воздухе? Живот, руки? Голова? Значит, идешь и в воздухе, так?!

— Ну так.

— А ноги по чему ступают? По гальке или по песку, правильно? В смысле, по земле?

— Ты к чему клонишь, философ?

— Выходит, так бывает? Чтобы и в воде, и воздухе, и по земле? И там, и там, и везде сразу? У меня так, только дело не в море. Извините, я лучше объяснить не могу. Мама говорит, что я путаник.

— Ты и маме объяснял?

Он вздохнул:

— Еще когда маленький был. Это она про море придумала. Я-то ей про песочницу грузил! Ничего, потом она привыкла, больше не спрашивает.

Я встал:

— Идем, я тебя домой подвезу.

А что я еще мог сказать?

Прежде чем войти в квартиру Эсфири Лазаревны, я долго стоял на лестничной клетке, навострив уши. Никогда еще Безумное Чаепитие не было таким шумным, даже в присутствии Мартовского Зайца, то есть меня. Кстати, судя по количеству голосов, я там был — ну или не я.

Что-то я совсем испортился. За Валеркой слежу, за бригадой подслушиваю. Ладно, заходим.

— Добрый вечер!

— И снова здравствуйте! — с изумлением откликнулась Тамара Петровна, пролив чай на скатерть. — Роман, извините, ради бога... А что вы здесь делаете?

— Я здесь работаю, — объяснил я. — А вы?

Не мог же я ей сказать: «Я здесь живу!» Во-первых, тут живет Эсфирь Лазаревна, а во-вторых, мы тут все не очень-то живем.

— А я пришла. Видите?

— Она пришла, — басом заржал дядя Миша. — Ромалэ, ты видишь? Томка пришла! А я уже испугался, что ты не видишь!

Томка, значит. Дядя Миша, любимец женщин, всегда шел напролом. А я, значит, Ромалэ. Это что-то новенькое.

— Вижу, — согласился я.

— Я собралась уходить, — сбивчиво начала объяснять Тамара Петровна. — Совсем уходить собралась. А потом чувствую: тянет. Назад тянет, обратно. Нет, не под лестницу, вы не подумайте! Я пошла, пошла... И вот пришла. Мне кажется, я у вас найду чем заняться. Ведь правда?

Пальцы ее левой руки барабанили по столу. Ференц Лист, Вторая Венгерская рапсодия.

Май 2023

ДОРОГА

— Вижу, Любаша, вы с ней прекрасно поладили.

— Ой, и не говорите, Ниночка Петровна! И вот спросите, чего я себя накручивала? Кормить, гулять, лечить... Теперь сама на прогулку рвусь! В кои-то веки Валерика за уроки загнала, а Джульетту на поводок — и во двор.

— Я же вам говорила...

— И очень даже хорошо, что уговорили. Джульетта, кстати, очень воспитанная собака. Прямо не скажешь, что с улицы...

Я сидел в машине под тополями, слушал вполуха женское чириканье и поглядывал на Валеркины окна. Так, для порядка. Если выйдет, я его не проморгаю. Тянет? Да, тянет. Хочется быть рядом. Раковина? Скорее уж, якорь. Держит, чтобы течением не унесло.

Про якорь я сам придумал.

— Привет, Жулька!

Ишь ты, наела бока! Шерсть расчесана, лоснится. Вышагивает по дорожке, как примадонна. Дрянь всякую подбирать — за кого вы нас держите? Ты гляди! Она цветы нюхает. Ромашки и эти, сиреневые, не знаю, как называются.

— Тяф!

Это она со мной поздоровалась. Без спешки, с достоинством, поддерживая репутацию воспитанной собаки.

— ...не хочет к нам заходить. У вас, говорит, собака, а я собак боюсь!

— Это Джульетту, что ли?

Похоже, я что-то пропустил.

— Отговорки, Ниночка Петровна! Волонтерит он круглыми сутками. Возит на фронт рации, аккумуляторы, медицину.

Бывает, по две ходки на день успевает. На ногах еле держится, серый от недосыпа, смотреть жутко…

— Не дай бог, заснет за рулем…

— Вот и я ему: Боря, посмотри на себя! Тебе бы отоспаться, поесть по-человечески. Не хочешь к себе на Москалёвку заезжать, время тратить — у меня заночуй. Тут до твоего лицея три шага. Я тебе борща наварю…

— Это какой лицей? Педагогический?

— У них там волонтерский центр. Оттуда и возит. Пока напарник жив был — еще ничего. Заезжали, обедали; случалось, что и ночевали. А потом у напарника в дороге сердце прихватило. До больницы не довезли, в машине и помер. С тех пор Боря как умом тронулся…

Я навострил уши.

В рассказе Валеркиной мамы не было ничего особенного. Многие волонтеры сейчас пахали, как проклятые, без сна и отдыха. Но у меня начало ломить затылок, а это верный знак, что лишняя бдительность не повредит.

— Ему нового напарника предлагали. Так он ни в какую. Нет, и всё! Мотается туда-сюда, как оглашенный, будто за двоих успеть хочет…

Значит, Боря? Валерка в разговоре как-то поминал «дядю Борю». Выходит, и правда дядя. В смысле, родной. Проблемы у тебя, дядя Боря. Серьезные проблемы.

А может, это я мнительный стал.

***

Квартиру я отбросил сразу. Заведись там жилец, Валерка моментально бы его засек и спровадил куда следует. Дом на Москалёвке? По словам Валеркиной мамы, дядя Боря там и не бывает. Впрочем, проверить не повредит.

Нужен адрес. Проще всего спросить у Валерки, но мы ведь не ищем легких путей, так? Если в деле фигурирует родственник следователя, то следователя отстраняют. Личная заинтересованность, понимать надо! И Валерку впутывать не хочется. Сам справлюсь: имя есть, фамилия есть, район известен...

Стоп! Нет у меня фамилии.

Чаленко — это наверняка по отцу. Если Боря — брат матери... Ищем девичью фамилию Любови Чаленко. Адрес известен, примерный возраст — тоже. Сохранился ли у меня доступ к служебным базам? До сих пор не проверял — надобности не было...

Сохранился!

Адрес, имя, фамилия... Ага, вот и девичья: Гайдук Любовь Семеновна. Значит, нам нужен Гайдук Борис Семенович. Есть такой? Есть, аж три штуки. Надо же, двое на Москалёвке живут! Одному — семьдесят четыре, другому — сорок семь.

Зеленая краска на заборе местами облупилась, обнажив неопрятные пятна ржавчины. Над калиткой под табличкой с адресом красовалась еще одна: «Гайдук Б. С.». Добротный кирпичный дом в полтора этажа, крыт шифером; участок, флигель, гараж, погреб...

Дом пустовал. Это я уловил, еще просачиваясь сквозь запертую калитку. Внутри ощущение запустения только усилилось. Прибрано, бардака нет, а выглядит нежилым. Пыль по углам. Мелкий сор на подоконниках. Паутина под потолком.

Жильцом не пахнет.

Для очистки совести я проверил всё, даже погреб. Жильца не было. И хозяин, похоже, давно сюда не заглядывал. Ладно, отработал вариант. Куда теперь?

Попробуем лицей.

***

На ступеньках у входа в педагогический лицей курили две женщины, рыжая и брюнетка, учительницы или волонтерки — не знаю. С ними, то и дело поправляя сползающие с носа очки, яростно спорил мужичок лет пятидесяти. Или младше, просто замученный.

— Скажите, чтоб грузили! — требовал он.

И встряхивал, встряхивал головой, словно отбрасывая назад непослушную прядь волос. Когда-то, пожалуй, он и впрямь обладал роскошной гривой, но с годами кудри поредели, а привычка осталась.

— Борис Семенович, успокойтесь, — вздыхала брюнетка. — Сегодня погрузки уже не будет.

— Как это не будет? Я должен ехать!

— На сегодня рейсы закончены. Вы в курсе, сколько времени? Скоро темнеть начнет.

— Я успею! Надо ехать!

У решетчатых ворот, загораживающих въезд в школьный двор, стояла трехдверная «Нива» болотного цвета — моя, должно быть, ровесница, старушка-внедорожница. Вид машина имела потрепанный, но непобежденный. Задняя дверь была открыта, заднее сиденье сняли, чтобы груза больше влезло.

Кажется, за рулем кто-то сидел. Отсюда не разобрать.

— Никуда вы не успеете. Поезжайте домой и ложитесь спать.

— Я не хочу спать! Парням нужны аптечки!

— Завтра, все завтра, — вмешалась рыжая. — Борис Семенович, вы себя в зеркале видели? Вы на ногах еле держитесь. Вам надо отдохнуть...

— Какой еще отдых! Скажите, пусть грузят...

— Борис Семенович...

— Хорошо, тогда я сам загружусь...

Он было ринулся в холл первого этажа, где, как я видел, стояли картонные коробки и клетчатые баулы, но рыжая загородила ему дорогу:

— Ничего не трогайте! Вам нужен отдых.

— Не нужен! Ладно, я в спортзале подремлю, на матах. Пустите, я правда в спортзал... А машину пусть грузят. Я подремлю и поеду...

Рыжая отошла в сторону. Борис Семенович ринулся в холл, свернул налево по коридору и исчез.

— Он не ляжет спать, — вздохнула брюнетка. — На матах? Видела я, как он спит. Ставит мат на ребро, прислоняет к стене — и лупит кулаками, словно боксерскую грушу. Загонит он себя, ей-богу, загонит. Никого не слушает: «Надо ехать! Надо ехать...»

Рыжая вздохнула в свою очередь:

— Они до войны тренировались в нашем спортзале. Не видели? По средам и воскресеньям, целая бригада пенсионеров. Ветераны-мордобойцы, скучно им на покое... И женщины тоже ходили. Борис Семенович из этих, неугомонных.

— Ох, Рита Владимировна, такие хуже всего! Знаете, как они перегорают? Как лампочки!

— Лампочки?

— Ну, лампы накаливания помните? Старого образца? Горит-горит, потом раз! — зашипела, вспыхнула, и все, темнота. Так и эти, бешеные — не поймешь, он еще пашет или уже догорел...

Выбросив окурки в урну, стоявшую у крыльца, женщины ушли в лицей. Сперва я думал пойти за ними, вернее, в спортзал, но сразу отказался от этой идеи. Зачем? Любоваться, как Валеркин дядя лупит мат? А даже если он и не лупит, если он сдался в плен усталости и забылся на стопке матов беспокойным сном — толку-то на него смотреть?

Все, что надо, я уже увидел.

Выбравшись наружу, я побрел к «Ниве». Трижды обошел старушку кругом, уже получив подтверждение тому, о чем подозревал, и привыкая к невозможному. От машины не пахло жильцом, затхлую вонь я бы учуял загодя, и тем не менее...

За рулем действительно кто-то сидел, тут я не ошибся.

За рулем сидел жилец.

Клетчатая рубашка с короткими рукавами. Ярко-красная бейсболка козырьком назад. Шорты цвета хаки. На вид жильцу было хорошо за семьдесят, точнее не скажу. Тощий, жилистый — весь какой-то дубленый, что ли? — он занял место водителя, положив руки на баранку. Смотрел он строго перед собой, не обращая внимания на мою прогулку.

Я еще раз принюхался. Запах отсутствовал.

Забравшись в «Ниву», я сел рядом, на месте пассажира. Даже здесь, вплотную, запаха не было. Пахло лекарствами, едой, взятой в дорогу, разогретой резиной, бензином — чем угодно, только не жильцом. Начало июня редко бывает по-настоящему жарким, но снаружи царила летняя жара. По идее, автомобиль должен был капитально прогреться — но нет, салон наполняла зябкая прохлада. Казалось, работает мощный кондиционер.

Будь я жив, рисковал бы простудиться.

На меня жилец, по-прежнему не реагировал. Губы его были сжаты в ниточку, блекло-голубые глаза щурились, как от встречного ветра. Перхоть? Нет, с него ничего не сыпалось. Встреть я жильца в подвале, метро, бомбоубежище, в квартире, наконец — не удивился бы.

Но в автомобиле? За рулем?!

— Надо ехать, — вдруг сказал жилец. — Ехать надо.

И снова замолчал.

Я тряхнул головой, откидывая назад гриву густых волос. Гриву, которой у меня никогда не было, которой сейчас уже не было и у неукротимого Бориса Семеновича. Но ведь когда-то была, да? И Валеркин дядя тряс головой, садясь за руль. Он и теперь, наверное, садясь за руль, по привычке отбрасывает поредевшую прядь.

Привычка — вторая натура.

Ясней ясного, так, что меня от макушки до пяток пробил жутковатый озноб, я представил, как Валеркин дядя садится за руль, чтобы доставить «на передок» очередной волонтерский груз. Вот он, сам того не зная, всем телом вписывается в жильца; вот они крутят баранку в четыре руки, смотрят на дорогу в четыре глаза...

— Надо ехать, — повторил жилец. — Нас ждут.

— Ты его убьешь, — сказал я.

— Боря, нас ждут. Надо ехать.

— Ты его убьешь. Ты это понимаешь?

Жилец не ответил. Он смотрел на дорогу.

— Он долго не протянет. Хватит, а?

И в ответ услышал хриплое:

— Надо ехать.

— Ладно, — я вздохнул. — Где тут твоя лестница?

Как-нибудь вытащу. На вид он не тяжелый. Спущусь, уговорю. Когда он начнет меня слышать, он поймет. Думаю, они дружили с Борисом Семеновичем. Если дружили, он обязательно поймет.

Не станет же он убивать друга?

Я протянул к жильцу руку. Сейчас появится белесая дрожащая паутина, соединит нас пульсирующими нитями, свяжет воедино, я шагну на ступеньки...

Паутины не было.

Ничего не было, кроме рева двигателя и острого, нервного шороха колес по асфальту. «Нива» стояла на месте, и тем не менее я слышал звуки движения. Ветер ударил в открытое окно, забил уши тугими пробками — и все равно: двигатель, колеса. Поезд? Да, где-то неподалеку проехал состав.

Мелькнул указатель: «Змиев».

Надо ехать, подумал я. Надо спешить. Парни ждут, когда мы привезем аптечки. Турникеты. Матерчатые носилки. Иглы для декомпрессии. Бандажи. Сумки сброса.

Еще запчасти для пятьдесят третьей. У них авто в хлам.

— Надо ехать, — произнес я вслух.

И опомнился.

Убрал руку, протянул снова. Никакой паутины, одна дорога. Шум дороги, смысл дороги. Их не было — ужаса, вырубленного щербатыми ступеньками без перил, боли и ненависти, скопившихся клубами пыльной перхоти, депрессии пугающих шумов, несущихся снизу, безнадежности спуска.

Страх? Никакого страха.

Внизу, в уютной и безопасной раковине, никто не прятался. А значит, некого было уговаривать на подъем, выводить наружу, тащить на себе. Вот руль, педали, коробка скоростей. Пачка сигарет в бардачке. И битком набитый багажник за спиной, хотя я точно знал, что там сейчас ничего нет.

...аптечки, турникеты, бандажи...

У этого жильца не было лестницы. У него была дорога.

Он весь был здесь, и только здесь.

— Что мы будем делать? — спросил я. — Как тебя вытаскивать, а?

— Надо ехать, — ответил он.

***

Приехала вся бригада.

Пока я еще только возвращался к нашим, я всё время ломал голову: кого взять? Наверное, дядю Мишу, это его контингент. Старый водила, упрямый осел, всю жизнь за баранкой... Точно, это по части дяди Миши. Или Эсфирь Лазаревна? Железная леди знает подходцы. Наташа — вряд ли. Короче, я выбирал, взвешивал, а когда вернулся и рассказал Безумному Чаепитию историю жильца без лестницы и про Валеркиного дядю, бешеного волонтера — лампочку накаливания, которая вот-вот перегорит...

Подорвались все до единого. Если кого-то и можно было оставить на квартире без смертельной обиды, так это меня. Набились в машину, как сардины в банку. Тамара Петровна — та вообще первой выскочила за дверь. Сидела рядом со мной, барабанила пальцами по своим внушительным бедрам — репертуар подбирала, что ли?

— Что это? — я попытался угадать мелодию. — «Нас не догонят»?

— Вы с ума сошли! — вызверилась на меня добрейшая учительница музыки. — Этого еще не хватало! Это «Адажио» Альбинони. Если не поможет, попробую из Моцарта...

Я пожал плечами. Из Моцарта, из «Воплей Видоплясова» — лишь бы сработало.

Когда мы подъехали к лицею, «Нива» по-прежнему стояла у ворот, разве что багажник оказался закрыт. Бориса Семеновича видно не было: то ли сон сморил-таки его, бедолагу, то ли голод отправил на поиски чего-нибудь съестного.

— Кто первый? — спросил я. — Кто у нас герой дня?

Бодрился, да. Улыбочку клеил.

А что делать?

Вызвалась Эсфирь Лазаревна. О чем они там говорили с жильцом, уединившись в машине, мы не слышали. Близко не подходили, боясь помешать; глазели с другой стороны улицы. Судя по жестикуляции, беседы шли задушевные, малопомалу смещаясь в профессиональные, клинические, а затем и в ругательные, майорские, командным тоном.

— Не реагирует, — сухо сообщила Эсфирь Лазаревна, вернувшись. — По всем признакам, это абулия.

— Что? — выдохнула Наташа.

— Отсутствие воли. Осознавая необходимость действия, пациент не способен его выполнить. Не может принять решение, ясно?

— Ерунда, — буркнул дядя Миша. — У него воли вагон и маленькая тележка. Если он до сих пор в дороге, у него этой воли...

— Сам иди! — рявкнула Эсфирь Лазаревна. — Иди и лечи, понял?

Она в отчаянии, понял я. Не знает, чем помочь.

— Я пойду, — сказала Тамара Петровна.

Он живой, думал я про жильца, пока в старой «Ниве» шел концерт. Он такой живой, что впору задохнуться от зависти. У него дорога, а не лестница, цель, а не страх. Он бетонную стену снесет и не заметит, лишь бы проехать на сто метров дальше. Он по-настоящему живой, а мы должны убедить его, что он мертвый. У нас нет выбора, иначе он убьет Валеркиного дядю. Будь ты проклята, война, ты ставишь нас перед таким выбором, что хоть волком вой, хоть в раковину лезь...

С другими жильцами было легче. Со всеми, кроме этого. Ему надо ехать. Нам надо его остановить. У каждого, как ни крути, своя работа.

Своя дорога.

Когда учительница музыки исчерпала репертуар, ее сменила Наташа. Последним был дядя Миша. Я видел, как он что-то втирает жильцу, убеждает, убалтывает, а потом — я глазам своим не поверил! — дядя Миша заворочался, беспомощно глянул на нас через плечо и полез на место водителя, хватаясь за руль.

Жилец ударил его локтем в голову.

Ударил сухо, коротко, резко, я бы сказал, профессионально. При этом взгляд жильца ни на миг не оторвался от дороги. Я даже не был уверен, понимает он, что сделал, или нет.

— Надо ехать, — объяснял мне дядя Миша, когда я помог ему выбраться наружу. Беднягу шатало, он моргал невпопад и плохо держался на ногах. — Ромка, слышишь? Я с ним работаю, а сам понимаю: надо ехать. Парни ждут! Аптечки, турникеты, бандажи... Нет, ты понимаешь?

Я кивнул.

— Ни черта ты не понимаешь! Дурила! Парни ведь ждут... Правильно он меня! Мало врезал, нужно было добавить. Я бы за рулем, если б кто-то на мое место без спросу полез, еще и не так приложил... Убил бы гада! Надо ехать, Ромка! Надо!

Я взял дядю Мишу за плечи. Встряхнул что есть сил:

— Хватит!

— Он не слышит, Ромка. Он никого не слышит. Он едет, его ждут. Ему не до пассажиров…

Ему не до пассажиров, подумал я. Пассажиров он не слышит.

Он не слышит пассажиров.

Кого он услышит?

Я подошел к своей машине, достал проблесковый маячок. Выставил на крышу, включил, дал помигать. Врубил сирену, дал поорать; выключил. Оставив бригаду растерянно молчать за спиной, я твердым шагом двинулся к «Ниве». Встал у окна водителя, козырнул:

— Старший сержант Голосий! Предъявите документы!

Жилец смотрел вперед.

— Предъявите документы! — с нажимом повторил я.

Стекло было опущено, торчал краешек — сантиметр, не больше. Я постучал в этот край костяшкой пальца — так, словно требовал опустить стекло.

— Вы что, не слышите?

Медленно, так медленно, что я еле дождался результата, жилец повернулся ко мне лицом. Оно ничего не выражало, это лицо: кожа, дубленная возрастом, лед глаз. И все равно я едва не закричал от радости. Стоило большого труда делать вид, что я раздражен.

Он больше не смотрел на дорогу. Он смотрел на меня.

— Документы!

Жилец полез в нагрудный карман. Достал права, протянул мне.

— Царев, — прочитал я вслух. — Царев Станислав Викторович. Нарушаете, Царев! Куда это вы летите с таким превышением, а?

— Надо ехать, — прохрипел жилец.

— Так ехать не надо.

У входа в лицей мальчишка лет десяти ставил на место цепь своего велосипеда. Я ткнул в его сторону пальцем:

— Вы чуть не сбили ребенка! Алкоголь употребляли?

— Надо ехать. Парни ждут.

— Вы пили сегодня? Будем делать тест?

— Не пил.

— Вчера? С вечера?

— Не пил.

— Энергетики? Возбуждающие средства?

— Нет. Парни ждут.

— Сколько вам лет?

— Семьдесят четыре.

— В таком состоянии нельзя садиться за руль. Еще и в таком возрасте!

— Парни ждут. Аптечки.

— Вы слышали, что я сказал?

— Мальчик. Велосипедист. Чуть не сбил.

— Да, мальчик. Что же вы творите, Станислав Викторович?

— Надо ехать.

— Да, надо. У вас два варианта: либо мы с вами едем в отдел — либо вы едете домой и ложитесь спать.

— Надо ехать.

— В отдел?

— Надо ехать. Домой.

— Правильное решение. Подвиньтесь, я сяду за руль.

— Надо ехать домой. Надо, да.

— Я отвезу вас домой.

— Аптечки! Турникеты...

— Я отвезу вас домой. Вы ляжете спать. А потом я свяжусь с вашим напарником, и он доставит груз по назначению. Или я отвезу груз сам, обещаю.

— Вы отвезете. Да. Домой.

Уступал место он долго, трудно. Я боялся, что он передумает, что все придется начинать сначала, — нет, Царев перебрался на место пассажира и затих, свесив голову на грудь, словно вдруг задремал. Козырек его бейсболки смешно торчал над затылком.

Я сел за руль.

Дорога, услышал я. Шум двигателя, шорох шин. Мы стояли на месте возле лицея; мы ехали по дороге. Не неслись, мчались, летели, а просто ехали, можно сказать, тащились — километров пятьдесят, не больше.

— Домой, — ясным голосом произнес Царев. — Я еду домой.

— Да, — согласился я.

— Вы везете меня домой.

— Да.

— Домой. Уже скоро.

— Да, скоро.

Минута, другая — и в «Ниве» остался только я.

Когда я выбрался наружу и пошел к нашим, все смотрели сперва на меня, а потом, как по команде, уставились в землю. Тамара Петровна подняла руки, словно хотела зааплодировать, но передумала и неловко стала оправлять одежду.

Даже дядя Миша молчал.

— Мне кажется, что я его убил, — сказал я.

— Это не так, — мягко возразила Эсфирь Лазаревна. — Вы и сами знаете, что это не так.

— Знаю. И все равно...

Будь это сериал, по законам жанра сейчас должен был бы появиться Валеркин дядя. Сесть за руль, что-нибудь сказать, поехать к себе, чтобы наконец-то отдохнуть — или, напротив, без передышки ринуться в очередной рейс, сжигая себя дотла, как если бы ладони Царева по-прежнему сжимали баранку.

Никто не появился. Ничего не произошло.

Разве что взвыла сирена воздушной тревоги, но к этому все давно привыкли.

Июнь 2023

ЧУЖАЯ ПАМЯТЬ

Жара стояла адова.

На деревьях желтели листья. Коты растекались по траве, люди ползали, как сонные мухи, мечтая поскорее убраться под защиту родных стен — или хотя бы свернуть в тень. Беглый взгляд на термометр говорил: за тридцать. Уточнять, на сколько за тридцать, не хотелось — нервы, знаете ли, не казенные.

Я сидел в машине, потом выбрался наружу, потом опять вернулся за руль. Ничего не помогало. Жара выматывала, мучила, томила. Хотя, казалось бы, мне-то что? Зной, холод, сухость или высокая влажность — все это для меня, по большому счету, было иллюзией, а точнее, памятью.

Да, памятью. Такие дела.

Смерть кого угодно сделает равнодушным к переменам погоды. Стоило всерьез задуматься о чем-нибудь постороннем, и я вообще переставал замечать, лето царит на дворе или лютая зима. Но едва зрение отмечало, что асфальт плавится под лучами солнца, слух улавливал шарканье шагов, а рассудок фиксировал, что прохожие еле волочат ноги, уже готовясь вывалить языки, как разомлевшие на припёке собаки — память просыпалась, словно по будильнику, и громогласно подсказывала, что собой представляет июльский полдень в каменных лабиринтах города.

Память подсказывала, а чувства, которых я был лишен по причине отсутствия физического тела, мигом возвращались и напоминали о себе. Хорошо, не чувства — воспоминания, призраки, голоса былого, наложенные на то, что творилось вокруг. Так или иначе, меня сразу бросало в пот. Я помнил, как бросает в пот, этого мне хватало.

Забыл — перестал мучиться от жары. Вспомнил — мучусь. Я помнил вкус чая, помнил, как звучит соприкосновение чашки с блюдцем — и Безумное Чаепитие приобретало черты реальности. Помнил, как звенит трамвай, — и слышал, как он звенит; а может, действительно слышал, сам уже запутался...

Ладно, проехали. Философ из меня — как из слона балерина.

Включить кондиционер? Я помню, как охлаждается салон машины, значит, мне станет прохладнее. А если я забуду про кондиционер, мне опять... Или не опять? Наверное, у этого безумия есть красивое название. Синдром такой-то, психоз сякой-то. Будет время и желание, поищу в Гугле.

Перед тем как окунуться в летнее пекло, я думал о жильцах. Вернее, об одном-единственном, конкретном жильце — том, от которого не пахло затхлой кислятиной, кого я увел прочь с его бешеной, обязательной, убийственной дороги. Убийственной во всех смыслах — и для самого жильца, надорвавшегося в пути, и для его неистового напарника.

Думал об одном, а получалось — о многих. Ведь он, жилец, в красной бейсболке, вполне может быть и не один? Их может быть сколько угодно, так? Этого я встретил случайно, возле педагогического лицея, а других не встретил, потому что от них не пахнет. Я не знаю, где их искать: в военкоматах, волонтерских центрах, частных квартирах, церквях, госпиталях...

На фронте? В окопах?

Об этом даже думать не хотелось. Сразу представлялись весы, где на цепях болтались не две, а целый десяток чашек. Давай, издевательски звенели цепи, взвешивай свои дурацкие «за» и «против»! С одной стороны, если солдат или офицер, даже погибнув в бою, не оставляет позиций; если, волей чуда или собственного упрямства задержавшись здесь, он не забивается в раковину страха и ненависти, а побуждает

живых однополчан сражаться до последнего, себя не жалея…
С другой стороны, если такой жилец доводит окружающих до
изнеможения, гонит в бесконечный бой — а что у него осталось, кроме боя?! — отнимает разум, заменяя его удвоенной,
утроенной яростью… С третьей стороны, это противоестественно в самой постановке вопроса: мертвые должны уходить, им не место на земле. Если они не идут своей волей, им
надо помочь, уговорить, заставить, наконец! С четвертой,
пятой, двадцать пятой стороны, мне с дядей Мишей, Наташе
с Эсфирью Лазаревной и Тамарой Петровной — всем нам тоже
не место здесь. Может, мы просто обманываем себя, говоря
о нашей необходимости, а на деле…

Весы звенели, качались.

Равновесие? Нет, равновесия не было.

В начале недели я даже решился — выехал из города на
юго-восток, в сторону линии боевых столкновений. Хотел
проверить, своими глазами посмотреть: есть ли там жильцы?
По запаху их не найти, они не пахнут, но зрение мне пока что
служит верно. Я сказал: выехал? Ага, держи карман шире!
Крутил баранку, жал на газ, а за аэропортом, там, где поворот
на Безлюдовку, выяснил, что стою на месте. По всем ощущениям — воспоминаниям?! — я ехал, двигался, гнал машину,
но пейзаж за окнами не менялся.

Минут двадцать промучился — ни в какую.

Тогда я попробовал другой маршрут — на Чугуев и дальше,
на Купянск, где с начала лета все закипело по новой, словно
котелок на огне, — с тем же отрицательным результатом.

Город не выпускал Ромку Голосия.

Похоже, я был намертво пришит к определенному месту,
вернее, территории. Мог ли я оторваться? Должно быть, мог,
но только «с мясом». Как это сделать, я не представлял; ладно,
долой кокетство — представлял, отлично представлял и даже
время от времени отрывал кое-кого, направляя по зыбкому,
последнему, единственно правильному пути. Такая дорога

вела не на Чугуев и не на Безлюдовку. Хотя Безлюдовка — хорошее название, со смыслом. Сотворить то же самое с самим собой? Меня давно не накрывало. Но если сосредоточиться, вспомнить, захотеть — сильно, страстно, до одури...

Не могу. Не хочу. Рано еще.

Боюсь.

Я снова выбрался из машины. Поднял взгляд на знакомый балкон: никого. Двое суток я безвылазно торчал под Валеркиным домом — сегодня пошли третьи, — и за все время Валерка ни разу не вышел из подъезда. Да, слышу: звенят весы, будь они прокляты. С одной стороны, у парня может быть тысяча причин провести пару дней дома; с другой стороны, это подозрительно; с третьей — я мог отвлечься и проморгать его выход, а он мог проскочить мимо, забыв поздороваться...

Если я продолжу торчать на импровизированном посту, я сойду с ума. Не от жары, так от дурных мыслей. А, была — не была! Звать нас не звали, так мы не вампиры, чтобы нуждаться в особом приглашении.

Я нырнул в подъезд.

***

Валерка лежал на расстеленном диване.

Гриппо́вал.

Глаза закрыты: спит, должно быть. Лицо в красных пятнах. Одеяло натянуто до подбородка. Завернулся, как в кокон, словно на дворе не июль, а февраль, и в квартире не топят. Похоже, его недавно бил озноб; а может, и сейчас бьет, не пойму.

А я, дурак! Два дня, понимаете ли, не выходит! Развел панику на пустом месте. Ладно, будем считать, что я просто зашел его проведать. Почему нет?

Будить не стану. У окна постою и пойду себе.

На полу возле дивана валялась грустная Жулька. На мое появление она отреагировала тем, что подняла голову, шевель-

163

нула хвостом, еле слышно тявкнула — и снова превратилась в печальный рыжий коврик.

— Валерочка? — в комнату зашла Валеркина мама. — Надо поесть, я тебе принесла...

Валерка заворочался, что-то буркнул.

— Надо, надо обязательно. Если ты не ешь, откуда силы взять? Я тебе бульон сварила, куриный, с тефтельками. Как ты любишь...

Поставив на стол поднос с тарелкой бульона, Валеркина мама — Любовь Семеновна, вспомнил я — помогла сыну сесть. Валерка привалился спиной к диванным подушкам, обмяк. Мать села рядом, начала кормить парня с ложечки, как маленького.

Валерка открыл один глаз, увидел меня.

— А, дядя Рома! — пробасил он не своим голосом. — Здрасте!

— Ты ешь, — отмахнулся я. — Ешь и молчи. Еще подавишься...

Валерка вздохнул:

— Болею я. Вот невезуха...

— Ешь, понял? И спи дальше. Во сне выздоравливают.

— Да ем я, ем...

Из нашего диалога Любовь Семеновна слышала только реплики сына. Не знаю, что она подумала; наверное, списала на горячечный бред.

— Тефтельку бери, — сказала она. — Вот, я тебе ложкой подавила. И жевать не надо...

Я отвернулся, стал глядеть в окно. Внизу, у входа в кабинет частного нотариуса, прогуливалась Наташа. Туда-сюда, туда-сюда, словно явилась по делу, в назначенное время, а нотариус занят предыдущим клиентом. Я не удивился: всю нашу бригаду тянуло к Валеркиному дому, об этом мы говорили между собой. Вроде как лекарство от накрывания — три раза в день после еды.

Нет у меня на парня монополии.

Не удивился я и QR-коду, лежавшему на асфальте возле моей машины. Черная поземка хотела поговорить. Учуяла меня, да? Не о чем нам разговаривать, вали отсюда!

Я показал QR-коду средний палец.

— Вот, хорошо, — прозвучало за спиной. — Давай еще ложечку.

— Не хочу больше.

— Одну ложку, и все.

— Я наелся.

— Последнюю! А потом примешь лекарство.

Я посмотрел на них, мать и сына. Посмотрел, уставился, как баран на новые ворота; присмотрелся. Мерещится, что ли? Вокруг руки, в которой Любовь Семеновна держала ложку с бульоном, можно было различить слабое бледно-синее сияние. Такой огонь горит на газовой плите вокруг самой маленькой конфорки — в солнечный день, если окно не занавешено шторой, его не очень-то разглядишь.

Временами в сиянии пробивалась легкая желтизна, но быстро исчезала. Ага, и на груди, напротив сердца. Ну точно конфорка!

Раньше я ничего такого не видел.

— Молодец! — Любовь Семеновна праздновала победу, скормив парню спорную ложку. — Теперь «Фервекс». Я развела, он уже не горячий...

Пить Валерка решил сам, без чужой помощи. Отобрал у матери чашку, держал двумя руками: прихлебывал, сопел, отдувался. Мать сидела рядом, ждала.

— Всё по рецепту, — вздыхала она. — Я Татьяне Владимировне позвонила, а ее нет. На телефоне дочка, говорит: мама в больнице, после операции. Ну да, мы же ей на операцию денег собирали, забыла совсем...

Сияние у сердца погасло. Вокруг руки «газ» продолжал гореть.

— Теперь надо другого семейного врача найти. Завтра пойду в поликлинику… Придумали: всё по рецептам! На дворе война, а они — по рецептам! Где его взять, этот рецепт…

Вернув чашку на поднос, Валерка задремал. Лечь он и не подумал, спал полусидя. Мать не спешила его укладывать, боясь разбудить. Так и сидели рядом, в полуметре друг от друга. Не знаю почему, но мне вспомнился жилец — блондин в спортивном костюме, которого Валерка позже вывел наверх по лестнице. Они тоже так сидели, рядышком, чем-то похожие друг на друга, и пространство между ними уплотнялось, прорастая нитями паутины.

Ничего общего, подумал я. Тогда были живой и жилец, сейчас — оба живые, тьфу-тьфу-тьфу, не сглазить бы. Ничего общего, и все-таки…

В три шага я подошел к дивану. Стараясь не задумываться, что делаю и зачем, коснулся рукой бледно-синего огонька на руке Любови Семеновны.

Чего я ждал? Лестницы? Вспышки?

Чуда?!

Сперва я вздрогнул, как от ожога. Потом сообразил, что ожог я придумал, сочинил на пустом месте. Воображение воплотило ожидания, на самом же деле никаких ощущений я не испытал. Кажется, закололо в кончиках пальцев, но и это, пожалуй, были причуды воображения.

Огонек мигнул, погас. Вспыхнул возле сердца.

Трогать сияние во второй раз я не решился. И вообще, Валеркина мама — женщина видная, молодая; и сорока лет не исполнилось. Даже если она ничего не увидит и не почувствует — негоже постороннему мужчине ее за грудь хватать.

Как я потом Валерке в глаза смотреть буду?

***

В растерянности — чувство, о котором я давно подзабыл, — я вернулся к окну. QR-код возле машины никуда не делся, лежал как лежал. Рядом стояла Наташа, внимательно глядя на экран своего айфона. Губы Наташи шевелились, она с кем-то говорила. Лицо не выражало удивления; чувствовалось, что разговор этот ведется не в первый раз, войдя в привычку.

Я не умею читать по губам. Но черт меня дери, если я не знал, с кем сейчас говорит Наташа! Экрана я отсюда не видел, но был уверен, что там меняются, складываются из случайных пикселей, из угольной искрящейся порóши — лица, лица, лица. Одно за другим: старуха, профессор, девочка, кто-то еще, незнакомый мне.

«Мы. Ты. *Надо коммуницировать*».

Если у меня нет монополии на Валерку, с чего я решил, что у меня есть монополия на черную поземку? На задушевные беседы с ней?! Надо, надо коммуницировать. Так, поземка? Раз мертвый полицейский тычет в твой адрес бесстыжими факами, то есть с кем поговорить и помимо этого грубияна.

Я что, ревную?

Наташа долго молчала: видимо, слушала. А может, размышляла о чем-то. Наконец губы ее дрогнули. Мне показалось, что я прочитал: «Да».

— Джульетта, пошли гулять!

Я стоял спиной к комнате, но по следующей реплике Валеркиной мамы стало ясно, что Жулька не двинулась с места.

— Гулять, Джульетта! Надо гулять!

Тишина. Ни малейшего шороха, если не считать хриплого дыхания спящего парня.

— Гулять! Ну что ты лежишь? Не силой же тебя тащить...

Тишина.

— Идем, я тебе вкусняшку дам. Сушку хочешь?

Жулька не хотела.

— Ты же любишь сушку? Бубличек?

— Иди гулять, рыжая, — бросил я через плечо. — Никто твоего обожаемого хозяина не украдет. Еще напрудишь в квартире: стыд и позор! Иди, не бойся, я посторожу. Слышала? Встань и иди!

Прозвучало глупо, но Жулька послушалась. Рыжий коврик поднялся на все четыре лапы и поплелся следом за Любовью Семеновной. Вскоре хлопнула входная дверь. Я скосил глаз на Валерку: спит, не проснулся. Ну и ладушки.

Что там Наташа?

Наташа, как хорошо было видно из окна, гладила обеими ладонями морщинистый ствол старого тополя. Айфон к этому времени она спрятала, руки освободились. Выражение лица у Наташи при этом было... Даже не знаю, что сказать.

Счастливое? Восторженное?!

Так, должно быть, гладят любимого человека, наслаждаясь каждым прикосновением.

Беспокойство ворочалось во мне. Ранее смутное, оно чем дальше, тем больше вырастало, набухало, занимало все свободное место. Я уже не просто беспокойство, говорило оно. Я тревога, понял?

А Наташа все гладила тополь. Черный QR-код размазался, поплыл, утратив четкость очертаний. Он волочился за Наташей несуразной тенью, как приклеенный. Поземка вела себя необычно, Наташа — тоже, и я уже бежал бы вниз по лестнице, спеша выяснить, что, черт возьми, происходит, но я обещал Жульке сторожить Валерку.

Смешно, да? Самому смешно.

Но ведь я обещал!

Ага, вон и Любовь Семеновна с собакой на поводке. Похоже, Жулька уже сделала все свои дела: хозяйка с соседками лясы точит, а собака сидит рядом, скучает. Время от времени поглядывает в сторону квартиры: на месте ли я? В смысле, на месте ли Валерка?!

Я помахал Жульке из окна.

А что Наташа? От тополя отошла, стоит спиной ко мне у самодельной клумбы под чужими окнами. Цветы нюхает.

Наташиного лица мне видно не было, но что-то подсказывало, что счастья и восторга в Наташе не убавилось, напротив, прибыло. Поза? Наклон головы? Что бы это ни было, Наташа получала несравненное, невозможное удовольствие.

Поземка по-прежнему следовала за ней, как на привязи.

Одним краем черная зараза подлезла под Наташины ноги так, чтобы Наташа частично стояла на поземке, как на коврике, а другой край протянулся по тротуару к соседкам и Валеркиной маме. Что тебе там нужно, мысленно спросил я. Что?!

Или это случайность, а я напрасно себя терзаю?

Судя по увлеченной беседе женщин, никаких неудобств от присутствия поземки они не испытывали. Наташа — тем более. Какие неудобства, если она счастлива? Вон, булку подняла, у голубей отобрала...

Булку?!

Я видел сразу две картины: кусок зачерствевшей булки, который увлеченно продолжали клевать сразу два голубя — он лежал на земле, ворочаясь под ударами клювов, потому что такие, как мы с Наташей, не в состоянии поднять даже жалкую краюшку хлеба! — и кусок булки в руках Наташи. Боже, как она на него смотрит! Жаждущий на родник, безнадежно больной на чудотворное лекарство — у них, должно быть, во взгляде меньше страсти и вожделения.

Наташа откусила кусочек.

Тот край поземки, что был ближе к Валеркиной маме и ее соседкам, дрогнул, шевельнулся. Кажется, слегка задымил, но в последнем я не был уверен. Я хорошо помнил, как один вид черной поземки у кофейного киоска вызвал у Жульки приступ бешенства. По идее, следовало ожидать от собаки яростного лая, как только край смятого QR-кода потянулся к женщинам. Тогда я об этом не подумал, а Жулька поземкой пренебрегла. Собака и теперь не реагировала на присутствие черной поземки, зевая во всю пасть.

Почему?

Потому что другим краем поземка была связана с Наташей?

А Наташа все жевала, не спеша проглотить. Если раньше я говорил «счастье», то сейчас я бы назвал происходящее другим словом — «оргазм». Наслаждение, выше которого нет ничего, читалось в каждом Наташином движении, лихорадочном блеске глаз, прогибе поясницы, судороге удовольствия, пробежавшей вдоль спины, от затылка до копчика.

Любовь Семеновна распрощалась с соседками. Слабо дернула поводок, давая Жульке понять, что пора домой. Собака послушалась с видимой радостью. Поземкой Жулька по-прежнему не интересовалась.

Я еле дождался их возвращения.

***

Из квартиры я бы выскочил сразу, как только услышал шаги в коридоре. Но первой в комнату вошла — вбежала, словно за ней черти гнались! — Жулька. Залетела рыжей стрелой, с разбегу плюхнулась на пол возле дивана, бдительно осматриваясь по сторонам. Следом за собакой вошла румяная от жары Любовь Семеновна.

Встала в дверях.

Они бы мне не помешали: женщина и собака. Меня теперь и стены не останавливали. Но я замер в смущении: нестись к выходу через хозяйку дома было неудобно. Неприлично, в конце концов! Спросите меня, что здесь неприличного, и я бы затруднился с ответом. Но так или иначе, я стоял дурак дураком, ожидая, пока мне освободят дорогу, и не имея возможности попросить об этом.

Валеркина мама смотрел в окно. На меня? Ну, почти на меня.

— Я не знаю, есть ли тут кто-нибудь, — севшим голосом сказала она, стараясь говорить так, чтобы не разбудить Валерку. — Если все-таки есть… Я хотела обратиться к вам сразу, но постеснялась, пока Валерик не спит. Он сказал: дядя Рома?

Я понимаю, это звучит глупо. Ой, я не про имя! Я про то, что я говорю с пустым местом...

Я не просто замер. Я остолбенел.

— Не думаю, что вы меня слышите. Не знаю, есть ли вы вообще. Вы не обижайтесь на «пустое место», ладно? Я двенадцать лет живу рядом с этим мальчиком. С моим сыном, да. Я привыкла верить тому, что он говорит. Даже если в это невозможно поверить, я все равно стараюсь, я очень стараюсь.

Она сделала шаг вперед:

— Вы берегите его, пожалуйста. Если слышите, если можете. Берегите, прошу вас! Он хороший мальчик, правда.

— За кого вы меня принимаете? — хрипло спросил я, зная, что Любовь Семеновна меня не слышит. — За ангела, что ли? Так я не ангел. Я и при жизни был не ангел, а сейчас тем более.

— Спасибо, — невпопад ответила она.

И села к сыну на диван.

***

Черный QR-код лежал рядом с моей машиной.

Лежал, гад, с таким видом, словно и не двигался с места. Собрался воедино, вернул четкость очертаний; прикидывался паинькой. Будь у поземки пальцы, теперь уже она могла показать мне средний. Или это я ее сильно очеловечиваю, под настроение?

Наташи видно не было: ушла, пока я копался.

Умерив шаг, чтобы поземка не решила, будто я со всех ног бегу к ней на свидание, я приблизился к машине, достал смартфон и отсканировал код. На экране взвихрилась метель — и сразу опала, превратилась в лицо.

Кто у нас сегодня? Ага, старуха.

— Надо коммуницировать, — без предисловий заявил я.

— Надо, — согласилась старуха.

— Ты что это творишь, а?

— Мы? Мы не творим.

171

Старуха подумала и добавила:

— Ничего.

— Ты мне не ври! Я видел, как Наташа булку ела! И тополь…
Вот дурак! Чуть не брякнул: ласкала.

— Трогала тополь. Я все видел!

— Трогала, — согласилась старуха. — Ела. Коммуницировали.

— Что?!

— Коммуницировали. Мы.

— С Наташей?

— С тобой.

— При чем тут я? Я у окна стоял, смотрел.

— Ни при чем?

— Ни при чем.

— Вы не одно? — удивилась старуха. — Разве не одно?

— Не одно. Я — это я, а Наташа — Наташа.

— Ты, Наташа, остальные. Не одно? Не «мы»?

— Нет.

— Ты мне не ври, — со знакомой интонацией произнесла старуха.

И поправилась:

— Ты нам не ври. Не одно? Странно.

Я задумался над тем, как черная поземка представляет себе нашу спасбригаду, и ужаснулся. Мало того что она видит в нас конкурентов за кормовую базу в виде жильцов, так мы еще и — с ее точки зрения! — одно.

— Ладно, — сменил я тему. — Одно, не одно, какая разница! Ты мне лучше скажи, что ты с Наташей делала?

Я сменил тему, а старуху сменила блондинка.

— Коммуницировали, — сказала блондинка.

— Это я понял. Я про другое: дерево, булка… Что это было? Блондинка пожала плечами:

— Чувства. Ощущения.

Кажется, я начал понимать.

— Ты вернула Наташе способность чувствовать? По-настоящему?!

— Мы вернули, — согласилась блондинка.

— Как при жизни?

— При жизни, да.

— Врешь!

— Попробуй. Убедись.

— Как?

— Скажи «да». Мы все сделаем. Не захочешь, не понравится: скажи «нет». Снова «да», мы опять сделаем. Только не отключайся.

Прозвучало двусмысленно.

— Да, — сказал я.

Лицо блондинки распалось, рассыпалось метелью. Вьюжные хвосты вырвались за границы экрана. Я увидел, как по моим пальцам, ладони — нет, внутри, в пальцах и ладони! — ползут тонкие черные нити. Проникают глубже, дальше: запястье, нырок под рукав. Их больше не видно. Я их не ощущаю, но уверен, что движение продолжается: предплечье, локоть...

— Нет! — крикнул я.

Нити втянулись, исчезли. Вернулась блондинка... нет, девочка.

— Почему? — спросила девочка.

— Ты что это творишь, а?

— Не творим. Не умеем. Ничего.

Мы вернулись к началу разговора. Старуха уже говорила мне: «Мы не творим».

— А в меня зачем полезла? Без спросу?!

— Ты сказал «да». Иначе никак.

С Наташей было так же, понял я. «Да», и черные нити под кожей. Кожа у нас условная, да и нити не лучше. Ладно, пробуем еще раз. Если что, у меня в запасе всегда есть «нет». Судя по Наташе, никакого вреда ей поземка не причинила. Даже напротив: радости было немерено.

— Да!

Вихрь, нити. По второму разу это выглядело не так страшно. Ну нити. Тоненькие, если не приглядываться, вообще не заметно. Я с облегчением вздохнул...

Я.

Вздохнул.

Вдохнул горячий июльский воздух.

Плавится разжаренный асфальт. Выхлоп газов проехавшего автомобиля. Цветет чубушник. У нас его зовут жасмином. От женщин, беседующих неподалеку, тянет духами — сладкими, приторными, еще какими-то цветочными. Вонь мокрой псины: мимо пробежал бездомный лохматый пес. Не знаю, в какой луже он ухитрился вымокнуть. Еще что-то щекочет ноздри...

«Чувства. Ощущения. Мы вернули».

Жизнь пахла жизнью. Не той, что сохранилась в моей памяти — и вылезала, когда требовалось, со своими подсказками. Совсем другой, настоящей, подлинной.

Я прикоснулся к тополю. Погладил кору ладонью. И гладил, гладил снова и снова, не в силах остановиться. Шершавости. Трещинки. Впадины, бугорки. Прихотливый рисунок. Будто отпечаток пальца: свой собственный, индивидуальный, ни у кого больше такого нет.

Если бы кто-то наблюдал за мной из окна, он бы увидел счастье: крепкое, хмельное, жгучее. Не счастье — чистый спирт. Пей, дурачина, допьяна!

С трудом я оторвался от дерева. Сделал несколько шагов к женщинам, жадно вдыхая аромат духов и потных тел. На бордюре, огораживающем спуск в подвал дома, лежала обертка от мороженого. Ага, «Каштан». Совсем свежая обертка, к фольге изнутри прилип кусочек шоколадной глазури. Вокруг — белая растаявшая лужица.

Я взял обертку, не смущаясь тем, что она продолжала лежать на бордюре. Это все чепуха; главное, что я взял, поднял, сумел, лизнул. Да, лизнул! Вкус мороженого ошеломил меня, ударил, едва не сбил с ног.

Еще раз. Еще.

Настоящее!

Я поднял взгляд на соседок Валеркиной мамы — и увидел то, чего не ждал. Бледное голубоватое свечение — у одной женщины «газовая конфорка» тлела на затылке, заползая между волосами, скрученными в узел; у другой светилась ямочка между ключицами. И еще перхоть, да. Не было никаких сомнений, что сыплется женщинам на плечи и дальше, на асфальт, под ноги — эту перхоть я имел несчастье наблюдать у жильцов, забившихся в раковины.

Страх. Ненависть. Боль.

Соседки не были жиличками. Они были живыми. И тем не менее перхоть и свечение — и черная поземка. Прилепившись ко мне одним краем, другой край исказившегося от жадности, изуродованного движением QR-кода ловил на лету струйки перхоти. Всасывал, пожирал, деликатно отрыгивая струйками дыма в противоположную от меня сторону.

Почему у живых? Почему я это вижу? Потому что прикоснулся к свету Валеркиной мамы? Потому что связался с черной поземкой?!

— Купянск, — услышал я. — Они лезут на Купянск, Маруся. Я читала: сто тысяч войска, тысяча танков, пушки...

— Сто километров от нас, — вздохнула Маруся. — Божечки, каких-то сто километров!

Перхоти, сыпавшейся с нее, стало больше. Свечение между ключицами угасло.

— Напрямую — сто пять, Марусечка. Дорогами больше ста двадцати. Я в Гугл-картах смотрела. Тут каждый километр имеет значение.

— Каждый метр, Зинаида Алексеевна. У Никитиных зять погиб. Совсем молодой, жить бы да жить. Когда ж это кончится, а?

— Ой, не знаю. Хочется, чтоб побыстрее...

Запахи, подумал я. Кора тополя. Мороженое.

Не обращая внимания на явное неудовольствие поземки, которой мой уход помешал кормиться, я вернулся к дереву. Погладил тополь, прислушиваясь к ощущениям; погладил еще разок. Убрал ладонь, внимательно изучил рельеф коры. Снова погладил.

Снова посмотрел.

— Нет! — громко произнес я.

Связь прервалась. Черные нити сползли из-под рукава к запястью, нырнули в пальцы, вынырнули, вернулись в смартфон. Метель взлетела, рассыпалась, собралась воедино.

С экрана на меня смотрел профессор.

— Почему? — спросил он.

— Чубушник, — объяснил я.

— Не поняли, — удивился профессор.

— Ты просто так не можешь кормиться с живых, да? Только с жильцов? А со мной вместе можешь? Если «да», можешь? Расширяешь кормовую базу, трепло?!

— Не поняли. Трепло? Не поняли.

И после долгой паузы:

— Чубушник? Не поняли.

— Ты сказала: ощущения. Сказала: как при жизни. Я поверил.

— При жизни. Да.

— Нет! Чубушник давно отцвел. А я чуял его запах. Это в конце июля?! Кора тополя — у нее другой рельеф. Я ладонью чувствую одно, а вижу другое. И мороженое. «Каштан»? Почему у него фруктовый привкус?!

— Не поняли. Кора? Не поняли.

— Это не ощущения. Это память. Чужая память. Профессора, девочки, старухи, блондинки, кого-то еще, чей страх ты сожрала. Страх и ненависть, а вместе с ними — память. Ты подкидываешь мне воспоминания о чужих ощущениях: дерево, цветы, духи, вкус мороженого. Не то, что есть на самом деле, а то, что приблизительно подходит к ситуации. Ах ты сволочь! А ведь я поначалу купился, принял подделку за оригинал. Мне своих воспоминаний хватает выше крыши! Зачем мне чужие?

— Не поняли.

— Разве это сделка? Разве это жизнь?!

— Не поняли. Совсем.

Она действительно не понимает, сказал я себе. Не видит разницы. Это я вижу, а поземка — нет.

— Будем коммуницировать? — спросил профессор.

Я молчал.

— Будем? Взаимовыгодно?

Я разорвал связь, сунул смартфон в карман. QR-код извивался под моими ногами, ждал ответа. Я плюнул на него — дурость, ребячество, но как удержаться? — сел в машину, за руль. Мимо пробежала стайка мальчишек, пиная мяч. Я проводил их взглядом. Слабое, но ясно различимое голубоватое свечение вилось вокруг пацанов, закручивалось счастливыми смерчиками.

Даже разорвав связь с поземкой, я продолжал видеть этот свет. Должно быть, увижу и перхоть. Должно быть, это теперь со мной навсегда.

Как долго ты продлишься, мое навсегда?

Мальчишки свернули во двор.

***

— Да, — сказала Наташа.

Испугалась, зажала рот ладонью. Мне был понятен ее испуг. Я и сам теперь трижды оглядывался, прежде чем сказать невинное «да». Все казалось: черные нити вот-вот прорастут вдоль руки, нырнут в грудь, к сердцу.

— Это у меня был уже третий раз, — она словно признавалась в чем-то грязном, постыдном. — Я боялась, что больше не сумею сказать «нет». Это же наркотик: подсесть легко, а вот соскочить с иглы... Чужая память?

Она вздохнула:

— Рома, я бы в жизни не догадалась. Я думала: все по-настоящему.

Дядя Миша упрямо смотрел в чашку. Только в чашку, никуда больше, не отрывая взгляда — словно на дне, между чаинками, прятался ответ на все вопросы. Пока я рассказывал Безумному Чаепитию о сегодняшнем дне, он не произнес ни слова. Дважды порывался, вскидывал глаза то на меня, то на Наташу — и кусал губы, сглатывал, давил порыв в зародыше.

Не надо, дядя Миша. Не признавайся.

Молчи, так лучше.

Июль 2023

БЛОКПОСТ

Это была серая Daewoo.

Правое крыло помято, передняя фара треснула. Ага, и на лобовом трещина. В былые времена патрульная полиция мимо бы не прошла. Я бы первый докопался! Сейчас война, всем плевать: половина машин в городе такие, если не хуже.

Ездит, и ладно.

Встала Daewoo неудачно, загородив половину проезда. Впрочем, тут по-другому не встанешь. С одной стороны палисадники и узкая полоска разбитого тротуара, с другой — кусты. Разрослись, как на дрожжах, на проезжую часть свешиваются.

Ладно, протиснусь как-нибудь.

Мне на кусты и Daewoo чихать с присвистом: что есть они, что нет. Мог бы насквозь двинуть. Только не люблю я этого, хотя пару раз и приходилось.

Привычка.

Сбросил скорость едва ли не до нуля и стал протискиваться впритирку. Стекла опустил: не из-за жары, а потому что принюхивался. На днях выяснил, что теперь чую жильцов за сотню метров. Позавчера одного так унюхал. Его Эсфирь Лазаревна уговорила, отправила куда следует.

Что тут у нас? Нет, жильцами не пахнет.

Из Daewoo выбрался коренастый мужик лет под пятьдесят, в линялой футболке *Chicago Bears* и мятых шортах. Следом вылезла тетка, его ровесница — поперек себя шире, синий сарафан в цветочек. Мужик тетку не ждал, сразу начал выгружать из багажника сумки. Муж и жена, подумал я. Несмотря на габариты, тетка оказалась на диво проворной: бегала, суетилась вокруг Чикагского Медведя, пыталась ухватить сумки.

— Ой, спасибо! Спасибо вам! Выручили!

Нет, не муж и жена. Соседи? Мне-то какое дело?

— Вот уж выручили! Не знаю, как вас и благодарить!

— Пустяки, — отмахнулся Медведь. — Мне все равно по пути было.

Тут я его узнал.

Первый раз я увидел Медведя в очереди за гуманитаркой, давно еще. Обстрел только-только закончился, люди из укрытий выбрались — и началось:

— Вы за кем были?

— Ничего не знаю, я за этим мужчиной!

— Это я за ним, а вы за мной!

— Вас вообще здесь не стояло!

— То есть как это?! Я еще с двенадцати…

— А я с одиннадцати!

— А я…

Медведь порядок наводил. Уговаривал, успокаивал, разбирался, кто за кем. Кажется, разобрался, я до конца не досмотрел.

Второй раз — это когда спасатели после прилета завал разбирали. В жилой дом угодило, в центре. Там кафешка на первом этаже была молодежная. Медведь смотрел, сокрушался: «Как же так, тут же люди…» И полез спасателям помогать. Таскал, как проклятый; в итоге откопали двоих живых. Потом «скорая» подъехала и спасатели всех погнали — чтобы парамедикам не мешали.

А это, значит, третий случай, с теткой.

Хороший мужик. Правильный. Уважаю.

Я моргнул. Померещилось? Нет, с Медведя, будто серая осенняя *мряка*, густо сыпалась перхоть. После истории с «чужой памятью» я стал видеть, как она сыплется с живых. Не со всех, слава богу, с некоторых.

Что с тобой, Медведь? Горе у тебя? Кто-то из близких погиб? ПТСР? Фобия? Депрессия?! Нахватался я умных словечек от Эсфири Лазаревны, а толку?

Перхоть оседала на растрескавшийся асфальт, на разношенные кроссовки Медведя. Клубилась, завивалась черными смерчиками...

Черными? Почему — черными? Она же вроде серая.

Здравствуй, черная, век бы тебя не видеть.

Поземка была тут как тут. Вилась вокруг Медведя, ластилась собакой, выпрашивающей подачку. Трепетала десятком языков, пыталась лизнуть вожделенную перхоть — и отползала, несолоно хлебавши. Точь-в-точь как в басне про лису и виноград: «Хоть видит око, да зуб неймёт». Надо же, помню еще.

Когда поземка уверилась, что у нее ничего не выйдет, она развернулась ко мне. Глаз у нее не было, но я ощущал на себе ее взгляд: пронзительный, умоляющий. «Надо коммуницировать! Скажи "Да"! Мы в долгу не останемся...»

Я дождался, когда поземка ляжет на асфальт QR-кодом, и демонстративно извлек смартфон. Показал ей и так же демонстративно убрал смартфон в карман. Фак? Ну и «фак» показал, не без того. Со злорадным, знаете ли, удовольствием. Вот тебе, зараза, а не красную дорожку в буфет. Обойдешься! Роман Голосий дважды на одни грабли не наступает — хоть живой, хоть мертвый, без разницы.

Тетка тем временем рассыпа́лась в благодарностях и клятвенно заверяла мужика, что дальше она справится сама. Лифт? Лифта в доме нет, и что? Делов-то — второй этаж! Медведь настаивать не стал, распрощался и полез в берлогу.

В смысле, в машину.

QR-код зашевелился, сделавшись омерзительно похож на скопище тараканов, смазался, взметнулся вихрем угольной пыли. Мне показалось, что в вихре проступили очертания собаки — пес уже не выпрашивал еду, но жадно втягивал ноздрями воздух.

Что ты унюхала, черная?

Медведь завел мотор. Выворачивая, зацепил мою машину — без всяких последствий для обеих тачек — и покатил к выезду со двора. Поземка задержалась на секунду и, распластавшись по асфальту, рванула следом.

А я — за ней.

***

Зачем я за ними погнался? За кем я погнался? За поземкой и Медведем? Только за поземкой?

Только за Медведем?

Этим вопросом я задался, когда мы выбрались на проспект и Медведь втопил под восемьдесят. Большинство светофоров не горело, а те, что работали, мигали желтым; машин было мало, дорогу в неположенном месте никто перебегать не пытался — можно было расслабиться. Проспект широкий, прямой, выбоин, на удивление, немного — едем себе и едем.

Черная что-то учуяла, уверился я. Кто тебе может быть интересен, зараза? Ну, конечно, жилец, кто ж еще? Не удалось с живого подхарчиться — возьмем с мертвого. Неудача с Медведем, вернее, с моим отказом участвовать в трапезе превратила поземку в голодного волка — в целую стаю волков! — вот она и рванула.

Но почему за Медведем? С него поземке без меня все равно ничего не обломится. Элементарно, Ватсон! Помнишь Поджигателя? Близнецы-бомжи, мертвец и живой. С обоих сыплется перхоть; поземка сидит в костре, жрет эту гадость. Неужели у Медведя есть свой жилец?! Брат, сват, жена, сестра... Потому и перхоть с него сыплется, как из ведра.

Мог бы и сразу догадаться.

Слева высились изувеченные прилетами многоэтажки. Окна без стекол, стены в разводах копоти. Проломы тут и там, каменное крошево вместо верхних этажей. Справа, наоборот, сияли на солнце целехонькие витрины — нарядный торговый центр, умытый и праздничный после ночного дождя.

Завыла сирена.

Из центра заспешили люди, ныряя в подземный переход. Людей было немного. Ну да, под центром есть парковка.

Бо́льшая часть покупателей туда спустилась — переждать и вернуться назад за покупками.

...Значит, черная, ты учуяла жильца? Ни хрена себе чутье! Я, дурак, радовался, что за сто метров теперь чую, а ты? За пять километров? За десять? Раньше ты так не умела...

Так и я раньше не умел. По лестницам за жильцами спускаться и подниматься, перхоть и «газовые конфорки» у живых видеть — ничего не умел! Учусь помаленьку, спасибо Валерке.

Выходит, ты тоже учишься? Быстрее нашего?!

Справа возник парк. Мамаши как ни в чем не бывало катили по дорожкам разноцветные коляски. На лавочках играли в шахматы неизменные старички, все как на подбор в светлых рубашках и полотняных кепках — форму им где-то выдают, не иначе! Солнце, зелень, островок тенистой благодати; никто никуда не спешит — словно и нет никакой проклятущей войны.

Отбой тревоги уже был? Или они на тревогу — ноль внимания?

Поземка скользила, как приклеенная, в паре метров за машиной Медведя. Вдруг, без видимой причины, она ускорилась, нырнула под днище Daewoo и умелась вперед. Эй, куда ты? Голод допёк?

Меня опередить пытаешься?!

Поземка не знает, что у меня нюх слабее. Небось уверена, что я тоже жильца учуял, вот и рванул в погоню. Найду — и уведу насовсем. Вот черная и спешит опередить, чтобы успеть нажраться до отвала, пока я ей всю малину не испортил.

Ушлая ты, черная, а все-таки дура. Без тебя я, может, и не подумал бы про жильца, не поехал бы за Медведем. Спасибо за подсказку!

Ускориться? Нагнать поземку? Или следовать за Медведем, который наверняка приведет меня туда же? Я уже собрался добавить газу, чтобы обойти серый Daewoo, когда Медведь вдруг начал тормозить.

Едва не впилился в него, идиота.

Впереди маячил блокпост. В начале войны их по городу было великое множество. Сейчас бо́льшую часть убрали, только на выездах оставили. Все как положено: бетонные блоки, мешки с песком, пулемет в амбразуре. Солдаты в пикселе с автоматами на груди. На обочине — стая ржавых противотанковых ежей.

Чёрт! Это же окружная. Мне за нее ходу нет. Если жилец за городом, я до него не доберусь.

Солдат вышел вперед, поднял руку. Медведь послушно остановился. Между Daewoo и бетонными блоками по земле вихрилась знакомая чернота. Я встал в пяти метрах за машиной Медведя, выбрался наружу, желая лучше рассмотреть, что тут происходит.

Поземка тоже прервала свой бег. Крутилась перед блокпостом, растекалась чернильной кляксой, собиралась в угольный сугроб. Выбрасывала в стороны дымные щупальца, трогала землю, воздух, ежей, втягивала обратно, снова растекалась по земле…

Похоже, она была обескуражена. След потеряла, что ли?

Я принюхался. Жильцом не пахло.

— Добрый день. Выйдите, пожалуйста, из машины.

— Добрый день.

Медведь выбрался наружу. Он не делал резких движений и держал руки на виду. Само спокойствие, только вот перхоть сыпалась с него едва ли не сильнее, чем раньше. На блокпосту любой нервничает, знаю. Дежурил вместе с трошниками, насмотрелся.

— Предъявите документы. Паспорт, водительские права.

Молодой солдат был безукоризненно вежлив. Но смотрел строго, внимательно, ощупывая взглядом Медведя и его Daewoo.

— Паспорт мой или автомобиля?

— Ваш.

— Вот, пожалуйста.

Медведь вручил солдату документы. Тот отступил на шаг, открыл паспорт. Двое других военных не спускали с Медведя глаз. Медведь стоял, опустив руки, переминался с ноги на ногу. Ждал окончания проверки.

— Куда следуете?

Солдат поднял взгляд от документов.

— В Купянск.

— С какой целью?

— К родичам. Дядька мой там с теткой.

— Проведать решили? Нашли время...

— У них консервации полный подвал. Помидоры, огурцы, варенье. Звонили, просили забрать часть. Им, значит, столько не нужно. Всю плешь проели: забери да забери! И жена опять же: езжай, зимой съедим! Уговаривал их уехать — стреляют же все время! А они ни в какую: тут наш дом...

— Ясно.

Солдат сказал что-то еще, но я не расслышал.

В уши ударил оглушительный лай. Я едва не подпрыгнул, честное слово! Солдаты и Медведь даже ухом не повели, будто оглохли, а вот поземка вздыбилась, взвихрилась, занервничала. В следующий миг из-за бетонных блоков вылетел, клокоча горлом от ярости, здоровенный пес.

«Немец», кобель.

Черный, как поземка, с рыжими подпалинами.

***

Меня словно пополам разрезало.

Одна половина наблюдала, как солдат с ленцой листает паспорт Медведя, без интереса просматривает водительское удостоверение. С Медведем все было в порядке, солдат просто выполнял по инерции положенные действия. Медведь скучал, ожидая конца проверки, топтался, скользил рассеянным взглядом по сторонам.

185

Сыпал перхотью, как заведенный.

А другая моя половина видела овчарку, надрывающуюся в лае. Вот «немец» припал к земле, вздыбил шерсть на загривке. Вот из оскаленной пасти полетели жаркие брызги слюны. Вот поземка попятилась от него, черная от черного. Клякса собралась в плотную дрожащую каплю чернил, из капли проросли щупальца спрута, нависли над псом...

Почему солдаты ничего не видят?! Не слышат?!

Потому что пес — мертвый, с опозданием дошло до меня. Для живых его нет — как нет меня или черной поземки.

Пес-жилец?!

Жильцом от «немца» не пахло, как и от мертвого волонтера Царева, застрявшего на бесконечной дороге. Зато в мощной груди пса мерцало знакомое бледно-голубое свечение, какое я с недавних пор стал видеть у людей.

У людей. У живых людей.

Щупальца мрака рухнули вниз. Они стремительно заострялись на концах: пронзить, опутать, разорвать! Пес прыгнул, ужом проскользнул под щупальцами. Огонь в его груди вспыхнул ярче, набирая желтизны, — и овчарка с налету впилась клыками в дымную разреженную плоть врага.

Поземка завизжала на пронзительно высокой ноте. У меня заложило уши. Клыки вырвали ощутимый клок клубящейся мглы — и клок распался, осыпался наземь тончайшей пылью. Растаял, исчез. Пес ударил грудью, отбросил визжащую поземку, вновь прыгнул, вцепился, мотнул головой...

Рычание, визг. Тает под солнцем черный туман.

— Так ее! Давай, Тарзан! Давай!

Я чуть горло не сорвал от крика. Не мог удержаться, замолчать. Почему Тарзан? Не знаю. Само вырвалось.

Поземка отбивалась, как могла. Хлестала пса щупальцами, пыталась обхватить, скрутить, но всякий раз судорожно отдергивала хищные отростки, чадила вонючим дымом, словно обожглась. В итоге, распластавшись по земле бесформенной вьюгой, она в панике метнулась прочь. Пес догнал, с рычанием вырвал еще один клок. Черная помчалась еще быстрее — по полю, заросшему бурьяном, в сторону города. «Немец» ее не преследовал, и черная беглянка затерялась в пестро-зеленом море, колышущемся под ветром.

Растворилась, исчезла.

Пес вернулся на блокпост, весь — горделивое чувство выполненного долга. Посмотрел на меня, словно впервые заметил: рвать или погодить?! Перевел взгляд на Медведя, глухо заворчал. Медведь уже садился в машину — проверка завершилась.

— Ты чего, Тарзан? — не выдержал я, чувствуя себя круглым дураком. — Нормальный мужик! Что, перхоть? Ну, беда у человека, горе. Иди, отдыхай...

«Немец» навострил уши. Зарычал громче, с угрозой. Солдат — он уже шел от машины прочь — споткнулся. Обернулся, словно вспомнил что-то.

— Подождите. Покажите ваш телефон.

Медведь замер:

— Да пожалуйста! Вот, телефон как телефон...

Он протянул солдату смартфон, не спеша выбраться из машины. Так и сидел на краешке сиденья: одна нога в салоне, другая снаружи.

Я направился к псу. Шел медленно, всячески демонстрируя доброжелательность. Пес смотрел без особой любви. Я присел напротив, протянул руку ладонью вверх. Пес глянул, нюхать не стал. Басовитое ворчание рокотало в нем, превращая собаку в мотор на холостом ходу.

— Свои, Тарзан, свои. Хороший мальчик!

Нет, ворчит. И знакомиться не спешит.

— Ты служебный, да? Я тоже служебный. Считай, коллеги.

Коллеги? Тарзан снизошел, понюхал ладонь.

— Тебя погладить можно? Типа поощрения по службе, а?

Я рискнул. Шерсть под рукой была густая, теплая. Настоящая! Такое ощущение не подарила бы мне никакая поземка. Ворчание пса отдавалось в ладони нутряной вибрацией.

Руку не откусил, молодец.

Касаясь собаки, я внутренне напрягся. Ждал, что сейчас появится лестница без перил, или дорога, летящая под колесами, или что-то другое, третье, десятое, что там у этого сторожа внутри. Я ошибся: ничего не появилось. Был блокпост, только блокпост, и всё.

Так он и раньше тут был.

— Разблокируйте, — велел солдат Медведю.

Водитель помедлил. С явной неохотой он приложил палец к детектору смартфона, снимая блокировку. Перхоть сыпалась с Медведя так, что я плохо различал его за пыльной завесой.

Нервничает? Боится?!

Солдат шагнул в сторону. Открыл, как положено, директрису огня — четко по инструкции — и принялся изучать смартфон. Двое других военных насторожились. Один передвинул автомат поудобнее.

— Чем тебе Медведь не угодил, охотник?

Пес не ответил. Он пристально следил за Медведем, не прекращая глухо рычать. Мои пальцы нащупали ошейник. Добротная толстая кожа с металлической пластинкой. На пластинке — гравировка. Номер телефона хозяина, кличка «немца».

Тарзан.

— ...А откуда ты знаешь, что она — Полина Григорьевна?
Валерка пожал плечами:
— Так видно же! Это вы шутите, да?

Ну да, видно. Видно, клянусь! Тарзан, без сомнения.
Не Бобик же, в самом деле?!
— Почему Телеграм не открывается?

— А? Шо?

— Почему не открывается Телеграм?

— Телеграм? Не знаю…

— Запаролен?

— А, точно. Запаролен.

— Откройте.

— Пароль? Черт, забыл. Давно не пользовался…

Перхоть клубилась вокруг Медведя тучей таежного гнуса. Страх, отчаянный, липкий страх — не первый месяц он выедал Медведя изнутри, а сейчас изо всех сил рвался наружу.

Никакое не горе — страх. Чего он боится?

— Давно не пользовался? — солдат растерял всю свою вежливость. — Сдается мне, брешешь ты, дядя!

— Я? Зачем мне брехать? Говорю же, не помню…

— А паролил зачем? Что там за секреты?

— Никаких секретов. Личное, семейное…

— Вспоминай пароль, — к ним подошел старший поста. — Давай вспоминай! Или я в СБУ звоню, они спеца пришлют. Расколют твой пароль за пять минут, а тебя еще быстрее. Ну что? Сам потрудишься — или мне звонить?

Медведь угрюмо молчал. Его глодал страх, меня — стыд. Симпатия? Болван ты, Ромка! Так ошибиться в человеке, а?! Медведь, ты кто на самом деле? Впрочем, неважно. Без меня разберутся.

И все равно неприятно. Словно на базаре обманули.

— Это и есть твоя служба?

Тарзан перестал ворчать. Когда я снова погладил пса, он даже лизнул меня в щеку; впрочем, без энтузиазма, для приличия.

— В тонусе всех держишь, да? Ну и как, много наловил?

Не твое дело, огрызнулся Тарзан.

Солдаты дежурят на блокпосту по сменам. Это хорошо, это безопасно. Несколько часов контакта с Тарзаном вряд ли могут им всерьез навредить. Ну устанут больше обычного — от повышенной бдительности. Ерунда, говорить не о чем. Зато ни одна зараза не прошмыгнет, пока мертвый пес несет службу.

Мне отчаянно захотелось увести его отсюда. Забрать с собой. Привести в квартиру Эсфири Лазаревны, познакомить с бригадой, с Валеркой. Тарзан понравится Джульетте, никаких сомнений. А у меня будет своя собака. Такая же, как я.

Я вспомнил, как Тарзан рвал черную поземку, и аж задохнулся от сияния открывающихся перспектив.

— Пойдем, а?

Я встал. Пес тоже встал.

Я пошел к машине, и он пошел за мной.

Я открыл дверцу:

— Залезай! Давай, не стесняйся!

Тарзан обнюхал дверцу, заглянул в салон. Посмотрел на меня, на машину, снова на меня — и побрел назад к блокпосту. У ржавых ежей он обернулся: «Оставайся, а?» Это ясно читалось в собачьем взгляде: «Оставайся! Ты полицейский, я служебный пес. Будем вместе служить! Чем плохо?»

Я вздохнул. Развел руками:

— Извини, приятель. У каждого своя служба.

У каждого, думал я, возвращаясь в город, свой собственный блокпост. Тут уж никуда не денешься. Закончится война, блокпост на окружной разберут — и Тарзан уйдет куда положено. Сам уйдет, без чужой помощи.

А я? Смогу ли я сделать то же самое?

Июль 2023

Я ХОЧУ ЖИТЬ

Безумному Чаепитию не было конца-краю. От заката до рассвета? От рассвета до заката? 24/7, как пишут на круглосуточных магазинах.

Писали. До войны. Пока не ввели комендантский час.

Мы ведрами пили бесконечный чай. Были бы живы, в сортир бы очередь стояла. Надолго утыкались в смартфоны. Бродили по квартире. Молчали. Говорили. О чем? О всякой ерунде.

...Дядь-Мишиного напарника по пьяни током долбануло. И не двести двадцать, а триста восемьдесят! Так он ауры у людей видеть начал. Недолго, правда, — пока по зубам не получил. Сдуру брякнул Петровичу, что у него аура цвета детского поноса и вся молью трачена!

...Мы с Потехиной однажды наблюдали бухого вдрызг мужика, который, сидя на дощатом ящике перед мусоркой, читал лекцию по физике. Напротив дугой расселись десятка два здоровенных крыс. Они внимательно слушали. Ей-богу, Потехина не даст соврать...

...Юная готка требовала от Наташи завить ей волосы в рога. Рога должны были продержаться минимум неделю...

...В филармонии во время концерта на сцену выскочил мелкий карапуз и самозабвенно запел сразу в трех тональностях. Зал помирает от хохота, карапуз рад стараться, клавишники и струнники подыгрывают, духовые не могут — ржут...

Ерунда? Жизнь. Настоящая.

Прошлая.

Причиной нашего затворничества были жильцы. Неделя, полторы — мы не нашли ни одного. Даже обострившийся нюх не помогал. Я колесил по городу, бригада бродила по окрестностям, забираясь все дальше, — никого. Спрашивал у Валерки — парень только руками развел:

«Нету, дядь Ром! Не попадаются. Это ж хорошо, да?!»

Хорошо, вслух согласился я. И промолчал о том, что это для Валерки хорошо. У парня и другие дела найдутся, повеселее. Не всё ж ему мертвецов споваживать? И для остальных — живых, в смысле — тоже хорошо. Война никуда не делась, гремит-грызет, но, по крайней мере, одной проблемой меньше.

Всем хорошо, кроме нашей бригады. Если некого уводить, то зачем мы нужны? Не пора ли самим уходить? Иногда даже хотелось, чтобы накрыло, как раньше, потащило прочь — и я бы поддался, не стал сопротивляться…

Временами я видел, как вокруг жилища Эсфири Лазаревны растет, закручивается спиралью огромная раковина — одна на всех. Стенки отблескивают перламутром —гладким, приятным на ощупь. Век бы гладил! А раковина накручивает завитки: захочешь выйти — не найдешь дороги наружу. Будешь блуждать этим лабиринтом целую вечность…

Поднимай задницу, велел я себе. Вон, черная поземка не поленилась — к окружной примчалась, когда Тарзана учуяла. А ты…

Стоп.

А сама она куда подевалась? Поземка, в смысле. За то время, когда мы, как оглашенные, по городу носились, прежде чем в квартире засесть, нигде и следа ее не было.

— Кого не было, Роман? Чьего следа?

Уп-с! Это я что, вслух думаю?

— Поземка пропала, Эсфирь Лазаревна. Жильцы — ладно, а она-то куда делась?

— Сдохла! — победно возгласил дядя Миша. — С голодухи!

— Это вряд ли. Живучая, тварь.

— В спячку впала. Как медведь зимой.

— Хорошо, если так…

Чтобы встать со стула, мне потребовалось усилие. Казалось, я успел прирасти к сиденью и спинке, и теперь приходится рвать невидимую паутину.

Встал. Покачнулся. Словно со стороны услышал голос дяди Миши:

— Не суетись, Ромка. Чего скачешь?

— Помолчите, Михаил Яковлевич, — вмешалась хозяйка квартиры. — А вы, Роман... Удачи вам!

Уже закрывая входную дверь, я услышал:

— Я тоже пройдусь. Нужно встряхнуться...

***

Ехал я медленно, чуть быстрее спешащего пешехода. Стекла в машине опустил: вглядывался. Не мелькнет ли где черный лисий хвост? Принюхивался, раздувал ноздри — не потянет ли затхлой кислятиной? Замечал человека, с которого сыпалась перхоть, — притормаживал. Иногда выбирался из машины, подходил вплотную.

Ни жильцов, ни поземки.

Солнце лезло в зенит, тени съеживались, усыхали. Город будто вымер: все попрятались от жары. Асфальтовые латки на месте старых прилетов подтекали по краям глянцевыми лужицами смолы.

Зря. Всё зря. Не найду никого.

С проспекта я свернул на боковую улицу, с нее — во дворы. Потянуло знакомой тухловатой кислятиной. Или чудится? Машина черепахой ползла по разбитой дороге. Раздолбать подвеску или влететь в колдобину мне не грозило, но старые привычки никуда не делись.

Перекресток. Продуктовый магазин.

Кислым тянуло с задов магазина. Что у нас тут? Двери склада приоткрыты, штабель синих пластиковых ящиков скособочился, вот-вот упадет. Неопрятная лужа перед пандусом. В луже мокли гнилые картофелины и соленый огурец, раздавленный в кашу. Вот откуда вонь! А я раскатал губу...

Стоп. Назад.

Запах я учуял, еще не видя ни магазина, ни лужи. В тот момент воображение ничего не могло мне подсказать, дополнить картинку вонью, извлеченной из памяти. А по-настоящему я чую совсем другие запахи.

Я сдал назад, к перекрестку.

Возьмем направо: пятьдесят метров, сто... Запах заметно ослабел, едва ощущался. Пробуем в другую сторону. Запах усилился. Это уже точно не от магазина!

Тепло, тепло, горячо. Приехали.

Здесь, что ли?

Узорчатый забор: белый кирпич со вставками красного. За забором — нехилый такой домина в два с половиной этажа. Черепичная крыша, мансарда. На крыше — спутниковая тарелка. Воняло из дома. Я припарковал машину сбоку от ворот — добротных, железных, выкрашенных ржавым суриком. Еще раз принюхался.

Запах. От жильцов пахнет иначе.

В доме пахло угарным дымом сытой поземки.

Я медлил, не решаясь зайти. Еще подумалось: сколько раз мы проходили мимо логова очередного жильца, обнаружив рядом мусорку или зады овощного магазина и решив, что вонь исходит оттуда? Маскирующий запах, который подкидывает нам собственная память в ответ на определенную картинку. Надо Эсфири Лазаревне рассказать, ей будет интересно.

Потом. Все потом.

Я глубоко вдохнул, словно перед прыжком в воду. И шагнул сквозь запертые ворота во двор.

***

Два коротких витка винтовой лестницы вели со двора не в прихожую дома, как я сперва решил, а на кухню. Ладно, пусть будет кухня.

Мне-то что?

Когда-то эта кухня считалась богатой. Мраморная столешница в зеленоватых разводах, на стенах — каскады полок и шкафчиков. Высоченный холодильник *Samsung* с двойной морозильной камерой. Итальянский смеситель в мойке. Вся техника, мягко говоря, пожилая — лет десять-двенадцать; мебель — старше.

Здесь давно не прибирались. Пыль, пятна, потеки. Паутина в углах под потолком. На полу сор, хлебные крошки. Сливное отверстие мойки фыркало, пузырилось грязноватой пеной. Сифон был частично забит, сифону не повредил бы сантехник или хотя бы ударная порция «Крота». Про такие жилища моя бабушка говорила: *захезанные*.

И снова — ладно. Мне-то какое дело?

Пахло кислятиной и гнильцой. Откуда несет? Ага, крышка мусорного ведра сдвинута набекрень, оттуда и воняет. Не сильно, зато противно. Что еще? Да, чую. Печально знакомый угарный дымок. Поземка, ты же где-то поблизости, так? А может, просто заглядывала сюда недавно, вот и оставила память по себе. Такую память ты оставляешь везде, где ешь.

Значит, мы на верном пути.

На стене на фирменном кронштейне был установлен телевизор *Philips*: бойкий старичок с торчащим сзади горбом кинескопа. Он работал, крутил телемарафон.

— В Коломые, куда был нанесен ракетный удар, — объяснял эксперт, пожилой мужчина в белой рубашке с синим воротничком, — действительно расположен один из наших аэродромов. У нас несколько десятков аэродромов, где могут быть рассредоточены самолеты. Кроме того, идет поэтапный вылет и посадка на разных аэродромах.

Ведущий кивал, не перебивая.

— Именно поэтому россияне, скорее всего, били не по Су-24, а по группе наших летчиков, уже готовых двигаться к началу летной подготовки на F-16...

— По летчикам? — удивился ведущий. — В этом есть смысл?

— Даже если там пять, семь, десять летчиков, «Кинжалов» для них россияне точно бы не пожалели. Один летчик стоит очень дорого, это большая редкость. Практически элита...

Звук был выкручен на всю катушку. Ведущий с экспертом беседовали обычным тоном, а казалось, что они кричат друг на друга.

Я огляделся еще раз и заметил то, на что не обратил внимания при первом осмотре, но что подспудно раздражало меня, как и невозможность выключить орущий телевизор. Всё вокруг — стены, шкафы, холодильник, дверца посудомойки — было украшено наклейками. Искусственные цветочки — васильки, хризантемы, розы, звездочки из серебряной, золотой и розовой фольги, бантики, ленточки, магнитики, яркие вырезки из рекламных буклетов. Сколько труда ушло на расклеивание этого великолепия, я даже представить не мог. Кто бы это ни делал, он потратил кучу времени, а начал, пожалуй, еще до войны.

Кладбище, пришло мне в голову.

Я не знал, откуда возникло сравнение с кладбищем, но оно казалось единственно возможным.

В скопище цветочков и бантиков тут и там мелькали записочки — желтые и голубые листки бумаги. Я подошел к холодильнику, наклонился к ближайшей записке.

«Я хочу жить».

Почерк был крупный, неровный, сбивчивый. Писали неразборчиво; думаю, автор записки не глядел на бумагу, не следил за движениями авторучки, словно делал запись по обязанности, подчиняясь чужому требованию, а не по велению сердца.

Я перевел взгляд на вторую записку:

«Я хочу жить».

Уже было понятно, что я увижу на стенах и шкафчиках, но я честно двигался по кухне, выискивая записки одну за другой — и везде читая одно и то же:

«Я хочу жить».

— Прошедшей ночью россияне трижды атаковали Одесскую область, — эксперта сменили новости. — Две волны ударных дронов общим количеством пятнадцать штук и восемь ракет морского базирования типа «Калибр»...

Зябкий холодок пробежал по спине. Игра воображения, шутки зловредной памяти — потому что где она, моя спина? — и все равно на миг показалось, что это я, Роман Голосий, мертвый сержант полиции, хожу по кухне, дому, городу, шатаюсь из конца в конец, окончательно утратив рассудок, и всюду расклеиваю записки с заветной, невозможной, неисполнимой мечтой: «Я хочу жить!» Только я бы писал не на листках цветной бумаги, а на листьях деревьев, стенах домов, асфальте улиц, и не таким скучным, что впору удавиться, неразборчивым, неубедительным почерком, а другим — торопливым, летящим, бешеным. Я бы кричал, взывал, умолял...

Стоп. Это уже истерика.

— В результате сбития ракет было повреждено общежитие учебного заведения и супермаркет. На двух объектах вспыхнули пожары. Предварительно известно о трех пострадавших сотрудниках супермаркета...

Я вышел из кухни в коридор.

Телевизор кричал мне в спину. Записки кричали мне в спину. «Беги! — кричал кто-то, наверное, здравый смысл. — Беги, дурак, и не возвращайся!» Я не слышал. Не слушал.

Не слушался.

Дверь напротив была открыта нараспашку. За ней начиналась гостиная с декоративным камином. В гостиной тоже орал телевизор — какое-то развлекательное шоу. Это не значило, что в гостиной кто-то есть. Как я уже понял, телевизоры тут вообще не выключались.

Гостиную я оставил на закуску. Двери дальше по коридору, в самом конце — на этот раз плотно закрытые — вели в еще одну комнату. Спальня? Кабинет? Детская?

Спальня, вскоре уверился я.

На громадной старомодной кровати лежала громадная старуха. Смотрела в потолок остановившимся взглядом, время от времени безучастно моргая. Укрытая до пояса байковым одеялом, старуха не шевелилась. Если бы не движение век и слабый хрип еще работающих легких, ее можно было бы счесть мертвой.

Живая. Просто неходячая.

В спальне было прибрано: тяп-ляп, на скорую руку, но все-таки. За старухой ухаживали. Ага, вон и поднос с едой: чашка с остатками жиденького чая, четвертушка булочки, обертка от творожного диетического батончика.

Сиделка? Кто-то из родни?

Я представил, каково ухаживать за лежачей женщиной таких чудовищных габаритов, и ужаснулся. Не знаю, смог бы я ее ворочать, стараясь избавить от пролежней. А перестилать постель? В смысле, смог бы я это делать при жизни?

Как долго длится это угасание? Даже представить страшно. Глядя на старуху, я подумал о том, что минутой раньше и в голову бы не пришло: мне повезло. Лучше так, как я, чем так, как она. В сто раз лучше.

«Я хочу жить».

Да, здесь тоже были записки. На стенах, на подоконнике, на оконном стекле. Были и цветочки с бантиками, но в меньшем количестве, чем на кухне. Я знал, что написано на цветных листках, но на всякий случай проверил.

«Я хочу жить».

Кто их расклеивает? Для кого их расклеивают? Старуха? Для старухи? Я представил, как гора жира, дряблой кожи и атрофировавшихся от долгого лежания мышц всплывает над кроватью, словно аэростат. Хорошо, не всплывает — садится. Каким-то чудом садится, тянется к прикроватной тумбочке, выдвигает верхний ящик. Находит пачку бумаги для записей, карандаш или фломастер, тюбик канцелярского клея… нет, это лишнее, у листков есть клейкий верхний край. Пишет, пишет, пишет. Лицо отекло, оплыло, как мартовский сугроб, ничего не выражает.

Желание жить? Чепуха.

Ходить старуха не в состоянии, значит, она…

Что она? Летает?

Я сказал: представил? Ага, как же! Воображение нарисовало все это одним молниеносным росчерком, содрогнулось и стерло нарисованное ластиком. Представлять дальше оно отказалось наотрез. Как ни крути, получалась картина из фильма ужасов.

А мы где сейчас? Все мы?

Не в фильме ужасов?!

Пахло в спальне скверно. Болезнью, дряхлостью, изношенным телом; кишечными газами, стеклянной «уткой» с остатками мочи, притулившейся под кроватью. Вонь угарного дыма, каким испражняется при насыщении поземка, здесь тоже чувствовалась сильнее. Похоже, черная зараза часто бывает в гостях у старухи.

Ну да, вон сколько корма с нее сыплется!

Перхоть страха и ненависти я у некоторых людей — в смысле, живых людей! — замечал сразу, с первого взгляда. А у других сперва ничего не видел, как было до истории с чужой памятью. Ни перхоти, ни свечения «газовых конфорок». Надо было какое-то время постоять рядом, приглядеться. Притереться, что ли?

Тогда и становилось заметно, вот как сейчас.

Со старухи сыпалось больше, чем с кого бы то ни было. Даже профессор уступал ей в количестве перхоти. Сухой шуршащий снег падал с головы, с давно немытых волос — на подушку, одеяло, кровать, на пол. Там, на полу, уже собрались неопрятные, слабо шевелящиеся кучки. Мне померещилось, что на руках старухи, безвольно лежащих поверх одеяла, словно тряпичные, я успел заметить слабое голубоватое свечение. Если и так, оно сразу погасло, вселив в меня сомнение: а было ли?

«Я хочу жить»?

Старуха хотела совсем другого. Хотела — и все никак не могла осуществить желание. Тянула опостылевшую лямку, коптила воздух, страдала. Кто-то пишет записки, пытаясь пробудить в ней жажду жизни? С какой целью, если эта жизнь — мучение? А главное, зачем тогда вешать записки в кухне, куда старухе ходу нет?!

Пятясь, я вышел из спальни.

***

— Около часу ночи, — сообщил мне телевизор из кухни, — враг обстрелял город Изюм. Пострадала женщина сорока двух лет. Ее доставили в городскую больницу. Дом потерпевшей был поврежден...

— В этом конкурсе, — откликнулся телевизор из гостиной, — кулинары получат следующие задания. Поджарить семь разноцветных блинчиков за двадцать минут, приготовить мясную пену...

Мясную пену, подумал я. Очень актуально.

— ...взбить вилкой майонез за пять минут...

Старуха из спальни стояла посреди гостиной, безвольно свесив руки. Она помолодела лет на двадцать: если там, на кровати, ей было за восемьдесят, то здесь, перед панелью плазменного телевизора, я бы не дал ей больше шестидесяти. В остальном — точная копия: избыточный вес, оплывшее малоподвижное лицо, грязные, собранные в пучок волосы. Домашний халат в пятнах — слишком короткий, кокетливый, не по возрасту.

Дочь, никаких сомнений.

К телевизору женщина стояла боком, не глядя на экран. Слушает? Вряд ли. Если и слушает, то не слышит. По-моему, она вообще не здесь: руки тряпками повисли вдоль тела, голова свесилась на грудь. Почему она стоит? Почему не присядет на диван? Стоять женщине было трудно: на ногах вздулись синие варикозные вены, колени дрожали. И тем не менее она не делала шаг к дивану или стульям, сиротливо окружившим обеденный стол.

Она не может находиться в тишине, понял я. Потому и включила телевизоры везде, где только можно, кроме спальни матери. Ей все равно, что показывают, о чем говорят. Лишь бы не тишина! Иначе она не просто забудет сесть, лечь, пойти в туалет — забудет, как глотать, дышать, одеваться...

«Я хочу жить».

В гостиной тоже висели многочисленные напоминалки. Да, теперь ясно: это не утверждения, это напоминания. Тут никто не хочет жить, вот и приходится талдычить со стен и шкафов: я! хочу!..

Они что, вдвоем тут обитают? Дочь ухаживает за матерью? Не верю. Дочь и себя-то не обиходит.

— Предлагаем вам рецепт дрожжевого теста на желтках, — сказал телевизор в гостиной. — На нем получаются очень вкусные, сдобные и ароматные булочки...

У ног женщины шевельнулась темная тень. Поглощенный раздумьями, я сразу и не заметил поземки, так тихо — безжизненно! — она лежала. Я не заметил поземки, а она не заметила меня, поглощена чем-то, что целиком забирало все ее внимание.

— Надо коммуницировать, — с издевкой произнес я.

Тщетно. Меня игнорировали.

С дочери тоже сыпалось, как и с матери, — может, чуточку меньше, но перхоть эта была иной. Черного цвета, как поземка, она сыпалась медленно, тягуче, даже не сыпалась, а текла. Оплывала на плечи, струйками расплавленной смолы лилась по рукам на пол. Не знаю, что это было: страх? ненависть? отчаяние?!

Я сказал: на пол? Черные струйки текли с женщины на поземку. Вливались, срастались, переплетались нитями общего ковра. Так отдельные насекомые на подлете вливаются в жужжащий рой. Приглядевшись, я заметил, что на шее женщины, на пальцах, ладонях и запястьях, на ногах, изуродованных варикозом, змеятся черные нити, каждая тоньше волоса.

Такие проросли во мне самом, когда я сказал поземке «да».

— Для опары — продолжал телевизор в гостиной, — в миске соединяем двести миллилитров теплого молока…

— Сегодня до двенадцати ноль-ноль, — отозвался телевизор из кухни, — будет проводиться плановое уничтожение взрывоопасных предметов вблизи села Новая Гусаровка…

Надо коммуницировать? Они прекрасно коммуницировали — живая дочь умирающей матери и черная поземка, февральская тварь, сохранившая себя и в жарком августе. Я не удивился, когда женщина шагнула к дверям, а за ней — хвостом, плащом, голодной тенью! — потянулась поземка. Я только отошел в коридор, уступив им дорогу.

Они шли на банкет.

Я проводил их до спальни. Двери в комнату матери дочь закрывать за собой не стала. В спальне не было телевизора, а дочь нуждалась в постоянных звуках человеческой речи, в музыкальной фразе, служащей заставкой для эпизодов шоу, — в чем угодно, лишь бы не тишина! Того, что доносилось из кухни и гостиной, ей хватало. Не заходя в спальню, я смотрел, как она стоит без движения, уставившись в стену, а поземка жадно поглощает все, что сыплется с беспомощной старухи: вбирает, переваривает, отрыгивает и испражняется угарным дымком. Окно было приоткрыто, часть дыма выходила наружу, отравляя воздух во дворе, часть вдыхали мать и дочь. Мне доставалось слишком мало, чтобы реально угореть, но вполне достаточно, чтобы я кривился от дрянного запаха и боролся с головокружением.

Будь я живым, меня стошнило бы.

Впрочем, задерживаться я не стал. Быстрым шагом вышел во двор, у ворот обернулся, поднял взгляд выше — и увидел его. Того, кто ухаживал за обеими женщинами.

Он тоже открыл окно мансарды, обустроенной под скатом крыши. Мужчина лет сорока, сын и внук — тощий, узкоплечий, сутулый, в трусах и майке, он сидел за складным столом, заткнув уши берушами. Ну да, от здешних телевизоров и оглохнуть недолго! Я видел край экрана включенного ноутбука. Видел, как неестественно вздрагивают плечи мужчины, когда он стучит по клавишам и дергает мышкой. Что он делает? Работает? Тестирует программу? Админит сайт-магазин?

Какая разница?

Я увидел все, что требовалось.

Когда я возвращался к нашим, мне все время представлялся этот мужчина под крышей. Жертва потопа, думал я. Грязная вода поднимается, захлестывает этажи; пытаясь спастись, он карабкается наверх, дышит, пока может, прежде чем захлебнуться. Куда дальше? На крышу? А потоп ширится, вода прибывает, скоро и на крыше не найти спасения...

Еще бы знать, при чем тут потоп!

***

— Она мутирует, — сказала Эсфирь Лазаревна. — Изменяется.

— Да неужели? — с непередаваемым сарказмом бросил дядя Миша. — Фира, ты уверена?

Значения слова «сарказм» он не знал, я проверял. Это у дяди Миши природное.

— Она мутирует, — повторила Эсфирь Лазаревна, пропустив шпильку мимо ушей. — Раньше поземка объедала мертвых. И то не всех, иначе жила бы на кладбище или вообще в другом... Не знаю, как объяснить. В другом пласте реальности? В аду, если угодно? Она объедала жильцов, мертвецов, в ком сохранилось некое подобие жизни. Жизни обыденной, здешней. Затем черная поземка начала подбираться к живым, обычным живым людям.

— Кормовая база, — вздохнул я. — Она стала расширять базу.

— Да, Роман. Кормиться с живых для нее было не просто, она нуждалась в связи с нами. Вами, Наташей, дядей Мишей.

Дядя Миша вскинулся, хотел возразить — и промолчал.

— Для этого она и подсунула нам приманку чужой памяти. Мы служили ей пуповиной, связующим звеном. Мы ведь тоже не вполне мертвые, как и жильцы. Впрочем, это мы уже обсуждали. Она попробовала, мы согласились, потом отказались. Наташа, мы отказались?

— Да, — твердо ответила Наташа. — Отказались.

— Роман?

— Отказался, — кивнул я.

Эсфирь Лазаревна знала, что я отказался. Еще после первого раза — наотрез. Она спрашивала, чтобы не обидеть Наташу. И не спросила дядю Мишу, чтобы не обидеть его. Если что, он бы сам признался.

— У поземки осталось два выхода. Искать таких, как мы, которые согласятся — например, жильцов, способных на осознанный контакт, — или искать новую пуповину. Совсем новую, качественно другую.

— Живую, — буркнул дядя Миша. — Качественно, мать ее, живую. Чтобы жрать с живых, она нашла живую пуповину.

Хозяйка квартиры кивнула.

— Вы правы, Михаил Яковлевич. Но как? Как она нашла подход к живой женщине, каким образом создала устойчивый контакт? Мы не знаем, что она такое — черная поземка. Не знаем, как возникла, к чему стремится, почему именует себя во множественном числе. Все, что приходит мне на ум, извините, крайне антинаучно.

Она вымученно рассмеялась:

— «Имя нам — Легион»? Ну, знаете ли...

— Легион? — заинтересовалась Наташа. — Это из фильма? Про гладиаторов?

— Восстание Спартака! — блеснул эрудицией дядя Миша. — «Спартак» — чемпион!

Я молчал. Я не знал, о чем говорит Эсфирь Лазаревна. Знала, судя по тому, как она вздрогнула, Тамара Петровна, но ни учительница музыки, ни врач-психиатр не собирались развивать эту тему дальше.

Тамара Петровна просто перекрестилась, и всё.

— Записки, — обратилась ко мне Эсфирь Лазаревна после долгого, тягостного молчания. — Роман, вы говорили про записки. «Я хочу жить», да? И кругом бантики, цветочки. Глубокая депрессия, боязнь тишины?

Я вспомнил женщину в гостиной и орущий телевизор.

— Глубокая, — подтвердил я. — Глубже не бывает.

Эсфирь Лазаревна встала:

— Наш клиент, наш. Ладно, пойду, попробую выяснить.

— Наш? — дядя Миша тоже встал. — Фира, ты думаешь, она жиличка? Ромка сказал: живая... Ромка, балбес, ты что, жиличку проморгал?!

— Ничего я не проморгал, — огрызнулся я. — Не веришь, сам сходи, посмотри.

— И посмотрю! У меня глаз — алмаз!

— Мой клиент, — уточнила Эсфирь Лазаревна, гася ссору в зародыше. — Не наш, а мой. Я все-таки врач, Михаил Яковлевич. Роман, у вас сохранился доступ к вашим базам? К полицейским?

Я кивнул. Я сегодня все время кивал, как дурак.

— Это хорошо. Вероятно, у меня тоже кое-что сохранилось. Я имею в виду, в клинике.

И Эсфирь Лазаревна шагнула к дверям.

— Ждите, — велела она. — Я постараюсь недолго.

— Пешком? — встал и я. — Недолго? Сомневаюсь.

Я уже понимал, куда она собралась.

— Ой, Роман, вы совершенно правы. Вы меня подвезете?

А я что? Конечно, подвез. Улица Академика Павлова, 46, возле метро «Защитников Украины». Областная клиническая психиатрическая больница № 3.

Подвез и честно ждал, пока она не вернулась.

Всю обратную дорогу мы молчали. Я понимал, что Эсфирь Лазаревна просто не хочет повторять одно и то же два раза. Но молчание давалось ей с большим трудом. Наша баба Стура сияла начищенной монетой и была довольна, как кошка, объевшаяся краденой сметаной.

Но молчала, да. Железная леди, ей-богу.

— Суицидентка, — выпалила она, едва зайдя в комнату. — Я так и думала: натуральная суицидентка, — и мурлыкнула: — Суициденточка!

— Фира! — укоризненно заметил дядя Миша. — Ты же приличная женщина! Как у тебя язык повернулся?

Он весь извелся от ожидания, а тут такое!

— Самоубийца, — исправилась Эсфирь Лазаревна. — Извините, я должна была выражаться понятнее.

— Выражаться! — дядя Миша все не мог успокоиться. — Выражаться она должна! Да уж выразилась...

— Самоубийца? — перебила его Тамара Петровна. — Значит, все-таки мертвая? Рома, как же вы недоглядели?

— Живая, — успокоила ее хозяйка квартиры. — Роман не ошибся: живая. Гальцева Маргарита Алексеевна, домохозяйка, шестьдесят три года. Две попытки суицида: резала вены, глотала таблетки. Оба раза спасли, откачали. Третья попытка не подтверждена: вроде бы пыталась перерезать горло...

— В смысле? — не понял я. — Так резала или нет?

— В личном деле записана симуляция. Хотела вернуться в клинику, в стационар. У нее «качели»: дома она хочет в клинику, в клинике — домой. Сын, Гальцев Максим Игоревич, не в состоянии оплачивать длительное нахождение матери в клинике. На него оформлена опека над матерью и бабушкой, поэтому военкомат им не интересуется. Роман, сына вы видели в мансарде. В спальне вы видели его бабушку, мать нашей суицидентки — Черемизову Екатерину Петровну, восьмидесяти четырех лет от роду.

— Самоубийца, — прошептала Тамара Петровна, бледная как стенка. — Смертный грех. И депрессия, то есть уныние. Еще один смертный грех. Отец Павел, мой духовник, говорил, что уныние ближе всего к отчаянию и самоубийству. Это духовная смерть, говорил он. Уныние и желание наложить на себя руки. А мы, безмозглые, ломаем головы, как поземка создала пуповину с живой женщиной...

Она встряхнулась, попыталась успокоиться:

— Эсфирь Лазаревна, так что там с ее матерью?

— Мать лежачая. Слегла за шесть месяцев до войны, до того как-то ходила. По дому, вероятно, не дальше. Там кроме лишнего веса целый букет заболеваний, не буду перечислять. В мае этого года — инсульт. От госпитализации отказалась.

— Отказалась? — ахнул дядя Миша. — Вот дурища!

— Ну, там своеобразная история. Приехала «скорая»; сносить больную вниз, во двор к машине, не захотели. Сказали, не поднимут такую махину. А поднимут, так уронят на лестнице. Сказали, их же потом внук и засудит, если больная после падения умрет.

— И что внучок? Родная, чтоб его, кровь?

— Просил, предлагал деньги. Уверял, что без претензий, если что. Нет, не взялись. Сказали, пусть кого-то нанимает, кто согласится. Там были полицейские, они тоже не захотели. Я их понимаю, сейчас и не по такому поводу судятся... Короче, внук подписал отказ.

— Сука! — с чувством произнес дядя Миша. — Вот же сучий потрох! Бабка его, засранца, нянчила, на горшок сажала! Да я бы сам на руках вынес! До больницы бы пёр своим ходом...

— Я его не осуждаю, — пожала плечами Эсфирь Лазаревна. — Все были уверены, что она долго не протянет. День-два, ну неделя. А вынести тело — не проблема. Тут роняй, не роняй, никаких претензий. Кто ж мог знать, что она три месяца протянет? С ее-то букетом?! Кстати, симуляцию с горлом дочка устроила в июне. Видимо, хотела сбежать от умирающей матери в стационар...

Черная перхоть, вспомнил я. Черная перхоть, тягучая, как смола.

Черная поземка.

***

— ...Десять человек, среди которых подросток, получили ранения в результате российских обстрелов Харьковской области...

Телевизор я услышал еще на лестнице, поднимаясь в кухню. Здесь ничего не изменилось, разве что в мойке добавилась стопка грязных тарелок. Не задерживаясь, я вышел в коридор и увидел, что дверь в спальню открыта. Там они, там, вся троица: мать, дочь и поземка. Гарью несет так, что не ошибешься.

Банкет в самом разгаре.

Зачем я вернулся? На что рассчитываю? Черные нити на руках, ногах, шее женщины. Поземка, ты до нее достучалась, да? Вряд ли через QR-код, но это не важно. Ты достучалась, что-то предложила — и Маргарита Гальцева сказала «да».

Если она скажет «нет» — связь разорвется.

Так себе предположение. Но даже если я прав — как убедить женщину сказать «нет»? Как докричаться? Я мертвый, она живая. Она меня не услышит.

Суицидентка. Дважды пыталась свести счеты с жизнью. Была на половине пути *туда*. А вдруг дорожка осталась? Мостик? Черная, ты же смогла наладить с ней связь? Если смогла ты, почему не смогу я?!

Надеяться на чудо — последнее дело.

— ...Внимание, вопрос! Как этот замечательный человек называет за глаза свою родную и любимую тещу?

Телевизор в гостиной. Очередное шоу.

Я зашел в спальню.

Маргарита Гальцева стояла на прежнем месте, безвольно уронив руки и уставясь в стену пустым взглядом. Словно и не уходила со вчера! Черный половичок протянулся от ее ног к кровати. Поземка жрала в три, тридцать три горла — пировала сразу на двух столах, отданных в ее распоряжение.

Урчала от удовольствия, сыто отрыгивала угарным дымом.

Старуха была совсем плоха. Она и раньше-то на ладан дышала, а сегодня к хрипам добавилось бульканье в груди. Вдохи прерывистые, натужные: хрип — бульканье — пауза. Долгая, жуткая. И когда ты уже уверился, что все, конец, — снова надсадный хрип...

Старуха умирала. С этим я ничего не мог поделать. Но я пришел не к ней.

— Маргарита Алексеевна...

Не слышит.

Я шагнул ближе. Запершило в горле, из глаз потекли слезы. Я закашлялся, пытаясь задержать дыхание — мне же вроде дышать не обязательно? Кашель не утихал. Наконец я приноровился: краткие вдохи-выдохи через нос. Осторожно, как по минному полю, придвинулся еще на шажок.

— Маргарита Алексеевна! Вы ведь на самом деле не хотите...

Не слышит.

— Не хотите умирать, правда?

— ...Из-под завалов дома, — донеслось с кухни, — спасатели извлекли еще одного человека. Ему чудом удалось выжить...

— Вот, слышите? Человек выжил! А вы чем хуже?

Не слышит.

— Вы же пишете: «Я хочу жить». Вы пишете, а читать забываете. Я пришел вам напомнить: вы хотите жить!

Глупо. Наивно. Не слышит.

— Следующий вопрос, — откликнулся телевизор в гостиной, соревнуясь со мной в глупости. — Каким костюмам отдают предпочтение украинцы во время эротических ролевых игр?

Зря я, наверное, пришел.

— Зря я пришел, — вслух повторил я. — Не в смысле «зря пришел», а в смысле, что именно я. Надо было Наташу попросить или Тамару Петровну. Женщинам легче найти общий язык. Или Эсфирь Лазаревну — она все-таки врач, вы бы врача быстрее услышали...

В голове мутилось. Очертания матери и дочери плыли перед глазами, растворялись в ливне перхоти, в клубах дыма, в темной мгле поземки. Казалось, эта стерва заполнила собой уже всю спальню, из непонятного, невозможного существа превратившись в невозможное пространство.

Еще шаг — вязкий, тягучий. Длиной в целую жизнь.

— Вы угорите, Маргарита Алексеевна. Вы и ваша мама. Вы не понимаете, на что согласились. Я полицейский, я видел. Мы на вызов приехали: жена позвонила, говорит, муж закрылся в гараже, завел автомобиль и не выходит. С нами еще бригада службы спасения была. Дверь вскрывали, петли «болгаркой» срезали. Внутрь зашли, а он лежит на земле у водительской дверцы. Полз к выходу из гаража, не дополз. Наверное, опомнился, передумал, только поздно было...

Как бы самому не угореть. Ноги не держат.

Я потянулся к ней рукой:

— Мы с напарницей его наружу вытащили. Начали сердечно-легочную реанимацию: «качали» до приезда медиков. Без толку, врачи через пару минут констатировали смерть. Отравление угарным газом от работающего двигателя. Вы же не хотите — так?

— Четыреста тридцать шесть человек, — подхватил телевизор в кухне, — эвакуировали за неделю после объявления обязательной эвакуации из пятидесяти трех населенных пунктов Купянского района...

Я тянул и тянул к ней руку. Прорывался, как тот самоубийца из гаража, сквозь облако угарного дыма.

— Внимание, вопрос: какой запах у большинства украинцев ассоциируется с детством?

Дотянулся. Ну, почти.

— Он не смог, а вы сможете. Маргарита Алексеевна, я вас прошу. Просто скажите: нет! Слышите? Просто скажите...

— Запах котлетки?

— Нет!

Моя рука коснулась ее плеча в то самое мгновение, когда из телевизора в гостиной прозвучал возглас ведущего: «Нет!»

Женщина вздрогнула. Медленно, как во сне, всем телом, словно у нее шея закостенела, Маргарита Гальцева начала поворачиваться ко мне. Старуха на кровати издала долгий хриплый вздох. По грузному телу прошла волна мелкой дрожи — рябь по стоячей воде пруда.

С пола взметнулся яростный черный смерч.

***

Кулак дымной гари врезался в меня.

Я инстинктивно вскинул руки, прикрываясь, как от прямого в голову. Не помогло — стая колючих песчинок ударила, оглушила, ослепила. Ворвалась в меня, пронзила насквозь. Закружила, завертела, оплела чадным коконом.

Бесплотный змей душил жертву изнутри и снаружи.

Я заорал. В горло набилась наждачная крошка. Задохнувшись, я не услышал собственного крика. Как пловец в водовороте, пытающийся вырваться к пенному краю и дальше, на тихую воду, я отчаянно замахал руками, и — чудо, не иначе! — мне удалось разорвать круговерть угольной пыли.

Поземка отпрянула.

Тарзан. Мертвый пес Тарзан. Поземка, он рвал тебя в клочья. Ты бежала от него. Мне бы собачьи клыки! Мне бы тигриные когти...

Что у меня есть, кроме меня?!

Растопырив скрюченные пальцы, я бросился на поземку. Кажется, даже удалось вырвать из нее пару клочьев. А потом черный смерч вновь завертел меня по спальне, забил легкие гарью, ударил об стену. Я падал, падал — и все никак не мог упасть.

Время встало на низком старте.

Сквозь гибельную муть я разглядел кровать со старухой — мертвой или умирающей. Я падал на нее, продавливая кисель воздуха. Пространство между мной и старухой уплотнялось, его пронзили знакомые белесые нити паутины, рассекая тьму поземки и соединяя нас друг с другом.

Оплели. Притянули. Ближе, ближе...

Грянул стартовый пистолет. Время рвануло по беговой дорожке, наверстывая упущенное, — и я выпал на лестницу.

Мы выпали.

***

Щербатый камень ступеней. Груды перхоти по краям.

Шевеление мглы.

Внизу лестницы мгла сгущалась, делаясь непроглядной через пять-шесть ступенек. Выше она редела, превращаясь в серую муть. Я успел сделать лишь один шаг наверх, когда меня схватили мосластые лапы и потащили вниз. Я заорал, отмахнулся наугад, не глядя.

Кулак угодил во что-то плотное, упругое.

Живое?!

Поземка была здесь. На лестнице она обрела плоть — приземистая тварь, похожая на огромную жабу. Шкура жабы вздымалась, опадала, бугрилась. Пузыри лопались с едва слышным звуком, выплевывали облачка гари, и гарь тут же оседала, втягивалась обратно в шкуру. От жабы несло горелой тухлятиной, но это можно было терпеть. Угарный дым отрыжки сводил меня с ума, а тут — вонь и вонь, наплевать.

На круглом выросте, заменявшем твари голову, проступило лицо. Я с трудом узнал блондинку из смартфона: утратив все краски, кроме черной, блондинка превратилась в африканку. Красотка издевательски ухмыльнулась, широко, по-жабьи, растянув губы. Черты лица поплыли, смазались, из них вылепился профессор, девочка...

Они гримасничали и молчали. Ни звука. Никаких попыток коммуницировать. Поземка тянула меня вниз, и все дела.

Рывок.

Потеряв равновесие, я упал, больно ударился о шершавый камень. Пнул поземку ногой, попытался разорвать мертвую хватку — как бы не так! Тварь гирей висела на мне. Она была сильнее, тяжелее, упорнее.

Долго я не продержусь.

Лестница! С лестницы все началось: там, в разрушенном доме, где я познакомился с Валеркой. «Вы бы не могли подать мне руку?» — попросил меня он. Кто бы подал руку мне?!

С лестницы началось, лестницей и закончится.

— *Дядя Рома, вы на море были?*

Я до отказа вывернул шею, озираясь в отчаянной надежде. Нет, Валерки на лестнице не было. Но справа и чуть выше, на краю ступенек и подступающей мглы, возник кусок перил. Метра полтора, не больше. Две металлические стойки с облупившейся зеленой краской; деревянная накладка, изрезанная перочинными ножами.

Извернувшись, преодолевая сопротивление поземки, я вытянул руку — до боли, до хруста, едва не вывихнув плечо, — и ухватился за перила. Подтянулся, таща за собой неподъемную тварь. Вцепился в перила обеими руками, перехватил выше.

Ступенька, другая, третья.

Перила закончились.

— Ромка, братан! Верно говоришь!

По другую сторону лестницы возник еще метр перил — железных, слегка тронутых ржавчиной. Как на пожарной лестнице.

Дядя Миша?

Рывком я перебросил тело на тот край. Ухватился, перевел дух. Подтянулся. Сколько осталось до верха? Не видать. Ступеньки по-прежнему терялись в серой мгле. Так ли это было или я выдавал желаемое за действительное, но мгла стала чуточку светлее.

— А вы, Роман… Удачи вам!

Третий фрагмент перил. Серебристый металл, накладка из полупрозрачного пластика. Эсфирь Лазаревна?

Жабьи лапы конвульсивно дернулись, хватка на миг ослабла. Я кинулся вперед. Нет, не вырвался, но теперь я тянул тварь наверх, а не она меня — вниз. Я тянул, а снизу поземку кто-то толкал. Ей-богу, толкал!

Я вгляделся через плечо, едва не сорвавшись из-за этого
с лестницы. И скорее угадал, чем увидел позади жабы массив-
ную женскую фигуру. Я бы и не разобрал, кто там, но «газовые
конфорки» старухи, давно не покидавшей постель, горели
сейчас, что называется, на полную. Окутанная голубоватым
свечением старуха ползла, наступала, подпирала тварь сзади.
Поземка задергалась, силясь отстраниться от упрямой покой-
ницы — тщетно. Старуха продолжала движение, а обойти эту
громадину на узкой лестнице не было никакой возможности.

Старуха толкала, я тянул.

— *Поехали, а? Поехали домой.*

Еще кусок перил: чугунная ковка, завитки.

Да, Наташа, поехали! Домой, конечно, домой...

Посветлело. Реально посветлело! Мои надежды и воображение были тут ни при чем.

— *Вы за мной не ходите. Вам нельзя. Вы отдохните...*

Мореный дуб, отполированный тысячами рук. Фигурные
балясины. Спасибо, Тамара Петровна! Извините, отдыхать
некогда — надо тащить, тянуть, подниматься. Ага, в ритме
вальса! Ничего, выберусь, тогда и отдохну.

Лестница, ты когда-нибудь кончишься?!

Перхоть по краям исчезла. Мгла еще кое-где сохранялась,
но пролетом выше разливалось мягкое жемчужное сияние.
Делалось ярче, слепило глаза, не давая разглядеть уходящие
ввысь ступеньки.

Поземка завизжала от невыносимой боли. Извернулась,
выскользнула, теряя форму. Каким-то чудом прошмыгнула
мимо старухи, рухнула вниз, метнулась в сторону...

Исчезла.

Мы стояли на лестнице. Я и старуха. Стояли, молчали. Ну хорошо, я сидел. Вот, встал. Нехорошо сидеть, когда женщина стоит, стыдно. Сияние манило, звало. «Все будет хорошо, — говорило оно. — Поднимайся. Не оглядывайся, не надо. Все будет хорошо...»

На негнущихся ногах я прошел мимо старухи и начал спуск обратно. Обернулся на ходу. Екатерина Черемизова, вспомнил я. Она шла по лестнице вверх. Делала то, что уже давно было ей недоступно: шла своими ногами, шаг за шагом.

Я помахал ей рукой.

***

— ...Не знаю точно. Зашел, а она уже...

Сутулый мужчина в семейных трусах и майке часто-часто моргал. Глаза его были сухими и красными. Рука с телефоном дрожала.

— Восемьдесят четыре года. У вас должны быть записи. Так вы пришлете машину? Спасибо. Я буду ждать. Адрес...

— Нет, — тихо сказала за его спиной Маргарита Алексеевна.

И еще раз, громче:

— Нет.

Сын ее не слышал: он диктовал адрес. В гостиной надрывался телевизор. Маргарита Алексеевна вышла из спальни. Я двинулся следом. Черной поземки нигде не было. С женщины по-прежнему сыпалась перхоть, но уже меньше.

Заметно меньше.

Маргарита Алексеевна прошла на кухню. Выключила телевизор, оборвав новости на полуслове.

— Я хочу жить, — сказала она, глядя на записку, прикрепленную к холодильнику. — Я...

Голос ее дрогнул, сорвался. В два быстрых шага она подошла к холодильнику, сорвала записку, сжала в кулаке.

— Я хочу жить, — твердо повторила женщина. — Я. Хочу. Жить.

Я примерил ее слова к себе. И, не дав им времени прирасти, пустить корни в глухую безнадежность, оторвал — резко, рывком, как срывают с раны присохшую повязку. Сжал в кулаке, растер в пыль, пустил по ветру.

Да, я тоже хочу. Очень хочу.

А толку?

Август 2023

ТРИ ШАГА ВНИЗ

Гроб стоял на двух табуретах.

В моем детстве так выставляли гробы у подъезда для прощания. Позже эта традиция ушла, а может, я просто перестал ее замечать. Выносили табуреты, ставили гроб — открытый, чтобы все желающие могли подойти, посмотреть на холодные, заострившиеся, уже чужие, нездешние черты покойного, заплакать или попрощаться без слёз.

Помню, одни клали в гроб цветы, пышные розы или скромные ромашки. Тогда я и узнал, что четное число цветов — для мертвых. Другие держали букеты в руках, собираясь поехать на кладбище и положить букет на свежую могилу.

Этот гроб стоял закрытым. Крышку прихватили гвоздями, чтобы не соскользнула. Наверное, тот, кто лежал в гробу, не слишком годился для обозрения. Рядом поставили третий табурет с фотографией в рамке: молодой, не старше тридцати, улыбчивый лейтенант. Лицо, что называется, простецкое, на щеках ямочки.

Край фотографии перечеркивала траурная лента.

Возле табурета с фото стояла женщина в черном платье — вдова. Глаза ее блестели сухо и неестественно. Она не плакала, словно окаменела, кажется, даже не моргала, сделавшись похожей на статую. К ногам вдовы жалась девочка лет трех, боязливо оглядываясь по сторонам. Она явно не понимала, что происходит. Время от времени девочка дергала маму за руку — пойдем, а? — и, не дождавшись реакции, замирала в ожидании.

Завыла сирена воздушной тревоги.

Девочка оживилась:

— Си'ена! Си'ена девает так: у-у-у! У-у-у!

И засмеялась.

Дальше по улице ждал катафалк — старенькая «Газель» с открытыми настежь задними дверями. Для погрузки гроба в салоне были укреплены направляющие рейки. Возле катафалка курил усталый шофер, сбив на затылок панаму цвета хаки.

Еще одна машина стояла напротив кабинета нотариуса, под тополем, который в свое время гладили мы с Наташей. Рядом курили сигарету за сигаретой четверо побратимов в военном однострое, готовые в любой момент по сигналу вдовы или шофера катафалка занести гроб в «Газель».

Народа у подъезда собралось немного. Большинство местных обитателей, кто знавал покойного, уехали из города еще в прошлом году, при первых обстрелах, и, похоже, до сих пор не вернулись. Вынужденные переселенцы из области — эвакуируясь из опасных, ежедневно накрываемых ракетами и артиллерией районов, они брали в аренду опустевшие городские квартиры — стеснялись подойти, попрощаться, с чужим для них человеком. Проводить лейтенанта пришли три-четыре старушки, пожилой инвалид на костылях и пара соседок средних лет, подруг Валеркиной мамы. Вечно забываю, как их зовут.

Ага, и Валеркина мама тут — на балконе. Всхлипывает, отсюда слышно. Поэтому, наверное, не спускается. Не хочет, чтобы видели ее слезы.

А Валерка спустился. Глядит, вздыхает.

— Знакомый? — спросил я.

— Витёк, — парень шмыгнул носом. — Сосед с пятого этажа. Под Купянском погиб. Сеньковка какая-то, что ли? Бои там, пишут, лютые...

У ног Валерки сидела сонная Жулька. Зевала, время от времени чесала лапой за ухом. Ее спустили с поводка, но Жулька старалась не отходить далеко от хозяина.

— Какой он тебе Витёк? В два раза тебя старше, небось?

Прозвучало резко, словно упрек.

— Он сам просил, — к счастью, Валерка не обиделся. — Просил, чтобы его так звали: Витёк. На дядю Витю обижался, щелбана давал. Не больно, для вида. В футбол с нами гонял, на воротах стоял. Сабли выносил, разрешал брать.

— Сабли? — не поверил я. — Настоящие?

— Спортивные. У него две сабли было.

— Эспадроны, — вспомнил я.

— Ага. И маски. Учил нас, как надо...

Я завидовал. Черт возьми, как же я завидовал! У меня в детстве не было такого Витька с саблями. И в футбол мы играли сами, без старших. А когда играли старшие, они нас, мелкоту, не брали.

— Ты чего не в школе? — сменил я тему. — Прогуливаешь?

— У меня онлайн. Занятия, в смысле.

— Врешь, я в новостях читал. Школьников с сентября в метро учат, оборудовали для них безопасные помещения. На шестьдесят классов, что ли...

Про уроки в технических помещениях метро писали много. Выкладывали снимки импровизированных классов: столики из пластика, желтые и зеленые, такие же яркие стулья, на стенах — забавные картинки. Напротив входа — стол посолиднее, для учителя. Говорили: убежище, звукоизоляция, поездов практически не слышно. И в случае обстрела — нормально, никто не пострадает, можно не волноваться. Родителям по три раза на день выставляли в интернете памятки: детям с собой давать питательные батончики, бутылку с водой, влажные салфетки. Желательно — одеяло, легкое и теплое. Обязательно — телефон с зарядкой; если есть, положить в рюкзак пауэрбанк.

Да, еще записку в карман: ФИО ребенка и контакты родственников — имена, телефоны, адреса.

— Это для маленьких, — отмахнулся Валерка. — Их надо учить этой... Как ее? А, коммуникации.

Я вздрогнул.

«Надо коммуницировать,» — как в ухо прошептали.

— А ты большой?

— Я большой. У меня сейчас украинский язык: конфа по зуму. Чередование предлогов «у» и «в». Я с училкой договорился, я и так все это знаю.

— Точно знаешь?

— Точно.

— А если проверю?

— Да сколько угодно! Мария Петровна в курсе. Отпустила попрощаться...

Мне было без разницы, прогуливает он уроки или нет. Мне было все равно, правильно он чередует предлоги или ошибается. Проверить я его тоже не мог: забыл все, чему учили, забыл начисто, пишу, как придется. Я всего лишь хотел отвлечь парня, перевести разговор на будничную рутину.

Не получилось.

Сейчас все психотерапевты. Все, кроме меня.

Я обнял парня за плечи, понимая, что это тоже плохая идея, и не имея ничего другого про запас. Это было единственное, что я мог сделать; это был единственный живой человек, которого я мог обнять в сложившихся обстоятельствах. Я сделал это — и, наверное, выбрал неудачный момент, потому что чуть не свалился в обморок от потрясения.

Я увидел лестницы. Много лестниц.

***

Что-то произошло со мной, когда я прикоснулся к Валерке, а может, не со мной, а с людьми вокруг. Все они — вдова, девочка, побратимы, соседки, шофер катафалка, инвалид, случайные прохожие, водитель пикапа, свернувшего во двор, Валеркина мама — все до единого стояли не на земле, асфальте, тротуаре, балконе. Они стояли на лестницах, каждый на своей. Лестницы уходили вниз, теряясь в хорошо знакомой мне пыльной, мутной, хищно подрагивающей мгле; лестницы убегали вверх, исчезая в жемчужном, опаловом, перламутровом, слабо трепещущем сиянии.

Осыпаясь с людей, перхоть уплотняла мглу, делала ее непроницаемой для стороннего взгляда. Страх, боль, горе, ненависть — как я ни всматривался, не мог ничего разглядеть ниже пяти-шести ступенек. Горение «газовых конфорок» голубоватыми облаками поднималось выше, уплотняло сияние, скрывая от любопытных глаз то, что происходило там. Любовь, дружба, терпение — не знаю, что еще; не понимаю, как это назвать — как ни назови, три-пять ступенек, и зрение отказывало, тонуло в густом блеске.

Если будешь упорствовать, дурачина, сказал мне кто-то, подозрительно похожий на меня самого, ты ослепнешь. Вверх или вниз — если не прекратишь вглядываться, добром это не кончится.

Лестниц становилось все больше. Одна за другой, словно складные, они росли, разворачивались, выбирались из окон и балконов домов, выходили из дверей подъездов, ступенчатыми рощами вырастали на соседних улицах. Они двигались вместе с проезжающими автомобилями, сумасшедшей арматурой тянулись из витрин и крыш магазинов — всюду, где были люди, которых я видел или не видел, были и лестницы.

Сцеплялись. Пересекались. Сходились.

Разбегались.

Вверх и вниз, вверх и вниз. Выше неба, ниже земли.

Безумная ажурная конструкция, где хаос претворялся в порядок, а порядок — в хаос; гигантский карточный домик, где свет соседствовал с темнотой, имея больше сходства, чем различия, — видеть ее было мучением и наслаждением, где разница между первым и вторым стерлась более чем полностью.

Я уже не столько обнимал Валерку за плечи, сколько держался за него, чтобы не упасть.

— Что это? — хрипло выдохнул я.

Он пожал плечами. Я ощутил это движение всем телом.

— Стройка, — ответил он.

— Стройка? Какая стройка?

Он молчал.

— Какая стройка?! Чья, чего?!

— Я не смогу объяснить.

И он добавил с просительной интонацией:

— Дядя Рома, вы только не обижайтесь, ладно?

— Почему? Почему не можешь?!

— Вы не поймете.

— Почему это я не пойму? Ты меня что, за дурака держишь?

— Не обижайтесь, пожалуйста. Ни за кого я вас не держу, я просто объяснить не могу. Мне слов не хватает.

И он повторил со странной, ужаснувшей меня интонацией:

— Мне здесь слов не хватает.

— Здесь? А там? Там хватает?!

Я не знал, что имею в виду. Там — это где?

— Там хватает, — он вздохнул, сгорбился, стал маленьким и несчастным. — Там другие слова. Вы их не поймете. Я и сам-то не все понимаю.

— А ты попробуй. Вдруг я пойму?

— Дядя Рома, не надо обижаться...

— Нет, ты попробуй! Ты попробуй, а потом увидим, пойму я или нет!

Он снова вздохнул:

— Ну хорошо...

И меня не стало.

То, что еще недавно было мной, жалким огрызком былого существования, растворилось в звуках, которые я назвал бы музыкой, только они не были музыкой, как не были и тишиной, в огне, который я назвал бы светом и ошибся, потому что он не был ни светом, ни тьмой, в движении, какое любой принял бы за неподвижность и ошибся бы, поскольку бурление и покой — крайности слишком простые, чтобы им нашлось тут место; ничего знакомого, привычного, позволяющего схватиться за него, как за спасательный круг, и вынырнуть к обычным понятиям, глотнуть привычного воздуха, снова осознать себя как нечто отдельное, обозначенное телом и душой, именем и фамилией, адресом и пропиской, идентификационным кодом и паспортом, привычками и воспоминаниями — всем тем, что я называл собой и что утратил, желая узнать природу лестниц — несущих балок, опор колоссальной стройки, не знаю, как сказать, не понимаю, и боюсь, меня сейчас тоже мало кто понимает...

Еще немного, и я бы не вернулся.

***

Впрочем, я и не вернулся.

Меня вернули, силой выдернув из плавильного котла, словно черпак жидкой стали, и на свежем воздухе я малопомалу начал отвердевать, остывать, обретать конкретную форму. Болезненная процедура, если честно. Сказал бы: «Меня родили обратно», но это слишком уж напоминает глупый анекдот.

Где я? Кто я? Что делаю?!

Ага, сижу на асфальте. Почему не падаю? Так, ясно, я привалился спиной к дверям подъезда, закрытым на магнитный замок. А если кто-то захочет выйти на улицу? А мне плевать, пусть выходит. Меня это не касается, в смысле, не коснется. Кто это напротив? Это Валерка. Сидит на корточках: лицо напряжено, в глазах тревога. Увидел, что я смотрю на него и, по всей видимости, узнаю. Выдохнул с нескрываемым облегчением:

— Я ж говорил, не надо!

«Я просто объяснить не могу, — услышал я. Что-то произошло с моим слухом. Я слышал то, что говорят сейчас, но услышанное звучало как то, что было произнесено раньше. — Мне слов не хватает. Мне здесь слов не хватает».

Он чуть не плакал:

— Я лузер! Лузер! Купился на слабо́...

«Там другие слова, — услышал я. — Вы их не поймете. Я и сам-то не все понимаю...»

Я замотал головой, пытаясь избавиться от двойного слуха. Так вытряхивают воду, попавшую в ухо. Попытался вспомнить, что со мной сейчас было — как это было! — и не смог. Воспоминание не оформлялось: нечто прекрасное, страшное, только эти слова — прекрасное и страшное — были ущербными, недостаточными. Звучали плоско, блестели тускло. Это хорошо, подумал я. Это очень хорошо. Во второй раз я бы это не пережил, честно, не пережил бы, даже учитывая, что я уже и так мертвый.

Лестниц я не видел. Безумное переплетение стройки исчезло, перестав сводить меня с ума. Точнее, я не видел лестниц, пока не вспоминал про них. Рассудок как бы вычеркивал их существование — защитная реакция, что ли? Но стоило вспомнить, и вокруг начинали слабо, почти незаметно мерцать контуры множества ступенек, убегающих вверх и вниз. Напоминали: где есть люди, там есть и мы, лестницы.

Мерцание? Контуры? Ничего, терпеть можно.

— Кончай страдать, — прохрипел я. — Ты не виноват.

— Ага, не виноват! А кто виноват?

— Я. Сам, дурак, напросился.

— Вы ж не знали! Хотели узнать...

— Все, узнал. Когда в следующий раз попрошу, сразу бей меня лопатой.

— Какой лопатой?

— Розовой. Анекдот такой, про девочку.

— А-а, знаю. По-моему, он не смешной.

— По-моему, тоже. Короче, бей лопатой, и все.

Хорошо, что похороны, отметил я. Нет, я понимаю, как это звучит. И все-таки хорошо, что похороны — на нас никто не обращает внимания. А если и обращают, то старательно делают вид, что ничего не видят, не слышат. Слышат они одного Валерку, и все равно... Ну, торкнуло парня: соседа, приятеля по футболу, на войне убили. Вдова держится, дочка не понимает, а парнишка сорвался, бормочет невесть что, вскрикивает. На корточки присел, к дверям отвернулся — лицо прячет, стесняется.

Два раза хорошо. Нет, уже три раза. Валеркиной маме с балкона сына не видно. Иначе выбежала бы на улицу: спасать, выяснять, что случилось.

— Я ж говорил, не надо!

— Ну хватит, заладил...

Я осекся. Если еще секунду назад парень выглядел виноватым, то сейчас — я и не предполагал, что такое возможно! — его вину возвели в степень. И глаза на мокром месте. И смотрят эти глаза не на меня, а совсем в другую сторону, туда, где гроб на двух табуретах.

И лейтенант.

Погибший под Купянском лейтенант стоял возле собственного, наглухо закрытого гроба и смотрел на свою фотографию. Складывалось ощущение, что он себя не узнает, что его привели для опознания кого-то другого, знакомого в прошлом, но сейчас уже крепко подзабытого. Больше всего лейтенант походил на человека, заснувшего в непривычном месте и внезапно разбуженного среди ночи. «Где я, кто я, что происходит со мной и вокруг меня?» — все это большими буквами было написано на его лице.

Он смотрел на фото, а мы с Валеркой на него.

Кроме нас, больше никто не интересовался покойным. Если на Валерку люди, собравшиеся на проводы, не смотрели нарочно, чтобы не смущать расстроенного мальчишку, то на лейтенанта они не смотрели точно так же, как и на меня.

Они не видели нас обоих.

***

— Я же говорил...

Парень подавился рыданием, закашлялся. Лейтенант повернулся к нам: как судно, дрейфующее по воле волн, он зацепился якорем за звук Валеркиного голоса. Сделал шаг, другой, третий. Механическим жестом сбил армейскую кепку на затылок.

— Лейтенант Ковальчук, — представился он. — Позывной Сабля.

— Сержант Голосий, — я встал.

— А-а, Валерка, — узнал парня лейтенант. Мое приветствие он оставил без внимания. — Ты чего ревешь? Кто-то обидел?

Валерка отчаянно замотал головой: не-а, никто.

— Привет, Витёк, — сипло выдавил он.

— Привет. Ты что тут делаешь?

— Тебя провожаю.

— Меня? — лейтенант обернулся на гроб. — А, ну да. Конечно.

Кажется, он воспринимал происходящее частями. Увидел, отметил, назвал по имени. Увидел, вспомнил, зафиксировал. Его словно вернули откуда-то, где все было иначе, невозможно, необъяснимо иначе — настолько, что теперь лейтенанту Ковальчуку приходилось все узнавать заново.

Не могу объяснить. Не получается. Слов не хватает.

«Там другие слова. Вы их не поймете. Я и сам-то не все понимаю...»

Я тоже не понимал, но помнил, каково это. Пару минут назад я и сам был уверен, что еще чуть-чуть, шажок-другой — и я бы не вернулся. «Впрочем, — недавние мысли, больше похожие на судороги, всплыли с подозрительной легкостью, возродились в памяти, словно только и ждали, когда их призовут вновь, — я и не вернулся. Меня вернули, силой выдернув из плавильного котла, словно черпак жидкой стали, и я начал отвердевать, остывать, обретать форму. Болезненная процедура...»

Да, болезненная. Сочувствую, лейтенант.

Похоже, вернули не только меня. Ошиблись, промахнулись, случайно зацепили, превратили в сопутствующие обстоятельства — какая разница? Хорошо, хоть не «встань и иди», как было с Жулькой. Да, понимаю: неприятное сравнение. А что у меня сейчас приятное? Могу представить, что бы тут началось в случае «встань и иди»...

Нет, не могу. Не хочу. Страшно. Вот и съезжаю в дурацкие шуточки.

— Вера, — сказал лейтенант. — Сонечка.

Он смотрел на вдову с девочкой: пристально, не отрываясь. И снова:

— Вера. Сонечка. Вера.

Валерка напрягся. Парень звенел, как натянутая струна. Я и сам был весь на нервах. Ничего такого я не видел, но чутье подсказывало ясней ясного, что вокруг лейтенанта формируется раковина, слой за слоем. С каждым взглядом, воспоминанием, с каждой секундой его присутствия здесь, рядом с домом, где жил, на улице, где гонял с пацанами в футбол и учил их фехтовать настоящими спортивными саблями, катал коляску с младенцем, ходил в булочную за хлебом, а в продуктовый за колбасой...

Завиток к завитку: броня, убежище, тюрьма.

Если Витёк на наших глазах превратится в жильца, мы не уговорим его уйти. Хоть всю бригаду сюда приволоки — не уговорим, не вытащим, надорвемся. А если не превратится? Просто останется здесь, как, к примеру, я?! Возьмем его в бригаду, что ли? На полставки?! Вот такого, возвращенного невпопад, озирающегося по сторонам? Безумное Чаепитие — это для тех, кто пришел в бригаду сам, кто почувствовал, что ему позарез надо сюда, что тут он нужен.

К нам не приводят. К нам приходят.

— Витёк, ты... — начал было Валерка.

И замолчал. Даже рот зажал ладонями, для верности. Нельзя приказывать, понял я. Нельзя подталкивать. Даже намекать нельзя.

— Сонечка. Вера, — повторил лейтенант. — Сонечка.

И вдруг:

— Я пойду. Я пойду, да?

— Как хочешь, — с деланым безразличием откликнулся Валерка.

— Не хочу, — лейтенант улыбнулся. — Надо.

От его улыбки меня тряхнул озноб.

— Всё, парни, я пошел. Иначе останусь.

Он отступил на шаг:

— Бывай, сержант. Пока, Валерка.

— Пока, Витёк. Увидимся!

— Думаешь?

— Уверен.

— Ну тогда ладушки. Если хочешь, забери мои сабли. Скажешь Вере, я тебе обещал. Она отдаст, не сомневайся.

Он говорил. Цеплял слово за слово. Находил пустячные дела, лишь бы не уходить.

— И маски тоже забери. Чего им зря лежать?

Я боялся, что он все-таки не уйдет. Я не заметил, как он ушел. У жильцов замечал, а у Витька` — нет. По-моему, он просто оборвал себя на полуслове — и вернулся туда, где был до возвращения, на три ступеньки вверх. Вернулся и пошел дальше, не оглядываясь.

— Время, — напомнил шофер катафалка.

И махнул побратимам:

— Пора ехать. Несите, что ли?

Серые громады «Гиганта» — так в городе звали студенческую общагу — остались позади. Слева потянулся Молодежный парк, справа — грязно-белая стена, закрывающая Второе кладбище. На месте Молодежки когда-то тоже было кладбище. Давно, я не застал. Отец застал, говорил: они школьниками во время реконструкции оттуда могильные оградки таскали на металлолом. И всегда добавлял:

«Жуткая, если вдуматься, история!»

Я теперь тоже вроде могильного металлолома. Жуткая, если вдуматься, история.

Солнце простреливало зелень листвы острыми слепящими лучами. Казалось, деревья вот-вот вспыхнут, как от ракетного прилета. Я свернул на спуск, выводящий с Веснина на Шевченко, прибавил скорости. Куда я несусь? Так и жильца проморгать недолго...

Проморгать запах? Прошляпить луну в небе, сирену просрать! Выдай я такое — дядя Миша ржал бы конем, а Эсфирь Лазаревна глянула бы, как она умеет, с особым психиатрическим интересом.

Стекла в машине я опустил. Нет, город пах не жильцами. Пыль, гарь, горечь первых палых листьев — город пах осенью, самым ее началом. До сих пор не знаю, это мое воображение запахи дорисовывает — или я и вправду что-то чую? Кроме жильцов, в смысле. Ну хоть немного, а?!

Сто раз об этом думал. Ничего не надумал.

Пошла многоэтажная застройка. Целые дома. Почти целые — на стенах щербины от осколков, окна заколочены ДСП. Дальше, дальше! Обгорелые руины — их число увеличивалось, дорога превратилась в сплошные колдобины. В итоге я резко затормозил перед знакомым шлагбаумом. Здесь я не был с того дня, как помог Валерке спуститься по разрушенной лестнице.

Нет, вру. Назавтра я привез сюда нашу бригаду.

У шлагбаума на земле что-то шевельнулось. Я аж дернулся! В феврале там лежала умирающая Жулька, и ее жадно облизывала черная поземка. Порыв ветра взметнул в воздух облако пыли и жухлые листья. В пяти шагах рос каштан, чью крону по краям еще летом тронула ржавчина. Смерчик крутнулся, опал, рассы́пался. Ветер, резко сменив направление, погнал по земле облезлый лисий хвост.

Просто пыль. Просто листья.

Просто осень.

Не знаю зачем, но я выбрался из машины и направился к дому. Обоняние подсказывало: там никого нет. У дальнего, уцелевшего подъезда курил блондин, мой ровесник. Натуральный красавчик, он смахивал на фитнес-тренера. Синяя футболка *Adidas* — фирменная, настоящая! — сидела на нем в обтяжку, демонстрируя рельефный торс. Короткие рукава подчеркивали мощь бицепсов.

Лишней выглядела только сигарета. Впрочем, кто без греха? Буха́л я как-то с футболистами — не всякий мент столько выпьет!

Задержавшись на пару секунд, я вдохнул дым чужого *Marlboro* — или вообразил, что вдохнул, черт его знает?! — и нырнул в подъезд. На ступеньках — пыль, мелкий сор, окурки. Не похоже, чтобы тут жили. Либо Фитнес только-только вернулся из эвакуации, либо ему глубоко наплевать, что творится за пределами его квартиры.

Военкомат по нему плачет, богатырю!

Наверху послышались шаги: дробные, быстрые. Кто-то спускался вприпрыжку. Два пролета, третий — и я нос к носу столкнулся с Валеркой.

— Дядь Ром?! Драсти!

— Привет!

— Не парьтесь, тут никого нет. Я проверил.

Возражая парню, громко лязгнул замок.

Дверь открывалась странно: короткими дергаными рывками. В проеме возникла тощая задница, затянутая в линялые джинсы. К заднице добавились спина в цветастой гавайке и две тяжелые, до отказа набитые сумки в загорелых, а может, от природы смуглых руках.

Гаваец по шажочку выбирался из квартиры.

Следом в дверях объявился стриженный под «ёжик» бугай в несвежей футболке: пляж, пальмы, небоскребы и надпись *City of Angels*. Под мышками у здоровяка расплылись темные пятна пота. Он тоже тащил пару сумок и еще рюкзак за плечами. Из одной сумки торчал край плазменной панели, из другой — системный блок компьютера с логотипом *Lenovo*.

— Здравствуйте! — произнес Валерка ломким голосом. — Вы чего это?

Бугай выкатил на парня налитые кровью глаза. Гаваец вывернул шею, косясь через плечо. В шее хрустнуло.

— Переезжаем! — с натугой выдавил Бугай. — Вали отсюда, пацан, не мешай.

— Беги, Валерка! — заорал я. — Беги, дурачина!

Валерка отступил на шаг. Жестом ковбоя, выхватывающего револьвер из кобуры, достал из кармана айфон.

— Вы, наверно, воры! Воры, да?

— Оборзел? — глаза Бугая сузились. — А ну быстро свалил отсюда!

Валерка поднял айфон:

— Я-то свалю. А ваша фотка сейчас в сеть улетит.

— Ах ты сопляк...

— Вот прямо сейчас. Тогда и узнаем...

Бугай опустил сумки на пол.

— Беги! — заорал я что есть силы, проклиная детский героизм, так не вовремя проснувшийся в парне. — Быстро!

И шагнул к Валерке — схватить за руку, утащить прочь.

Не успел. Дважды щелкнула камера айфона, и парень, сорвавшись с места, чесанул вниз по лестнице. Он стремглав проскочил два пролета — я за ним едва поспевал! — и с размаху врезался лбом в могучую грудь Фитнеса.

Я и не услышал, когда красавчик зашел в подъезд.

— Куда летим? — ласково спросил Фитнес, придержав беглеца за плечи. — Кто обижает?

— Воры! — Валерка задохнулся. — Задержите их!

— Легко, — согласился Фитнес.

— А я полицию вызову!

— Молодец! — похвалил Фитнес.

И ладонью ударил парня в лицо.

Бил Фитнес вполсилы, но Валерке хватило и этого. Тряпичной куклой мальчишка отлетел к стене, ударился затылком и сполз на пол лестничной площадки, выронив айфон. Он сидел на замызганной казенной плитке, обмякнув, привалившись к стене спиной, свесив голову на грудь, цыплячью детскую грудь, совсем не такую, как у Фитнеса. Казалось, он устал, лишился последних сил и решил отдохнуть прямо здесь, в подъезде чужого дома. Из разбитого носа текла кровь, пачкала рот, к ней добавилась кровь из лопнувшей губы, превращая Валерку в дремлющего, только что насытившегося вампира. Красная каша сползла ниже, на подбородок, на светлую рубашку, забралась под расстегнутый ворот...

Ненависть. Я и не знал, что способен на такую ненависть.

Как в кипяток окунулся.

Едва ощутимое дуновение. На краткий миг у меня помутилось в глазах. Сперва я не понял, что сделал, а когда понял, то уже завершил свой бешеный, звериный, абсолютно бессмысленный бросок вперед — и пролетел сквозь Фитнеса, не причинив тому ни малейшего вреда. Я даже по инерции сделал еще пару шагов, въехал до половины в пошарпанную стену — и выдернул себя назад так быстро, как если бы от этого что-то зависело.

Фитнес наклонился к Валерке.

— Не тронь его!

Бессильная ярость клокотала, пенилась, требовала выхода и не находила его. Я до боли сжал кулаки, так что ногти впились в ладони. Нет, какие ногти, это память, моя сволочная память воскресила боль из прошлой, настоящей жизни — нарочно восстановила ее, напомнила, чтобы я помучился сверх уже доставшегося.

Я ничего не могу сделать. Я не могу просто стоять и смотреть.

Два взаимоисключающих «не могу» рвали меня на части. Зачем я снова бросился на Фитнеса? Не знаю, не сумею объяснить. Наверное, что-то делать без смысла, без надежды было для меня сейчас легче, чем не делать ничего. На долю секунды воздух уплотнился, мелькнули какие-то зыбкие контуры, пахнуло затхлостью, знакомой по общению с жильцами.

Это было все, что я испытал от соприкосновения с Фитнесом, проскочив сквозь него еще раз — и взбежав по лестнице на три ступеньки вверх.

— Что у нас здесь?

Фитнес поднял Валеркин айфон. Он переводил взгляд с телефона на мальчишку, словно прикидывал, что делать с тем и другим.

У меня мутилось в глазах. Мужчина и мальчик расплывались; казалось, я вижу их сквозь слезы. С Фитнеса сыпалась перхоть — это ее запах я ощутил при контакте. В районе солнечного сплетения мерцал едва различимый огонек — дунь, и погаснет. А это что? Лестница? Нет, не та, что в подъезде, другая.

Фитнес, это *твоя лестница*?!

С лестницы, на которой стоял, я кинулся на Фитнесову — кинулся так, словно опять был живой и жизнь, подаренная мне заново, зависела от этого броска. Ступеньки сами легли под ноги; нет, не ступеньки — одна-единственная, та ступенька, на которой Фитнес стоял одновременно там и здесь.

Я влетел туда, куда хотел, рыча по-волчьи. Врезался в Фитнеса всем телом — бедром, плечом, головой. Не знаю, каким чудом мы оба удержались на ногах, когда я снес его с места, где он стоял, дышал, бил, держал айфон — и рванул вниз, по его же собственной лестнице, туда, где он еще никогда не был, в ждущую, шевелящуюся мглу: одна ступенька, вторая, третья...

Мы застыли в шатком равновесии.

— Ы-х-х-х, — сипло выдохнул Фитнес.

У него не нашлось слов. У него вообще не было слов; все слова, которые он знал, остались позади. Глаза Фитнеса вылезли из орбит, он попытался оторвать мои руки от своего горла, но я перехватил его шею в «ножницы», зажав между предплечьями. Будь мы живыми, я бы с ним не справился. Но здесь, на лестнице, чья бы она ни была...

Все иначе. Совсем иначе.

Он бестолково замолотил меня кулаками. Ударов я не ощутил, просто отметил, как некий второстепенный факт. Я чувствовал другое, то, что не возьмусь описать, как не смог это сделать на похоронах лейтенанта, когда поймал Валерку на слабо` и вскоре пожалел об этом.

***

Копоть. Жирная. Оседает.

Впитываю, всасываю.

Пламя: чадное, шершавое. Сотни языков, тысячи. Касания. Ласки. Проникновения. Черные нити змеятся под кожей, прорастают из рук. Тянутся к Фитнесу: оплести! впиться! пить, пить...

Смола. Сладость.

Мало смолы, хочу еще.

Какая еще смола? При чем тут смола? Слова ускользают, теряют прежний смысл. Нет нужных, чтобы встали в разъемы, сложились в пазлы, выразили невыразимое.

Еще! Хочу еще!

Пепел. Дождь. Дождь из пепла. Сыплется, стекает, клубится. Вишнево-багряный вкус. Запретный плод сладок. Почему запретный? Запреты мне претят, я не терплю запретов. Терпкое терпение осталось позади. Пеплопад сладок: поглощаю, перевариваю, отрыгиваю, извергаю. Еще, еще! Сдавить, как тюбик с пастой, выдавить побольше страха. На дне страха прячется ужас. Доберусь, добьюсь, добью...

Хрип.

Натужный, багрово-синий.

Это я? Это он. Хрип ползет издыхающей змеей. Блекнет, слабеет. Вот-вот выползет полностью. Закончится. Пепел тоже закончится? Жирный, вкусный?

Не хочу! Не могу удержаться. Хочу еще.

Нельзя! Неправильно.

Нельзя? Можно. Я хочу.

Нет!

Горящий воздух гаснет с неохотой. Во рту мерзкая кислятина. До чего же трудно ослабить захват! Трудно и противно — как железом по стеклу. Уши рвет пронзительный визг, достает до печенок...

Душить Фитнеса легко. Душить Фитнеса приятно. Совсем другое дело — отпускать.

***

— Слышишь меня?! Эй, ты!

Фитнес с трудом фокусирует взгляд. Сложный фокус, понимаю.

— С-с-с... Слышу.

Он сипит, натужно кашляет. Изо рта летят бурые комки.

— Если. Ты. Еще раз...

236

Слова выходят с усилием, лязгают тугими стальными затворами. Тут, на лестнице, есть другие слова, но здешние мне не даются. Приходится пользоваться теми, что есть в запасе. Вспоминаю их с трудом.

Поймет ли?

— Еще раз. Хоть пальцем.

— Д-да. Да!

— Тронешь. Этого.

— Да! Понял!

— Я. Вернусь. За. Тобой.

— Господи! — рыдает Фитнес. — Господи боже мой!

И безнадежный вопль:

— Ну почему и тут менты?! Почему?!

— Потому, — отвечаю я. — Потому что.

Я не смеюсь. Даже не тянет.

— А это чтоб запомнил. Навсегда.

От души — а что у меня еще есть? — засаживаю Фитнесу кулаком под дых. От удара Фитнес сгибается в три погибели. Его ведет вбок на нетвердых ногах; он идет, идет, удаляется прочь, теряет равновесие.

Проклятье! Лестница! У нее нет перил!

Он уже валился в безвидную шевелящуюся мглу, когда я успел его схватить. Мгновение мы балансировали на краю. Я по плечи окунулся в ничто, царящее между лестницами, там, где не было ступенек, ведущих вверх или вниз, а значит, не было спусков и подъемов, путей и дорог. Можно ли убить человека, спросил я у этой хищной паузы. Можно ли убить насовсем? Стереть ластиком вместе с его лестницей? Растворить без остатка, как труп в кислоте, чью-то жизнь, судьбу, душу? Так, чтобы не осталось вообще ничего, ни следа, ни памяти?

Можно, ответило ничто. Не держи его, толкни. Отдай мне.

И будет так.

Я заломил Фитнесу руку за спину, как делал с задержанными, когда не было возможности надеть наручники, и погнал по ступенькам обратно. Чистые рефлексы. Они у меня еще оставались. Простые, знакомые действия. Наверное, они меня и спасли.

Спасли нас обоих.

***

Лестница. Обычная, бетонная. Пыль на ступеньках.

Перила. Окурок под дверью.

Пластиковая крышечка от кока-колы.

Фитнес.

Он сидел на полу рядом с Валеркой: не человек, а оплывший огарок свечи. Лицо Фитнеса блестело от пота. Тело била мелкая дрожь. На штанах расплылось мокрое пятно.

Резко пахло мочой.

— Гля! Толян обоссался!

Гаваец заржал молодым жеребцом. Подельники Фитнеса были без сумок; Бугай только рюкзак скинуть не успел.

— Ты чё, замочил его?

— Живой, — буркнул Бугай. — Нам только жмура не хватало.

— Телефон!

Гаваец наклонился за Валеркиным айфоном.

— Не тронь!!!

От крика Фитнеса у меня заложило уши. Гаваец дернулся и едва не сверзился этажом ниже.

— Сдурел?!

— Он нас сфоткал, — пояснил Бугай.

— Похрен! Валим!

— Телефон, — упрямо повторил Гаваец.

Фитнес вскочил с небывалой прытью и врезал Гавайцу по роже. Того отбросило на ступеньки, и он с размаху сел на задницу.

— Ах ты падла...

— Валим отсюда! Быстро!!!

Задребезжали уцелевшие стекла.

Бугай внял. Ухватившись за перила, он перемахнул через злого, как сто чертей, Гавайца и ломанулся вниз, громко топоча. Гаваец плюнул с досады, рывком поднялся и без возражений последовал за приятелем. Фитнес искоса глянул на Валерку, содрогнулся и сгинул вместе с подельниками.

Я склонился над парнем. Тронул за плечо:

— Валер, ты как?

Валерка застонал. Шевельнулся — как-то сразу весь: руки, ноги, губы. Выглядело это жутко: части тела двигались вразнобой, сами по себе.

— Валер, ну ты как?

Он открыл глаза. Зажмурился, словно от яркого света. Снова застонал.

— Голова...

— Болит?

— Ага. И кружится.

— Тошнит?

— Немного.

Сотрясение, к доктору не ходи.

— Дядь Ром, а где эти...

— Сбежали.

С улицы донесся звук отъезжающего автомобиля.

— Встать можешь? — спросил я.

— Попробую...

— Айфон только подбери.

Он зашарил взглядом, нашел айфон, поднял.

— Надо же, — удивился парень, — целый!

— Да уж целей тебя будет! Все, подъем.

Я помог ему встать на ноги. Валерку шатало, как пьяного. Он оперся на меня, и мы начали спускаться к выходу из подъезда. К сентябрьскому солнцу, блеклому небу, палым листьям и горькому аромату осени.

— Красиво, — сказал Валерка, когда мы вышли наружу.

Ему было трудно говорить, трудно и больно. Речь звучала невнятно, гундосо, как из глубокого колодца. Разбитый нос заложило, саднила губа. Я знал, как оно бывает. В своей жизни — в своей настоящей жизни — я достаточно получал по морде, и не только в детстве.

— Красиво, — согласился я. — Слов нет.

— Слов всегда не хватает, — он вздохнул. — Ни здесь, ни там.

— Где — там?

— Ну, выше или ниже. Вы знаете где. И здесь тоже. Слов не хватает, иначе стройка давно бы закончилась. А так...

Я не понял, о чем он, но уточнять не стал.

— Тебе надо умыться, — сказал я. — Придешь таким домой, мама в обморок упадет.

— Надо, — согласился Валерка.

И мы пошли искать, где бы ему умыться. К счастью, на углу соседнего дома прямо из стены торчал кран. И вентиль не слишком заржавел, крутнулся как миленький.

Сентябрь 2023

История двенадцатая

ТРИ ШАГА ВВЕРХ

— Ромка! Друг!

Дядя Миша привстал из-за стола:

— Дай я тебя расцелую!

И расцеловал.

Я еле вырвался. Будь я живой, он бы меня задушил.

— Ромка! Так мы теперь что?

Дядя Миша все не мог успокоиться. Раскраснелся, глаза горят, язык за словами не поспевает. Как соточку на грудь принял, честное слово! Я даже уловил исходящий от него резкий запах спиртного, хотя знал, что дядя Миша не пил ничего крепче чая. Ну, тут уж память моя расстаралась, подкинула из архива запашок. А то я пьяных не нюхал!

— Так мы теперь можем, да? Мы можем?!

— Ну можем, — буркнул я.

Радости, охватившей дядю Мишу, я не испытывал.

И тут я увидел глаза. Сияющие глаза всех наших. Наташа, Тамара Петровна, Эсфирь Лазаревна — они смотрели на меня с восторгом и надеждой. Никогда еще женщины не смотрели на меня так. Да и мужчины тоже, если мерить дядей Мишей.

Только что я закончил рассказ о нашем конфликте с Фитнесом. В третий, между прочим, раз. Воры, Валерка, айфон, удар, кровь из разбитого носа, из разбитого рта, ярость, равной которой я не знал; лестница, одна на двоих, чужая лестница, лестница живого, а не жильца; воспитательный процесс, еще один удар, на этот раз мой, хищное, вечно голодное ничто, ждущее там, где край ступенек без перил обрывался в пропасть...

Единственное, что я опустил, боясь даже вспоминать об этом, — копоть, смола, сладость, странные, нечеловеческие чувства и ощущения, упавшие на меня, как лавина на туристический лагерь в горах, и едва не похоронившие под собой навсегда.

Нет, не хочу. Не могу.

Не буду.

Когда я рассказал все в первый раз, на меня принялись орать. Скомкал, кричали они, упустил самое интересное, из тебя рассказчик — как из дерьма пуля, давай подробности, заново, с самого начала, чего мнешься...

Я дал на бис. А что было делать? Потом дал еще разок, под занавес, не все подряд, а самые ударные эпизоды. И вот, получите и распишитесь:

«Ромка! Друг!..»

Чем дольше я говорил, тем тяжелее становилось у меня на душе. Нет, не тяжелее, это неправильное слово. Сложнее? Смурнее?! С этими словами вечно проблемы. Я знал, что поступил правильно; я знал, что так поступать нельзя; я знал, что, если ситуация повторится, я поступлю точно так же. Я только не знал, как оно уживается во мне — безумный, колючий клубок противоречий.

— Ты чего? — удивился дядя Миша.

Похоже, выражение моего лица сказало ему больше, чем мне бы хотелось.

— Ромка, да ты молоток! Орел! Пацана спас, этому говнюку накидал — будь здоров! Он теперь по ночам в постель ссаться будет...

— Михаил Яковлевич прав, — перебила его Эсфирь Лазаревна. — Я не в смысле постели. Я в том смысле, что раз вы смогли, Роман, то и мы впоследствии сможем. Не с жильцами — с живыми. Вмешаться, спасти, наказать, выручить. Сделать что-то настоящее!

Чашка в ее руках дребезжала, краем стучала о блюдце. У хозяйки дома дрожали руки. Лицо старухи не выражало каких-то особых эмоций, но руки выдавали волнение, охватившее Эсфирь Лазаревну.

Старуха? Это я так сказал про нее? Ну хорошо, не сказал — подумал, и все равно... Происходящее нравилось мне все меньше. Сам я себе и вовсе не нравился.

— Мы меняемся, Роман. Вы меняетесь первым, уж не знаю почему, но и мы следуем за вами. Значит, мы на очереди. Как вы сказали: выход на чужую лестницу?

— И не всегда я первый, — огрызнулся я, не понимая, откуда взялось мое раздражение. — С чужой памятью Наташа была первой. Ну, когда мы дерево гладили, мороженое доедали... Я был вторым.

— Нечего меня попрекать! — взвилась Наташа. — Ну, первая. Что мне теперь, каяться каждый день?

Извиняющимся жестом я поднял руки. Проехали, мол, забыли. Наташа фыркнула и отвернулась: кажется, мои извинения приняты не были. Да и жест был, честно говоря, так себе. Словно в драку готовился кинуться, ей-богу.

— Новых жильцов для нас практически нет, — Эсфирь Лазаревна сделала вид, что не заметила ни Наташиной обиды, ни моего агрессивного отступления. — То ли прячутся лучше, то ли еще что, только мы сидим без работы. Чай этот... видеть его не могу! Ни видеть, ни пить. А так...

Новая работа, звучало в ее словах. Не знаю еще какая, только новая, и мы ее найдем. Выгрыем, из-под земли выкопаем!

Чашка встала на блюдце. Дребезжание прекратилось.

— Я работаю, — вот хотел же я промолчать, правда, хотел — и не смог. Сегодня все были на нервах, кто от радости, кто от раздражения. — Лично я работаю, как подорванный. Мотаюсь по городу, вынюхиваю. Не человек, а нос на колесах! Я же не виноват, что они все попрятались?! Или кончились, не знаю...

Мысль о том, что жильцы могли кончиться, больно резанула меня. С чего бы это? Пусть поземка на этот счет переживает, а нам вроде бы бояться нечего. Или есть?!

Я встал:

— Пойду, еще поезжу. Меня и старая работа устраивает.

Это было самое неприятное Безумное Чаепитие в моей жизни. Нет, в моей смерти.

***

Две недели.

Эти две чертовых недели.

Я дневал и ночевал в машине. Я сросся с ней. Мотался по городу, нырял в переулки, выныривал на проспекты. Крутил руль с таким остервенением, словно от этого зависело вращение Земли. Открыл в салоне все окна, чтобы не пропустить даже намек на знакомую затхлость.

На чаепитие если и забегал, то на минуту, чисто отметиться. Наши молчали, кивали. Они сейчас почти все время молчали: каждый был погружен в свои мысли и сомнения. К Валерке я тоже не заезжал: не в том я настроении, чтобы с ним видеться. Только расстрою парня, и всё.

Асфальт. Дорога. Центр. Окраины.

Поворот налево. Направо.

И я, как фильтр, процеживаю воздух города.

«Если слышите взрывы, не паникуйте, на территории Балаклеевской общины проводится разминирование. Работают саперы. Также с 10:00 до 12:00 будет проводиться плановое уничтожение взрывоопасных предметов вблизи с. Шевелиевка…»

Да, я слышал отдаленные взрывы: глухие, нестрашные, похожие на жиденькие аплодисменты. Сообщение в чате Телеграма я прочитал позже, когда ненадолго припарковался у обочины, на краю парка «Зеленый гай».

Взрывы меня не заинтересовали.

Меня интересовали *жильцы*.

Я включил радио на смартфоне. По всем каналам, на всех станциях мела пурга помех. А, вот что-то есть. Гитара соло; звуки нейлоновых струн падали, как после дождя с листьев падают в лужу редкие капли. Кажется, вступление. Секундная пауза, и вступил негромкий хриплый баритон:

— Это черная поземка, бег по зыбкому асфальту
От аптеки до котельной, от котельной до угла,
Где-то там поля, проселки, интернеты, фейки, факты,
Где-то вьюга мягко стелет, здесь лишь пепел и зола...

«Баллада, — подумал я, не зная, почему это слово вынырнуло из глубин памяти. — Баллада черной поземки».

И содрогнулся.

— Это черная поземка, мертвые зола и пепел,
Логика ракетных залпов, объясненье в нелюбви,
Память, выдох невеселый, вдох, похожий на хрипенье,
Хрип, похожий на ворота — открываются, лови!

«...трагедия произошла ночью, во время комендантского часа. Находясь на улице Семафорной, мужчина подорвался на неустановленном взрывном устройстве. Вероятно, это была ручная граната. Вследствие взрыва, как информирует пресс-служба ГУ ГСЧС, он погиб на месте...»

И этот взрыв я слышал. Ехал неподалеку.

Нет, не остановился. Не свернул посмотреть.

Зачем? Не мое дело.

Вру. Хотел.

Хотел свернуть. Хотел увидеть. Собирался ли помочь? Нет. Не знаю. Словно какой-то сигнал загорелся во мне, взвыла сирена тревоги: человек погиб. Вот он, уже мертвый, но по инерции считающий себя живым, стоит на своей собственной лестнице. Вот он озирается, бледный от неожиданности, испуга, бог знает чего еще. Сейчас он сделает первый шаг — вверх? вниз? Спустится в раковину, превращаясь в жильца? Начнет подъем, растворяясь в жемчужном мерцании? Это случится, обязательно случится, потому что нельзя оставаться на ступеньке вечно. Но пока он стоит без движения. Значит, я, Роман Голосий, тоже могу встать над трупом, сделать шаг — и оказаться на чужой лестнице, присвоив ее на время. Мы встанем рядом, я подскажу ему, что вниз идти не надо, это неправильно, он выслушает, кивнет, согласится...

Ведь доброе дело, да? Доброе?!

Снова вру. И кому же? Самому себе.

Доброе дело или нет, а надо честно признаться, что я тоскую по тем странным, чудовищным, нечеловеческим ощущениям, которые испытал, сделав шаг и встав на лестнице рядом с Фитнесом. Наверное, так наркоман в завязке тоскует по яду в своих венах. Жирная копоть, которую я впитывал всей душой; шершавое пламя, которое рождало черные нити у меня под кожей; сладость вязкой смолы, прежний смысл, ускользающий из знакомых слов, превращающий их в незнакомцев; дождь из пепла, багряный вкус, терпкость терпения; чувство силы, нет, могущества, вседозволенности — поглощаю, перевариваю, отрыгиваю, извергаю; помню, да, помню, хочу снова...

Я встряхнулся.

Пинком захлопнул опасную дверь, открывшуюся во мне.

Тронулся с места.

«...На привокзальной площади пожар в здании Укрпочты. Прилетов по городу не было. Службы выехали на ликвидацию.

UPD: Горели киоски, которые стоят вплотную к зданию Укрпочты. Информации о травмированных нет. Спасатели не дали огню перекинуться на здание Укрпочты...»

Я искал жильцов.

Вместо них мне подсовывали взрывы, пожары, убийства — или самоубийства, черт их разберет! — одно за другим. Я уже понимал: это что-то да значит. Я только не понимал, что именно.

И продолжал мотаться по городу.

Баллада черной поземки ехала рядом со мной. Единственная работающая станция: она замолкала, стоило мне отвлечься, и продолжала с того места, где остановилась, едва я вспоминал про нее.

> — И хвостом от чернобурки по тропе обледенелой,
> Под ногами привидений и ботинками живых
> Пишутся, вихрятся буквы, тянутся и рвутся нервы,
> Сторонятся, плачут дети, скользкий вихрь на мостовых...

«Взрыв! Еще один взрыв! Оставайтесь в укрытиях! Две стены от окна. Не пугайтесь автоматных очередей — наши дрон-разведку сбивают.

Два неизвестных беспилотника входят в воздушное пространство.

Обстановка в регионе спокойная, «шахеды» отходят в сторону Полтавской области. Оставайтесь в укрытии до отбоя...»

Война и город. Город и война.

Не так давно, в минуты судорожного просветления, я отмечал, что все это утратило для меня решающее значение. Потеряло резкость и контраст, превратилось в блеклый, мало что значащий фон. Остались жильцы, Валерка и черная поземка — раковина, в которой я укрылся от мира? Сейчас город и война вернулись, взяли в кольцо, напомнили о себе с ужасающей четкостью.

Они пришли за мной.

Время от времени мне мерещился сухой хруст. Когда я думал, что это, возможно, по раковине бегут трещины, я задыхался от страха.

Я несся по городу в поисках жильцов, как в свое время неслась — помню! — черная поземка. Та, что говорила про себя: мы.

— Это черная поземка, порох злобы, пыль заботы,
Горстка ненависти, запах пропотевшего белья,
Будущих конфликтов зерна, кислый привкус несвободы,
Время, брошенное за борт, высохшей любви бурьян.

***

— Мне не следовало этого делать, — сказала Эсфирь Лазаревна.

И повторила звенящим голосом:

— Я не имела права это делать!

Еще из прихожей я услышал, что все наши молчат. Не знаю, как можно услышать молчание, но мне удалось. Я даже задержался в прихожей, постоял минуту-другую, чтобы убедиться: молчат. Неужели такое бывает?

Похоже, Эсфирь Лазаревна ждала меня, чтобы открыть рот.

Я прошел в комнату, сел к столу. Налил себе чаю, сделал глоток, не чувствуя вкуса. Больше всего мне хотелось вернуться в машину. За столом, если честно, было неуютно. Наташа и Тамара Петровна буравили взглядами столешницу. Дядя Миша оплыл на стуле глыбой ноздреватого снега, нет, какого там снега — чугуна, вывалил перед собой заскорузлые кулаки. Не уверен, что он вообще слышал хозяйку дома.

Поминки и те веселей.

— Что? — спросил я. — О чем, собственно, речь?

И тут бабу Стуру прорвало.

Выяснилось, что талант не пропьешь, а профессию не сменишь. Уже давно — в смысле, более полугода — Эсфирь Лазаревна по собственной инициативе посещала приемы своей коллеги — более молодой, работающей по специальности и, естественно, живой. Кем там конкретно была коллега, я не очень-то понял. Психоаналитик или психотерапевт, разницы не знаю, а как это произнести в женском роде, вообще не представляю. Розы-морозы, психозы-неврозы, ПТСР, панические атаки, биполярка (надо в Гугле глянуть, что за зверь!) — уж в чем-чем, а в этих сомнительных радостях жизни сейчас недостатка не было. Короче, Эсфирь Лазаревна сидела на подоконнике (да, представьте себе, на подоконнике!) во время приема больных, выслушивала их сбивчивые монологи, ставила диагнозы и озвучивала вслух никому, кроме нее, не слышные, целиком и полностью бесполезные рекомендации.

Чтобы хватку не потерять, объяснила она.

Дня три назад на прием явилась женщина лет пятидесяти, тоже врач, только лор, в смысле, ухо-горло-нос. С виду совершенно нормальная, по поведению, манере речи, жестикуляции — тоже. Это сразу навело Эсфирь Лазаревну на неприятные подозрения, которые вскоре оправдались по полной.

«Доктор, — спросила ухо-горло-нос после десятиминутного разговора ни о чем, — почему я там была счастлива? Вот скажите мне почему?!»

«Где?» — поинтересовалась коллега бабы Стуры.

«В подвале», — прозвучал ответ.

Услышав это, Эсфирь Лазаревна сразу сделала стойку, как охотничья собака, почуявшая запах добычи. Из дальнейшей беседы выяснилось, что ухо-горло-нос около двух месяцев, начиная с первого ракетного обстрела города, практически безвылазно провела в подвале дома. Ничего особенного, тогда многие так поступали. И еще полтора месяца после жила «на две квартиры» — в своей на третьем этаже и в заветном подвале.

Летом ухо-горло-нос бегать в подвал перестала. Даже когда сирены воздушной тревоги заводили гулкую песню — нет, все, хватит.

— Да, — вздохнула Тамара Петровна. — Я вот тоже...

И невпопад закончила:

— Только я умерла.

Мы сделали вид, что не слышим.

По словам Эсфири Лазаревны, объяснить, почему ухо-горло-нос была счастлива в подвале, а покинув его, окунувшись в обычную жизнь, круто присоленную войной, утратила это счастье, было несложно. Коллега хозяйки квартиры так и сделала, причем в высшей степени профессионально. Чувство защищенности, снятие с себя ответственности, закукливание, самоизоляция, отсутствие необходимости принимать решения...

Рекомендую медикаменты, вот список.

«Была счастлива, — повторила ухо-горло-нос с таким видом, будто не слышала этих объяснений. — В подвале. Сейчас? Сейчас нет. Вокруг такое творится, не до счастья...»

Заплатила за визит, взяла рецепты и ушла.

— Я была уверена, — сказала Эсфирь Лазаревна. — Уверена, что это не последний ее визит.

— Жиличка, — кивнула Наташа.

— Живая, — уточнила Тамара Петровна. — Живая жиличка.

Я забарабанил пальцами по столу. А я-то, дурень, мотаюсь, ищу мертвых!

— Не совсем так, — возразила Эсфирь Лазаревна. — В какой-то степени вы правы, но эта женщина уже, считай, больше года живет фактически полноценной жизнью. Она просто страдает по временам, когда была...

— Жиличкой, — повторила Наташа.

— Да. Хочет стать ею снова, но борется с этим желанием. Иначе не пришла бы к врачу. Так вот, я сразу поняла...

— Поземка, — перебил я ее. — Вы видели там поземку?

— Нет, Роман. Перхоть видела, да. Страх видела, боль. Свет тоже видела. Черной поземки в кабинете не было, не сомневайтесь. Похоже, она так и не научилась без посторонней помощи питаться живыми. Или гуляла в другом месте, не знаю. Так вот, я поняла...

Эсфирь Лазаревна сразу поняла, что ухо-горло-нос — не единичный случай. Действительно, вскоре на прием явился мужчина лет сорока, ходячее противоречие: лицо вечного мальчика и копна вьющихся седых волос. Ему все время хотелось выпить, желательно пива, в чем он сразу же признался врачу. Еще ему хотелось в метро, где он в прошлом году провел около четырех месяцев, прячась от обстрелов.

В метро он был счастлив.

«Почему, доктор? Я вспоминаю и понимаю: да, был счастлив. А сейчас несчастлив. Как же так?»

Консультация? Седой внимательно выслушал врача. Медикаменты? Рецепты он, не глядя, сунул в карман. Расплатился за визит и ушел, чтобы вернуться неделю спустя. Вернулась и ухо-горло-нос.

Они все время возвращались.

— Я хотела помочь, — Эсфирь Лазаревна замолчала, чтобы не расплакаться. И продолжила, вернув самообладание: — Я так хотела им помочь. Я видела лишь один способ...

Ухо-горло-нос жила на Рымарской. Эсфирь Лазаревна проводила ее домой и, оставшись с женщиной наедине, выдернула ее на лестницу. Да, выдернула, как я когда-то поступил с Фитнесом. Мне тогда помогла ярость, Эсфири Лазаревне помогло милосердие.

— Я подняла ее вверх на две ступеньки. Она не хотела идти, сопротивлялась. Так бывает, пациенты сопротивляются лечению. Мне пришлось ее тащить. На третьей ступеньке стало ясно, что еще один шаг, и пациентка умрет.

Я кивнул. Да, на чужой лестнице мы быстро понимаем, что значит лишний шаг для живого.

Краешком сознания я отметил, что в деталях воспринимаю всю нашу компанию — что говорим, как выглядим, хмуримся или улыбаемся, — но почти не воспринимаю комнату, где мы находимся. Цвет и рельеф обоев, рисунок на блюдце, блеск стекол буфета — если я сосредоточивался на этом, я всё видел и фиксировал, но стоило мне сменить, что называется, фокус внимания, как наша бригада оставалась, вся до мельчайших подробностей, а окружающее пространство размывалось, блекло, утрачивало не столько вид, сколько смысл. Мы словно были на сцене, где рабочие прямо во время спектакля, не обращая внимания на актеров, играющих свои роли, закрывали мешковиной декорации, готовя их для длительного хранения.

Не знаю, как объяснить.

— Я решила, что этого хватит. Я подняла ее туда, где светлее, показала ей свет. Надежду, перспективу. Она кричала, но все-таки видела. Мне трудно все это объяснить, не хватает слов.

— Там другие слова, — сказал я. — Здесь они звучат иначе. Лучше и не пытайтесь.

Эсфирь Лазаревна отпила чаю.

— Короче, мы вернулись. Когда мы покинули лестницу, она перестала меня видеть. Я немножко постояла рядом, убедилась, что все в порядке, и ушла.

— И что? — жадно спросила Наташа. — Что дальше?

— Тяжелая депрессия, — еле слышно произнесла Эсфирь Лазаревна. — Тяжелейшая. У седого — тоже.

— У седого? — я встал. — Вы и его выдернули на лестницу? Его тоже?!

— Я хотела помочь, — пробормотала хозяйка квартиры. — Я очень хотела. Ведь надо же было что-то делать?!

— Вылечила, значит? — дядя Миша внезапно засмеялся. Смех его был похож на рыдание. — Так вылечила, что хоть в гроб ложись? Ну, Фира, ну, умница! А я своего убил. Не седого, нет. Своего убил, жильца. Убил, закопал и надпись написал. Всё, с концами, и следа не сыщешь.

— Жильца? — не понял я.

— Ага. Я его нашел, я его и убил. Ромка, лучше б ты его нашел...

* * *

За каким чертом дядю Мишу понесло в центр, на перекресток Театрального переулка и Садовой, он не объяснил. Вспомнил мельком про автомастерскую, куда решил заглянуть по старой памяти, и на этом все объяснения кончились.

Высотный дом, сказал дядя Миша. Желтый такой, красивый.

Жильца он не вынюхал — высмотрел. Жилец, по словам дяди Миши, внаглую маячил в окне третьего этажа, частично скрытый неизвестным агрегатом, стоявшим на подоконнике. То, что это жилец, а не кто-то другой, сомнений не возникло.

— Ромка, ты за кого меня держишь? У меня глаз наметанный…

Я кивнул и успокоился. Значит, не вынюхал, то есть жильцом не пахло, а если пахло, то исчезающе слабо, иначе дядя Миша с такого расстояния тоже учуял бы. Возможно, это был жилец наподобие того волонтера в красной бейсболке, который не мог съехать на обочину со своей бесконечной дороги. Не знаю, не уверен. И что у этого было вместо дороги, тоже не знаю. Какая разница?

Главное, могу себя не винить.

Когда дядя Миша поднялся в квартиру, где, кроме жильца, на тот момент больше никого не было, он еще раз отметил, что запаха практически нет. Агрегат на подоконнике оказался старинной пишущей машинкой «Ундервуд», и жилец самозабвенно стучал по клавишам. Бумагу в машинку не зарядили, что жильца, лысого, как колено, старика в очках с толстенными линзами, ни капли не смущало. Был он старым не только по возрасту, в котором ушел из жизни. Он был старым и как жилец: похоже, очкастый сидел здесь чуть ли не с первых месяцев вторжения, не двигаясь с места и тираня пишмашинку.

— Работа, Ромка! Я чуть не рехнулся на радостях: работа!

Работа не сложилась. Все потуги дяди Миши выпроводить жильца лопнули, как воздушный шарик от прикосновения

253

иглы. Старик не слышал, не реагировал на уговоры, не отзывался. Стук клавиш бесил дядю Мишу, он попытался оттащить жильца от «Ундервуда», рассчитывая, что лишенный привычного дела жилец станет более чутким к внешнему воздействию, — и не смог. Несмотря на преклонный возраст, старик оказался чертовски упрямым.

Тут дядя Миша и сорвался. Сделал шаг, вышел на чужую лестницу и бегом, как молодой, побежал вниз, в тайный последний подвал — туда, где прятался жилец, суть его одинокая.

— В самую мякотку, Ромашечка! В логово! Ведь ради благого дела, а?

Уговоры кончились. Разъяренный дядя Миша просто ухватил старика за шкирку и, не спрашивая согласия, не интересуясь желаниями, поволок по ступенькам вверх, из темноты к сиянию. Жилец сопротивлялся, упирался, истошно вопил. Левой рукой он вцепился в свою сраную машинку — не оторвешь! — и волочил «Ундервуд» за собой, но дяде Мише хватало здоровья тащить старого черта хоть с машинкой, хоть без.

— И вытащил бы! Ей-богу, вытащил бы! Занесло дурака на повороте...

Тяжеленный «Ундервуд» по инерции вылетел за пределы лестницы. Отпустить груз старик и не подумал, и оба они — жилец и допотопная пишмашинка — сверзились мимо ступенек, в хищно пульсирующее ничто.

— Чуть за ними не полетел, Фира! Еле успел пальцы разжать...

Можно ли убить человека, вспомнил я свой вопрос, обращенный к *ничему*, хищной паузе между лестницами. Убить насовсем? Стереть ластиком вместе с его лестницей? Так, чтобы не осталось ни следа, ни памяти?

Можно, ответило мне *ничто*. Не держи, толкни. Отдай мне. И будет так.

— Фира, Ромка! Что там пальцы? Лестница рассыпалась, понимаете?

Я понимал.

— Наташа! Томочка! Я в последний момент соскочил.

— Куда? — спросила оторопелая Наташа. — Куда соскочил?

— Сюда, к нам. Пропал бы пропадом, клянусь...

Он тоже говорил с ничем, понял я. Спрашивал, и ничто ответило.

— Перхоть ел? — напрямик спросил я, не заботясь тем, обидится дядя Миша или нет. — Пепел?

— Сам перхоть ешь! — вызверился он на меня. — Идиота кусок! Ну, свет ел, немножко.

— Какой еще свет?

— Голубенький такой. Капельку попробовал, не больше. Он сам впитывался, я не виноват!

Дядя Миша осекся, подавился невысказанным. Дошло наконец, подумал я. Доехало, как до жирафа. Во время рассказа дядя Миша ни разу не пожалел о старике с «Ундервудом», рухнувшем в голодное ничто. Погибший дважды жилец, был не человеком, заслуживающим сочувствия, он был помехой, дураком, безмозглым и глухим кретином, равнодушным к благому, понимаешь, делу, и вот — из-за него дядя Миша чуть не полетел кубарем с лестницы, соскочил в последний момент, чудом успел...

— Голубенького чуток, — дрожащим голосом повторил дядя Миша, вряд ли понимая, что говорит. — Смолы еще, сладкой...

Смолы, значит. И голубенького света.

Я встал из-за стола.

— Роман, вы куда? — забеспокоилась Эсфирь Лазаревна. — Мы вас и не видим совсем...

— Покатаюсь, — буркнул я. — Засиделся.

***

И баритон из смартфона, словно и не было Безумного Чаепития с его исповедями, словно я и не выходил из машины:

— Не пожалуешься маме, не отправишься в погоню,
Горе павшим и спасенным, режет бритва, хлещет плеть,
Меж притихшими домами, между завтра и сегодня
Мчится черная поземка — ни уняться, ни взлететь...

И опять с начала, закольцевав старт и финал:

— Это черная поземка, бег по зыбкому асфальту
От аптеки до котельной, от котельной до угла,
Где-то там поля, проселки, интернеты, фейки, факты,
Где-то вьюга мягко стелет, здесь лишь пепел и зола...

«На Гагарина в районе Одесской произошло сильное ДТП с участием "скорой" — она упала и лежит на боку. По предварительным данным, тяжелых травм никто не получил, "скорая" также была пустой. Обошлись испугом...»

Видел, знаю.
Я пронесся сквозь упавшую «скорую», не сбавляя скорости. Даже не остановился, чтобы выяснить: кто жив, кто мертв, чем дело кончилось. Позже прочитал в чате.
Куда я спешил? Зачем?
Что-то заканчивалось, а я хотел успеть.
Не могу объяснить. Не получается.

«В пригороде с севера вражеский БПЛА. Тип неизвестный».

— Это черная поземка, мертвые зола и пепел,
Логика ракетных залпов, объясненье в нелюбви,
Память, выдох невеселый, вдох, похожий на хрипенье,
Хрип, похожий на ворота — открываются, лови!

Перекресток Театрального и Садовой.

Желтый высотный дом.

Не знаю, почему дядя Миша назвал его желтым. Мне он виделся серым, со вставками — как они называются? — более светлого оттенка. Мы меняемся, видим по-разному, и я не хочу об этом думать. С какой целью я приехал сюда, на то место, где дядя Миша увидел жильца с пишущей машинкой? Не знаю.

Тут больше некого искать, не о ком заботиться.

Раннее утро, еще темно. Погода испортилась, небо обложили сплошные тучи. Намечается дождь. В редких окнах горит свет, кто-то поднялся ни свет ни заря. А может, и не ложился, мается бессонницей. Сейчас все плохо спят.

Я сбавил ход.

«Сегодня утром враг совершил два ракетных удара по городу, предварительно ракетами типа "Искандер". Одна из ракет попала в проезжую часть, в соседних домах выбиты окна...»

— И хвостом от чернобурки по тропе обледенелой,
Под ногами привидений и ботинками живых
Пишутся, вихрятся буквы, тянутся и рвутся нервы,
Сторонятся, плачут дети, скользкий вихрь на мостовых...

Ракета прилетела в меня. В мою машину.

Точно не скажу, прилет мог быть и в паре метров перед машиной. Какая разница, если вначале я вообще ничего не понял? Как будто повторился миг моей смерти: вой, визг — и пауза, бессмысленная и бездумная, по окончании которой я пришел в себя, выяснив, что меня больше нет.

Только эта пауза была иной.

Что чувствует мертвый, оказавшись в эпицентре взрыва? Я не слышал грохота, не видел вспышки, не испытал удара. Просто мир — нет, не мир, а город, к которому я был прикован цепями, город, который назвался миром, встал со всех сторон, выгнулся краями, срастаясь в вышине, заменяя собой небо. Перламутровое дышащее пространство, похожее на зернистую мякоть спелого инжира, насквозь прошили кровеносные сосуды — лестницы, лестницы, лестницы.

Их было больше, чем я увидел в первый раз. Они были повсюду. Внизу и вверху лестницы уходили за очерченные пределы, туда, где я не мог их больше видеть. В местах их проникновения по стенам, полу и потолку бежали едва заметные трещинки, разрушая перламутр, осыпая его искристым дождем.

Неужели и я однажды, вырвавшись отсюда, спрошу психоаналитика: «Боже мой, почему я был счастлив там? И почему я несчастлив здесь?»

Действительно почему? Разве я был счастлив?!

Сквозь ажурную канитель лестниц я видел комнату в желтом (сером?!) высотном доме; видел, как окно медленно, ужасающе медленно вспучивается под напором ударной волны, выгибается внутрь, лопается, вместе с рамами вырывается из креплений, разлетается осколками и кусками оплавленного пластика, как другой, уже металлический осколок, прилетев снаружи, врезается в старую пишущую машинку, стоявшую на подоконнике, и древний «Ундервуд» взрывается, в свою очередь превращается в тучу осколков из металла, похожих на буквы, сошедшие с ума, и клочья умирающих слов ранят стены, мебель, двери; к счастью, в комнате нет живых, нет и мертвых, дядя Миша постарался; наверное, я последний, что еще помнит о жильце, цепляющемся за свой «Ундервуд», как за спасательный круг, я и наша бригада, мы помним, а больше никто, жильца вместе с памятью о нем пожрало ничто; мертвые — они есть, только другие мертвые, и не здесь, не в этой комнате, не жильцы, в поисках которых я колесил по городу, жильцов больше нет, поиск утратил смысл — есть только обычные мертвые, которые еще недавно были живыми...

«В результате ракетного удара по центру города погибли двое людей: десятилетний мальчик и его бабушка, женщина шестидесяти семи лет. Пострадали тридцать жителей: двадцать мужчин и девять женщин в возрасте от восемнадцати до восьмидесяти пяти лет и одиннадцатимесячный мальчик, брат погибшего. Состояние большинства раненых...»

> — Это черная поземка, порох злобы, пыль заботы,
> Горстка ненависти, запах пропотевшего белья,
> Будущих конфликтов зёрна, кислый привкус несвободы,
> Время, брошенное за борт, высохшей любви бурьян...

Все происходило в оглушительной тишине, в свете, выжигающем зрение до кромешной тьмы. Не хватает слов. Не получается объяснить.

Иногда я видел себя.

Машина со мной, заключенным внутри, висела над огромной воронкой. Висела так, словно по-прежнему стояла на дороге, которой не было. Вокруг воронки суетились люди, двигаясь как в ускоренной съемке — копошение муравьев. Воронку засыпали — не знаю чем, должно быть, временем; уплотняли, трамбовали, покрывали новым асфальтом. Выбитые окна домов зарастали бельмами ДСП, я не понимал, сколько мне пришлось висеть тут, стоять тут — да, машина уже стояла, всеми четырьмя колесами опираясь на проезжую часть, возникшую стараниями коммунальщиков.

Я не знал, сколько часов — дней?! — прошло после взрыва. Просто, когда я впервые задумался над этим, я отметил, что тронулся с места и еду к желтому-серому дому, словно ничего не было: ни ракеты, ни разрушений, ни моих видений.

«На месте ракетных ударов завершены спасательные работы. Повреждено восемьдесят восемь зданий, из них шестьдесят одно — жилые многоэтажки, и сорок шесть автомобилей.

У людей взрывные травмы, осколочные ранения лица, рук и ног, гематомы. У двоих пострадавших — острая реакция на стресс...»

— Не пожалуешься маме, не отправишься в погоню,
Горе павшим и спасенным, режет бритва, хлещет плеть,
Меж притихшими домами, между завтра и сегодня
Мчится черная поземка — ни уняться, ни взлететь.

***

Это одна комната, а я вижу две.

Здесь успели прибраться, а я все равно сквозь хрупкую, чудом восстановленную обыденность вижу комнату, какой она была сразу после прилета. Что-то случилось со временем, а может, со мной, и я все стою, смотрю.

Вижу разное.

В стене напротив окна торчат обломки «Ундервуда». Обломки вынули, в стене остались только дыры и щели. Диван под напором ударной волны съехал на середину комнаты, обивку посекло, испачкало обвалившейся штукатуркой. Диван вернули на прежнее место, штукатурку собрали и выкинули; обивку, увы, заменить нечем. На полу валяется шахматная доска; доску убрали куда-то, ее больше нет. Оконные пролеты бесстыже пусты, карнизы сорваны вместе со шторами, рамы выломаны, торчат углами внутрь. Окна забиты ДСП, в комнате темно; местами есть щели, в них пробивается свет. На полу рамки с фото, сорванные со стен; часть фото вернули на стены, рамки уцелели, но тоже без стекол, как и окна...

Стою, смотрю.

Я уже знаю, зачем приехал.

В сумраке заколоченных окон трудно разглядеть, что там елозит по полу — в недавнем прошлом, полном разрушений от взрыва, и сиюминутном настоящем, приведенном в относительный порядок. Два, нет, три черных клочка — изорванные, дырявые лоскуты. Они пытались собраться воедино, срастись краями, вернуть себе облик шустрого хвоста лисы-чернобурки, и не могли.

Все, что осталось от черной поземки, и взрыв был тут ни при чем.

— Тут пахнет жильцом, — говорю я. — Да?

Поземка не обращает внимания ни на меня, ни на мой вопрос. Собакой с перебитым хребтом она мечется, ползает по комнате. И без ее ответа я знаю, что жильцом больше не пахнет, а если пахло раньше, то очень слабо, так что дядя Миша даже не уловил. Вероятно, на его месте я бы уловил, у меня нюх тоньше.

— Раньше пахло, — исправляюсь я. — Ты до сих пор чуешь?

Мечется. Ищет. Хочет.

— Ты умираешь, да?

Остановилась. Замерла.

— Значит, да. Умираешь от голода. Мертвые есть, только другие мертвые, такие нас с тобой не интересуют. Не жильцы, так?

Я повторяю то, что явилось мне в машине, в эпицентре взрыва. Повторяю, верю, уверен, что это правда.

— Жильцов больше нет, поиск утратил смысл. Здешнего увел у тебя из-под носа дядя Миша. Увел и потратил, как ты полагаешь, зря.

Слушает. Вздрагивает.

— Если где-то и осталось два-три жильца, каких мы с тобой не нашли... Да хоть десять! Это ничего не меняет, правда? Не знаю почему, но жильцы больше не появляются. Редкими случаями можно пренебречь. Их нет, и ты умираешь от голода.

Слушает.

Ненависть? Злорадство? Торжество? Нет, ничего такого я не испытываю. Стыдно признаться, но если что-то и есть, так это жалость.

— Кормовая база иссякла. А питаться живыми ты так и не научилась. Я имею в виду, без посторонней помощи. Ты вообще мало что умеешь без посторонней помощи. Сама по себе ты, извини, недорого стоишь...

Поземка пытается срастись. У нее не получается, и тогда она пробует собрать QR-код из одного-единственного, наиболее подвижного клочка. Тоже выходит не очень, но я достаю смартфон.

Сканирую.

Отклика долго нет. Затем на экране возникает лицо старухи. Его рвут помехи, лицо собирается вновь, распадается, восстанавливается.

— Мы, — хрипло произносит старуха.

— Что — мы? — спрашиваю я. — Кто — мы?

— Мы...

— Надо коммуницировать?

— Мы...

Старуха превращается в бурю отдельных пикселей. «Абонент недоступен», — читаю я. Экран темнеет, связь прерывается.

Два клочка — два, точно, третий сгинул в процессе коммуникации — ползут в угол комнаты, под диван. Кажется, они стали меньше. Я провожаю их взглядом. На полу лежит мелкий обломок «Ундервуда», я подбираю его и прячу в карман.

Да, подбираю и прячу. На память.

Не думаю, что это настоящий, материальный обломок, забытый после уборки. А может быть, он и есть самый настоящий.

***

Тамару Петровну я услышал из прихожей.

— Я же ничего такого не делала! Не тащила ее ни вверх, ни вниз! Я только хотела помочь...

— Помогли?

Это Наташа.

— Ученица моей ученицы. Совсем девочка, шестнадцать лет. Вторая Листа, очень сложное произведение...

Ага, Вторая Листа. У Тамары Петровны на ней пунктик.

— Я только вышла на ее лестницу, и всё. Вышла, и девочку за собой вывела...

— Выдернула.

Это дядя Миша.

— Ну хорошо, выдернула. Я показала ей, как играть. Она слушала, вы не подумайте! Слушала и кивала. Она все поняла, я же видела, что она понимает...

— И что? Заиграла, как Горовиц?

Это Эсфирь Лазаревна.

— Я быстренько, показала и отпустила. Я думала...

Тамара Петровна надолго замолчала.

— Она переиграла руки, — чужим, ломким голосом произнесла учительница музыки. — Я позже справлялась... В смысле, слушала разговоры преподавателей. Хорошо, подслушивала! Она бы играла двадцать четыре часа в сутки, если бы родители не оттаскивали ее от инструмента. Полчаса, час без пианино, и у девочки начиналась истерика. Вы знаете, что это такое: переиграть руки?!

— Нет.

Это дядя Миша.

— Да, — это Эсфирь Лазаревна. — Тендовагинит, воспаление сухожилий и их оболочек.

— Она не может играть. Очень больно. Компрессы, мази... И постоянная истерика, потому что она хочет играть. Я не знаю, что делать. Если я попробую все исправить — там, на лестнице! — я боюсь, что станет только хуже.

— Все станет только хуже, — повторил я вслух.

И вошел в гостиную.

— Вас долго не было, Роман, — встретила меня хозяйка квартиры. — Мы уже стали волноваться. Где вы пропадали?

— Поземка умирает, — невпопад откликнулся я. — Думаю, скоро конец.

— От чего? — удивился дядя Миша. — От цирроза печени?

— От голода.

— Мы... — начала было Эсфирь Лазаревна.

И осеклась.

— Мы... — подхватила Тамара Петровна.

— Мы...

Это Наташа и дядя Миша. Вместе.

От общего «мы» меня передернуло. Я тоже входил в число этого «мы».

— Мы не знали, — Эсфирь Лазаревна с трудом закончила фразу. — Даже не надеялись. Умирает? От голода?!

— Жильцов больше нет, — сказал я. — Старых нет, новые не появляются. Мы... Я должен был понять это раньше, когда искал и не находил. Короче, так...

И пересказал им все, что знал, о чем догадывался, что предполагал.

— Жильцы закончились, — когда я замолчал, дядя Миша первым попробовал эту мысль, что называется, на зуб. — Поземка сдохла. Ну подыхает, какая разница? Это же хорошо, а? Ромка, ты чего такой кислый? Это же хорошо, это полный вперед!

Я молчал.

— Это хорошо, — неуверенно поддержала Наташа.

Тамара Петровна и Эсфирь Лазаревна переглянулись. Они первыми поняли, что значат мои слова.

— Это хорошо, — повторила Наташа. — Нет, это нехорошо.

И снова:

— Нет, это хорошо. Раз жильцов больше нет и поземки скоро не будет... Значит, мы свободны. Мы безработные. Можем спокойно уходить. Нам здесь больше делать нечего.

— Война, — напомнил дядя Миша.

— С войной нам ничего не поделать, — вздохнула Эсфирь Лазаревна. — Мы не можем совладать с войной, но мы хотим что-то сделать. Мы не удержимся, мы будем выдергивать на лестницы то одного, то другого...

Мы, услышал я. Мы хотим, мы будем. Я знал, что это означает.

— Будем помогать, объяснять, лечить. Лезть к живым, чтобы почувствовать себя тоже живыми. Так, Роман? И все будет заканчиваться одинаково. Во что мы превратимся? В кого?!

Мы, подсказало эхо.

— Она переиграла руки, — выдохнула Тамара Петровна.

И заплакала.

— Валерка, — напомнил дядя Миша. — Повидаться, а? Напоследок?

И сам себе возразил:

— Нельзя. Я тогда точно не уйду. Если пацан — раковина, я останусь. Я себя знаю, я запойный. В смысле, был.

— Нельзя, — согласился я. — Мне даже думать про уход тяжко, едва я вспоминаю о парне. Кажется, будто я его бросаю. Увижу его — и найду тысячу причин, чтобы остаться.

— Надо уходить, — подвела итог Наташа. — Роман прав, нам пора. Мы и так задержались сверх меры. Ну что, по чашечке? Напоследок?

Дядя Миша засмеялся:

— На посошок!

И тут я всех разочаровал. Да, я такой.

— Уходить надо, не спорю, — я обвел всех тяжелым взглядом. — Необходимо. Когда нас в последний раз накрывало?

И увидел, как бригада становится мрачнее тучи.

— Давно, очень давно. Уже и не вспомнить. Кто-то видит свою лестницу? Не чужую, а свою собственную?

Тишина.

Значит, никто. Я так и думал. Никто, и я тоже.

— Если мы не видим своих лестниц, — я налил себе чаю и выпил залпом, не чувствуя вкуса. — Если нас больше не накрывает... Как мы тогда уйдем? По каким ступенькам?!

Наташа наклонилась вперед:

— Валерка? Попросим, пусть он нас выведет?

— Пацана не трожь, — насупился дядя Миша. — Если пацан нас выведет, я от стыда сгорю. Сами разберемся, без детворы. У нас детский труд запрещен.

— Тогда кто же? — упорствовала Наташа. — Кто нас выведет? Мы вон сколько народу понавывели, а нас вывести некому! Сапожники без сапог!

— Сами разберемся, — повторил дядя Миша. — Что-нибудь придумаем. Эй, Фира, ты куда?

Эсфирь Лазаревна встала:

— Вы правы, Михаил Яковлевич. Сами разберемся. Тамара Петровна, вы не уделите мне немного времени?

***

В этой комнате я раньше не бывал. Думал, тут спальня, неловко лезть без спросу. Да и никто, по-моему, не бывал.

Эсфирь Лазаревна вошла первой. За ней вошла Тамара Петровна — и сразу заахала, захлопала в ладоши, будто чудо Господне узрела.

Мы повалили следом.

В комнате стояло пианино. Старинное, орехового цвета, с парой бронзовых канделябров для свечей, закрепленных на передней стенке. Не спрашивая разрешения, Тамара Петровна кинулась, села, нет, упала на вертящийся стул, откинула крышку, пробежалась пальцами по клавишам: раз, другой, третий.

— Ой, извините! — опомнилась она.

— Ничего, ничего, — улыбнулась хозяйка.

— Немного расстроенное. Вы что, играете?

— Нет.

— Кто-то в семье играл?

— Тоже нет. Мой отец считал, что в порядочном доме должен быть инструмент. Дети должны учиться музыке, говорил он. У нас никто не играл и не собирался, но он так говорил.

— Ваш отец был мудрым человеком.

— Это да, — Эсфирь Лазаревна снова улыбнулась. — И отличным стоматологом. К нему записывались в очередь.

— Такое сокровище, — в глазах Тамары Петровны блестели слезы. — И вы молчали? Не сказали мне?!

— Забыла, Томочка. Совсем забыла, извините. Я в этой комнате умерла, на кушетке. С тех пор и не заглядывала, и не вспоминала. Извините, пожалуйста.

— Нет, это вы меня извините...

— Томочка, вы мне сыграете? Из «Шербурских зонтиков», помните? Тема прощания?

— Конечно, сыграю. Может, и не так, как играл Легран, но я постараюсь.

— Вы постарайтесь, — странным тоном произнесла Эсфирь Лазаревна. — Вы уж постарайтесь, я вас очень прошу. И, главное, не останавливайтесь. Хорошо?

Вместо ответа Тамара Петровна кивнула и села к инструменту. А мы гуськом потянулись в коридор. Я вышел последним и закрыл за собой дверь.

Сперва не было ничего. Потом родилась мелодия.

Тихая и грустная, она шла по осенней улице в сторону парка, укрываясь от дождя ярким зонтиком. Я не знал, что это за зонтик и почему он шербурский, не знал, почему Эсфирь Лазаревна вспомнила именно эту музыку, а не какую-нибудь другую, но мелодия все шла и шла, а дождь стучал по зонту. Улица, парк, город вокруг музыки — все дышало безопасностью, что не исключало беды, где-то выруливал самолет на взлетную полосу, а значит, была жизнь, но была и смерть, радость, горе, встреча, прощание, восторг, тоска, любовь — все было, и этого уже не отменить, не зачеркнуть, о чем ясно говорила дробь капель по цветастой материи, туго натянутой на спицы...

Я не сразу понял, что Тамара Петровна играет, что называется, по кругу — закончив, она начинала снова. А потом она запела слабым, но верным голосом:

— Уезжаешь, милый, — вспоминай меня,
Пролетят столетья вроде птичьих стай,
Пролетят столетья — вспоминай меня,
Где бы ни был ты, я тебя жду...

Я слушал. Мне казалось, что я тоже иду — не по улице, так по лестнице.

— Легче ждать столетья, чем четыре дня,
Вдруг в минуты эти ты забыл меня...

Тамара Петровна замолчала. Пианино еще звучало некоторое время, но вскоре смолк и инструмент.

— Роман! — позвала Тамара Петровна. — Можно вас на минуточку?

Я вошел в комнату.

Я один, кроме меня, никто не пошел.

Тамара Петровна сидела за пианино, усталая и опустошенная. Эсфири Лазаревны в комнате больше не было. Я не спрашивал, куда делась хозяйка квартиры. Что тут спрашивать, и так все ясно.

— Роман, — спросила Тамара Петровна. — Вы можете меня поднять?

— Да, конечно.

Я шагнул к ней.

— Нет, погодите. Я неправильно выразилась. Вы можете меня взять? Ой, что я говорю, совсем не соображаю! Ну помните, когда вы пришли вывести меня? Я сидела у себя в раковине, а вы пришли и взяли меня вот так...

Она показала как.

— Я идти не могла, вы меня тащили. Вы еще сказали: «Что нам эта лестница?» Можете?

— Да.

Я подхватил ее под мышки. Потянул вверх. Ноги не держали Тамару Петровну. Я закинул ее левую руку себе на плечо. Обнял за талию, плотно прижал к себе. Пальцы Тамары Петровны барабанили по мне, не переставая. Не знаю, что она играла: Вторую Листа или «Шербурские зонтики».

— Идем?

— В ритме вальса, — хрипло выдохнула она. — Нет, стойте на месте. Вам никуда идти не надо, я сама. Дальше я сама, вы просто держите...

Я держал. Молчал. Я стоял на месте, а она шла. Шла вверх по ступенькам, которые проявлялись с каждым шагом Тамары Петровны. Учительница музыки уже не просто висела на мне, она кое-как стояла на ногах, переставляла их, помогая мне, а вот она уже идет, считай, сама, только опирается на меня, ага, поцеловала в щеку, быстрым легким касанием губ, и вот она идет, уходит вверх, ступенька за ступенькой, а я стою на месте, дурак дураком, и гляжу ей вслед.

— Вы за мной не ходите, — обернулась Тамара Петровна. — Вам нельзя. Это моя лестница, вам нельзя...

Все, исчезла. Растворилась в голубоватой дымке.

***

— Ромка! — позвал из кухни дядя Миша.

Я побрел к нему.

Дядя Миша сидел за кухонным столом. Перед ним стояло его сокровище — пустая чекушка из-под водки, которую родня дяди Миши оставила ему на кладбище.

— Ром, ты посидишь со мной?

Я сел напротив.

— Ром...

269

Он задумался:

— Всякое пил, а рома не пил. Никогда в жизни. И шутить сейчас не хотел, само вышло. Ром, ты понял? Ну, ты понял, я вижу.

— Может, воды туда налить? — я указал на бутылку. — Ну, вроде полная.

— Не надо воды. Пусть так стоит, как есть. Ромка, ты молчи. Я же вижу, ты думаешь, что надо говорить, а оно не надо. Ничего не надо говорить. Ты придвинь к себе рюмку и молчи. Просто посидим, хорошо?

Я кивнул. Придвинул к себе рюмку. Рюмок на столе было две, я сразу и не заметил. И блюдце с обильно посоленной краюхой черного хлеба. Я потянулся было к хлебу, передумал, спрятал рюмку в ладонях, покачал.

Мы сидели. Молчали.

Всё как он просил.

Когда дядя Миша начал уходить, я старался смотреть на него, только на него, не на ступеньки. Трудно было удержаться и не шагнуть на лестницу без перил. На чужую лестницу. Безумно трудно, я еле сдерживался.

Я держался за рюмку, как за якорь.

— Бывай, Ромка, — тремя ступеньками выше дядя Миша остановился. Обернулся, посмотрел на меня с искренним сочувствием. — Хороший ты парень...

Он внезапно вернулся, спустился обратно, взял свою бутылку и сунул в карман. И снова пошел, шаг за шагом, уже не оборачиваясь.

— Бывай, дядя Миша, — сказал я. — Легкой дороги.

Когда я вышел из кухни в коридор, Наташи там не было. Я прошелся по комнатам, заглянул даже в ванную, в туалет. Нет, никакой Наташи. Ушла сама? Кто-то помог? Еще в кухне мне показалось, что Наташа в коридоре не одна, что я слышу детский голос. Но тогда нельзя было отвлекаться от дяди Миши, а сейчас я не хотел об этом думать.

Ушла, и ладно.

— Хороший ты парень, Ромка, — повторил я. — Кто тебя, хорошего парня, выводить-то будет, а?

***

Зачем я сюда приехал?

Ночь. Луна.

Магазин. Фонарный столб. Тут я погиб.

Выйдя из машины, я некоторое время тупо глазел на темную, заколоченную витрину магазина, а потом сел под столб, просто на асфальт. И все-таки: зачем? Аргумент — вернулся, мол, туда, где все началось, — не выглядел убедительным. Пустым и пафосным он выглядел, вот что я вам скажу.

Когда я посмотрел на машину, то не увидел ее. Машина, часть меня самого, исчезла. Ну вот я и безлошадный. Это что-то значит?

Смартфон? Смартфон на месте.

Позвонить Валерке? Дурацкая идея. Разбужу парня, он растревожится, рванет сюда со всех ног... Желание позвонить Валерке вопреки всем доводам разума было таким острым, что я боролся с ним из последних сил.

А потом грохнул смартфон об тротуар.

Поднял и грохнул еще раз. Все, никаких звонков.

Кто-то приблизился к магазину и сел под витрину, тоже на асфальт. Фонарь не горел, в темноте я не мог разобрать, кто это. Валерка? Нет, чепуха. Даже так видно, что взрослый мужчина. Мародер? Один из тех двух, ради кого я приехал к магазину; тот, кто погиб вместе со мной? Почему тогда он один?

Где второй?

Когда я подумал, что это дядя Миша вернулся за мной, чтобы забрать, помочь, вывести, — безумная надежда вспыхнула, обожгла и угасла. Нет, это не дядя Миша. Тридцать раз нет.

Свет луны упал на незваного гостя, и я узнал его. Жилец, мой первый жилец. Его я нашел на Северной Салтовке и сооб-

271

щил нашим. Кто его вывел? Кажется, Эсфирь Лазаревна. Что он здесь делает?

Здесь он — или это плод моего воображения, подарок памяти?

Рядом с первым жильцом встал второй. Садиться он не захотел. Да, этого я учуял на Рымарской, прямо в школе. Сторож, умер в подсобке от инфаркта. Его вывел дядя Миша. Ага, вот и третий, вернее, третья.

Четвертый. Пятая.

Двенадцатая.

Они шли и шли, двигались отовсюду. Выходили из переулков, дворов, подъездов. Жильцы и жилички, которых мы выдворили из раковин. Я никогда не думал, что их так много. Славно поработали, а? Они шли и шли, возле магазина уже не было свободного места; они садились у столба рядом со мной, вокруг меня и молчали, потому что молчание — это тоже слова.

На каждой ступеньке свои слова. Главное, понять их смысл и научиться произносить.

На каждой ступеньке свои слова. Когда я подумал об этом, я поднялся с земли, шагнул ступенькой выше, потом еще выше. И пошел себе нога за ногу, не смущаясь тем, что перил нет, а за краем лестницы дышит хищное ничто.

Чего мне бояться на моей лестнице?

Все. Счастливо оставаться.

***

Лестницы. Множество.

Великое множество. Бесконечное.

Я стоял на своей. Хотелось бы сказать: выше того места, где был раньше. Только это прозвучало бы как откровенная ложь. Я стоял выше того места, ниже его, на том месте, где был раньше. Я стоял на каждой ступеньке своей лестницы одновременно, на каждой, не пропуская ни одной.

Может, я и был лестницей? Не знаю.

Узна́ю.

Мне не требовалось идти, чтобы спуститься или подняться. Сами понятия спуска и подъема утратили смысл. Ага, вон и дядя Миша. Машет бутылкой, вроде как тост произносит. Наташа. Эсфирь Лазаревна. Тамара Петровна. Те из наших, кто ушел до моего знакомства с Валеркой. Смеются, глазеют на меня, как на слона в цирке.

— Дядя Рома! Здрасте!

Валерка. На всех ступеньках сразу. На всех сразу и везде разный, только я-то вижу, что это Валерка. Он еще говорил: ноги ступают по мокрой гальке, до колена или там по пояс ты в воде, а все остальное на воздухе. Такое, значит, сравнение. Мама придумала, для простоты. Сам Валерка все песочницей объяснял.

Вот и я не могу объяснить. Не умею.

Научусь.

— Привет, — сказал я. — Как дела?

Глупо, да. А что я должен был сказать?

— Норм. Дядя Рома, вы в порядке?

— Вроде бы.

— Вы давайте подключайтесь. Тут работы — непочатый край.

— Работы?

— А вы что думали? Вы только посмотрите...

Я посмотрел. Он был прав, работы оказалось навалом. Я просто не знаю, как ее назвать, эту работу, так, чтобы все поняли. На каждой ступеньке свои слова, и звучат они по-разному. Иногда услышишь и не поймешь. Я тоже не всё понимаю, но это, если верить Валерке, норм. Всему свое время.

Все дело в словах. В них, точно вам говорю.

— А как же чай? — вспомнил я. — Мы что, и чаю не попьем?

Октябрь 2023

В издательстве Freedom Letters
вышли книги:

Проза

Дмитрий Быков
VZ. ПОРТРЕТ НА ФОНЕ НАЦИИ

Дмитрий Быков
ЖД

Дмитрий Быков
Квартал

Сергей Давыдов
СПРИНГФИЛД

Дмитрий Быков
БОЛЬ-
ШИНСТВО

Илья Воронов
ГОСПОДЬ МОЙ ИНОАГЕНТ

Алексей Макушинский
ДИМИТРИЙ

Александр Иличевский
ГОРОД ЗАКАТА

Александр Иличевский
ТЕЛА ПЛАТОНА

Ваня Чекалов
ЛЮБОВЬ

Сборник рассказов
МОЛЧАНИЕ О ВОЙНЕ

Юлий Дубов
БОЛЬШАЯ ПАЙКА
Первое полное авторское издание

Юлий Дубов
МЕНЬШЕЕ ЗЛО
Послесловие Дмитрия Быкова

Ася Михеева
ГРАНИЦЫ СРЕД

Серия «Отцы и дети»

Иван Тургенев
ОТЦЫ И ДЕТИ
Предисловие Александра Иличевского

Лев Толстой
ХАДЖИ-МУРАТ
Предисловие Дмитрия Быкова

Александр Пушкин, Тарас Шевченко,
Николай Карамзин, Евгений Баратынский,
Михаил Лермонтов, Григорий Квитка-Основьяненко
БЕДНЫЕ ВСЕ
Предисловие Александра Архангельского

Александр Грин
БЛИСТАЮЩИЙ МИР
Предисловие Артёма Ляховича

Михаил Салтыков-Щедрин
ИСТОРИЯ ОДНОГО ГОРОДА
Предисловие Дмитрия Быкова

Серия «Лёгкие»

Иван Филиппов
МЫШЬ

Сергей Мостовщиков, Алексей Яблоков
ЧЕРТАН И БАРРИКАД. Записки русских подземцев

Елена Козлова
ЦИФРЫ

Иван Чекалов, Василий Тарасун
БАКЛАЖАНОВЫЙ ГОРОД

Валерий Бочков
БАБЬЕ ЛЕТО

Юрий Троицкий
ШАТЦ

Детская и подростковая литература

Александр Архангельский
ПРАВИЛО МУРАВЧИКА

Сборник рассказов для детей 10–14 лет
СЛОВО НА БУКВУ «В»

Шаши Мартынова
РЕБЁНКУ ВАСИЛИЮ СНИТСЯ

Shashi Martynova
BASIL THE CHILD DREAMS
Translated by Max Nemtsov

Алексей Шеремет
СЕВКА, РОМКА И ВИТТОР

Поэзия

Демьян Кудрявцев
ЗОНА ПОРАЖЕНИЯ

Дмитрий Быков
НОВЫЙ БРАУНИНГ

Вера Павлова
ЛИНИЯ СОПРИКОСНОВЕНИЯ

Татьяна Вольтская
ТЫ ДОЖИВЁШЬ

Алина Витухновская
ТИХИЙ ДРОН

Евгений Клюев
Я ИЗ РОССИИ. ПРОСТИ

Александр Анашевич
НА АХИНЕЙСКОМ ЯЗЫКЕ
Интро Елены Фанайловой
Послесловие Дмитрия Бавильского

Виталий Пуханов
РОДИНА ПРИКАЖЕТ ЕСТЬ ГОВНО

Вадим Жук
СЛИШКОМ ЧЁРНАЯ СОБАКА
Дифирамб Владимира Гандельсмана

Драматургия

Светлана Петрийчук
ТУАРЕГИ. СЕМЬ ТЕКСТОВ ДЛЯ ТЕАТРА

Сергей Давыдов
ПЯТЬ ПЬЕС О СВОБОДЕ

Сборник
ПЯТЬ ПЬЕС О ВОЙНЕ
Составитель Сергей Давыдов

«Слова України»

Генрі Лайон Олді
ВТОРГНЕННЯ

Генри Лайон Олди
ВТОРЖЕНИЕ

Генрі Лайон Олді
ДВЕРІ В ЗИМУ

Генри Лайон Олди
ДВЕРЬ В ЗИМУ

Андрій Бульбенко
Марта Кайдановська
СИДИ Й ДИВИСЬ

Максим Бородін
В КІНЦІ ВСІ СВІТЯТЬСЯ

Сборник современной украинской поэзии
ВОЗДУШНАЯ ТРЕВОГА

Александр Кабанов
СЫН СНЕГОВИКА

Юрий Смирнов
РЕКВИЗИТОР